JAN-PHILIPP SENDKER

Die Rebellin und der Dieb

Roman

WILHELM HEYNE VERLAG
MÜNCHEN

Sollte diese Publikation Links auf Webseiten Dritter enthalten,
so übernehmen wir für deren Inhalte keine Haftung,
da wir uns diese nicht zu eigen machen, sondern lediglich
auf deren Stand zum Zeitpunkt der Erstveröffentlichung verweisen.

MIX
Papier | Fördert
gute Waldnutzung
FSC® C014496

Penguin Random House Verlagsgruppe FSC® N001967

Vollständige deutsche Taschenbuchausgabe 03/2023
Copyright © 2021 by Jan-Philipp Sendker und Karl Blessing Verlag
Copyright © 2023 dieser Ausgabe
by Wilhelm Heyne Verlag, München
in der Penguin Random House Verlagsgruppe GmbH,
Neumarkter Straße 28, 81673 München
Umschlaggestaltung: geviert.com, Nastassja Abel
Umschlagabbildung: © Jean-Claude Manfredi/Stocksy;
© Jason Miller/Unsplash;
© wundervisuals/Getty Images
Satz: Leingärtner, Nabburg
Druck und Bindung: GGP Media GmbH, Pößneck
Alle Rechte vorbehalten
Printed in Germany
ISBN: 978-3-453-42706-8
www.heyne.de

Für
Anna, Florentine, Theresa und Jonathan

und
zum Gedenken an Kyal Sin (2001–2021)

Mir bleibt nicht viel Zeit, meine Geschichte zu erzählen. Es ist nur noch eine Frage von Stunden, wenn wir Glück haben vielleicht einem Tag, bis sie uns finden.

Wie bin ausgerechnet ich, der stille, folgsame Niri, zu einem Dieb auf der Flucht geworden? Wie wird ein Mensch zu dem, der er ist?

Die Wahrheit ist: Ich weiß es nicht. Um meiner Schwester zu helfen, habe ich eine Grenze überschritten. Eine Grenze, von der ich zuvor nicht gedacht habe, dass ich jemals auch nur in ihre Nähe kommen würde.

Ich fühlte mich hilflos und entschloss mich zu handeln. Eine Tat führte zur nächsten, nicht, weil ich einen bestimmten Plan gehabt hätte, sondern einfach, weil wir nie stehen bleiben, weil das Leben kein Film ist, den wir anhalten oder zurückspulen können.

Ich habe nicht davon geträumt, ein Held zu sein. Was ich getan habe, hat mich in den Augen vieler Menschen zu einem gemacht, aber es war den Umständen geschuldet, und für diese Umstände konnte ich nichts.

Habe ich eine Wahl gehabt? Blicke ich zurück, mag es so scheinen. Aber in den Momenten, in denen ich mich entscheiden musste, kam es mir nicht so vor.

Ich habe mir die Freiheit genommen, in meiner Not nicht lange über die Konsequenzen meines Handelns nachzudenken. Ich habe nie geglaubt, dass ich die Welt retten kann. Höchstens ein paar Menschen vor Krankheit, Hunger und Tod.

Alles begann damit, dass meine kleine Schwester im Schlaf weinte.

Eigentlich war es kein Weinen, sondern ein schwaches, von Husten unterbrochenes Wimmern. Trotz der Hitze war sie ganz dicht an mich herangerutscht, hatte einen Arm auf meinen Bauch gelegt, ihr warmer Atem strich über meine Haut. Sie schluchzte – und ich wusste nicht, was ich machen sollte.

Aber vielleicht hatte auch alles schon viel früher begonnen: auf einem Markt in China, wo jemand ein Schuppentier oder eine Fledermaus kaufte und sich dabei mit einem Virus infizierte; oder in einem Labor, wo eine Unachtsamkeit genügte, um etwas freizusetzen, das von dort um die Welt reiste, bis es vermutlich meine Tante tötete.

Möglicherweise begann alles auch noch viel früher, nämlich in dem Moment, als meine Eltern beschlossen, ihr Land zu verlassen, weil sie glaubten, in der Fremde ihr Glück zu finden. Oder zumindest weniger Unglück.

Wer weiß schon, wann und wo Geschichten ihren Anfang nehmen und wann und wo sie ihr Ende finden? Das Leben ist ein Kreislauf, sagt mein Vater. Wir werden geboren, wir sterben, wir werden wiedergeboren ... Es ist sinnlos, nach Anfängen und Enden zu suchen.

Meine Schwester zitterte, als würde sie frieren.

Ich schwitzte.

Am Tage waren es fast vierzig Grad gewesen, und in unserer Hütte staute sich die Hitze wie Wasser hinter einem Damm. Die Nächte brachten nur wenig Abkühlung. Hungrige Moskitos summten um unsere Köpfe, eine Spinne kroch mir das Bein hoch, ich versuchte gar nicht erst, sie abzuschütteln, ich wollte meine Schwester nicht wecken. Wir lagen auf unserer Matte aus Bast, es musste nach Mitternacht gewesen sein, die Stimmen des Abends waren verstummt. Der alte Trinker in der Hütte nebenan rührte sich nicht mehr. Das streitsüchtige Paar gegenüber musste vor Erschöpfung eingeschlafen sein. Und auch im Verschlag der Witwe mit ihren sechs Kindern und noch mehr Liebhabern herrschte endlich Ruhe.

Neben uns schliefen unsere Eltern. Ich hörte es am Schnarchen meines Vaters und an dem schweren, von gelegentlichem Husten unterbrochenen Atem meiner Mutter. Auch sie war krank. Vielleicht hatte sie sich bei ihrer Schwester angesteckt. Sie hustete jedenfalls, war fiebrig und wurde von Tag zu Tag schwächer. Es konnte Malaria sein. Eine Lungenentzündung. TBC. Oder auch der neue Virus. Wir würden es nie herausfinden, so wenig, wie wir sicher sein konnten, woran meine Tante gestorben war.

Gestern hatte es meine Mutter mit meiner Hilfe noch zur Toilette geschafft. Heute war sie gar nicht aufgestanden. Jeder ihrer Atemzüge klang nach einer großen Anstrengung.

Ich bin nicht sehr empfindlich, was Geräusche betrifft. Das Nagen von Ratten neben meinem Ohr. Das Schwirren von Insekten. Das Gezeter der Streitenden in den benachbarten Hütten. Das leise Stöhnen der Liebenden und Bedürftigen. Ich hörte es und hörte es nicht. Es ging durch mich hindurch, ohne Spuren zu hinterlassen. Mit dem

Schluchzen meiner Schwester war es etwas anderes. Es tat mir fast körperlich weh. Es erinnerte mich zu sehr an das Weinen von Mayari, meiner anderen kleinen Schwester. Sie starb vor drei Jahren, ihr Wimmern hatte ähnlich geklungen in den Nächten, bevor sie nicht mehr aufwachte.

»Thida«, flüsterte ich, »was ist mit dir?« Eine dumme Frage, ich wusste ja, dass sie Hunger hatte.

Ich überlegte, ob es noch etwas Essbares in der Hütte gab. Die kleine Packung Kekse, die ich zwischen den Brettern versteckt hatte, hatte sie gestern schon bekommen. Die Bananen waren lange gegessen. Reste vom Abendessen gab es keine, weil es kein Abendessen gegeben hatte. Mittagessen auch nicht. Die einzige Mahlzeit des Tages waren eine Schale Reis gewesen und eine Mango, die wir am Morgen unter uns dreien aufgeteilt hatten. Wo mein Vater die aufgetrieben hatte, war mir ein Rätsel. Das letzte Stück Kaugummi, das manchmal gegen den Hunger half, hatte ich vorgestern gegen einen halben Becher Reis eingetauscht.

Ich strich meiner Schwester die schweißnassen Haare aus dem Gesicht, sie schaute mich aus halb geöffneten Augen an. Ihre Lippen bewegten sich, aber sie musste gar nichts sagen. Auch mein Magen war leer. Ein Loch im Bauch. Wer das nie erlebt hat, weiß nicht, wie es sich anfühlt. Den ganzen Tag über hatte ich Krämpfe gespürt. Aber ich bin achtzehn Jahre alt, ich halte das aus. Meine Schwester ist fünf.

Eine Ratte huschte durch den Raum, blieb stehen, richtete sich auf, schnupperte. Ich warf einen von Thidas Flip-Flops nach ihr. Selbst sie würde in dieser Hütte nichts Essbares finden, und ich fürchtete, sie könnte vor Hunger meine Schwester beißen.

Es war noch nicht lange her, da hatten wir nicht gewusst, was Hunger war. Mein Vater hatte fünfzehn Jahre lang als Wachmann bei Mister Benz gearbeitet, und wir hatten ein gutes Auskommen gehabt. Sein Chef hieß eigentlich anders, aber bevor er anfing, Einkaufszentren zu bauen und Reisfelder in Stadtviertel zu verwandeln, handelte er mit Autos dieser Marke. Mein Vater hatte schon damals für ihn gearbeitet, und solange ich denken kann, nannten wir ihn Mister Benz.

Mein Vater hatte als Hilfsgärtner begonnen und war bald zum Wachmann aufgestiegen. Die meiste Zeit des Tages saß er in seiner graublauen Uniform und gründlich polierten schwarzen Stiefeln auf einem Hocker in einer kleinen Hütte neben der Einfahrt. Am Morgen, wenn Mister Benz mit seinem Fahrer das Grundstück verließ, sprang er auf, schob das schwere schwarze Gittertor zur Seite, stand stramm, blickte dem Wagen nach und rührte sich erst wieder, wenn dieser im Verkehr verschwunden war. Die Szene wiederholte sich jeden Abend, wenn Mister Benz zurückkehrte, oder sobald Mrs Benz oder ihre Kinder das Grundstück verließen. Davon abgesehen, hatte mein Vater als Wachmann nicht viel zu tun. Das gesamte Grundstück war von einer mehrere Meter hohen Mauer umgeben, aus deren oberer Kante sehr spitze und sehr scharfe Scherben ragten. Darüber waren noch einmal drei Lagen Stacheldraht montiert. Früher gab es noch Überwachungskameras, deren Bilder auf einen Monitor in die Hütte meines Vaters übertragen wurden. Er verbrachte Stunden damit, von einer Kamera zur anderen zu schalten und auf die immer gleichen Schwarz-Weiß-Bilder zu starren. Als Kind leistete ich ihm dabei manchmal Gesellschaft. Da nie etwas passierte, wurde es mir bald zu langweilig. Meinem Vater nicht. Oder er zeigte es nicht. Irgendwann gingen sie kaputt und wurden nicht ersetzt.

Meine Mutter arbeitete als Köchin der Familie, ihre Schwester, meine Tante, erledigte die Einkäufe und ging ihr beim Kochen zur Hand. Ich war im letzten Jahr für den großen Garten und den Tennisplatz verantwortlich, nachdem der Gärtner entlassen worden war, weil er mit seinem Smartphone heimlich Fotos von dem Grundstück gemacht hatte.

Außerdem gehörte die Pflege des Geisterhauses zu meinen Aufgaben. Im Garten stand ein mächtiger alter Banyanbaum, in dem ein Geist wohnte, der über die Villa und das Grundstück wachte. Für ihn war vor langer Zeit ein Häuschen gebaut worden, in das ich im Namen der Familie Benz jeden Tag eine Vase mit frischen Blumen, ein kleines Glas Wasser und allerlei Opfergaben brachte. Die Benz waren zwar Christen, Mrs Benz war jedoch sehr abergläubisch. Mehrmals in der Woche kam sie zum Geisterhaus und prüfte, ob es sauber war und die Blumen frisch. Oft sah ich sie eine besonders große Pomelo oder Mango vor den Altar legen und den Geist um seinen Schutz oder einen Gefallen bitten. In den Monaten nach dem Unfall ihrer Tochter war sie jeden Tag da.

Meine Eltern, meine Tante, meine Schwester und ich wohnten zusammen in einem Bungalow neben der Einfahrt. Bungalow ist vielleicht ein etwas zu großes Wort für unser kleines Haus, aber meine Eltern nannten es so, weil es ihren Erzählungen nach das mit Abstand größte und schönste war, in dem sie je gelebt hatten. Es bestand aus zwei Zimmern. In dem einen konnten wir unsere fünf Schlafmatten nebeneinander auslegen, in dem anderen standen ein Tisch mit Fernseher, unser Altar und zwei Regale. Auf der Rückseite lag ein Raum mit Dusche und Toilette. Wände und Fußböden waren aus Beton, das Dach aus Wellblech. Während des Monsuns prasselte der Regen so heftig darauf, dass wir im Haus unser eigenes Wort nicht mehr verstanden. Unser größter Luxus war eine Klimaanlage, selbst in den heißesten und feuchtesten Nächten der Regenzeit schwitzten wir nicht.

Essen durften wir im Haus der Benz, in einem kleinen Zimmer für die Bediensteten gleich neben der Küche.

Es fehlte uns an nichts. Es ging uns gut. Es ging uns so gut, dass kaum ein Tag verstrich, an dem meine Mutter nicht einen tiefen Seufzer ausstieß und sich und uns fragte, womit wir so viel Glück verdient hätten.

Das änderte sich über Nacht.

Zunächst bekam meine Tante Fieber. Sie hustete, hatte Hals- und Kopfschmerzen. Eine Erkältung. Wir vermuteten, dass sie sich beim Einkauf auf dem Markt angesteckt hatte, und dachten uns nichts dabei. Erkältungen, auch schwere, kamen und gingen.

Aber das Fieber stieg.

Und dann kam der Virus. Oder die Nachricht von einem Virus. Oder auch nur die Angst vor einem Virus. So genau war das für uns damals nicht auseinanderzuhalten.

Auf Facebook forderte die Regierung alle Bürger auf, sich regelmäßig die Hände mit Seife zu waschen, in die Armbeuge zu husten, eine Maske zu tragen, bei Fieber nicht aus dem Haus zu gehen und Abstand zueinander zu halten. Alle Grenzen zu den benachbarten Ländern wurden geschlossen.

Mrs Benz litt an Asthma, und die Familie war sehr besorgt. Das Betreten des Hauses war von nun an ausschließlich meiner Mutter gestattet. Zusätzlich zur Gesichtsmaske sollte sie Einweghandschuhe anziehen, einen Schutzkittel tragen und Plastiksäckchen über die Füße streifen. Das Grundstück durfte meine Mutter nur zum Einkaufen verlassen und der Rest unserer Familie gar nicht mehr. Sie fragten, ob wir alle gesund seien, und wir erzählten arglos vom Fieber und Husten meiner Tante. Das war vielleicht ein Fehler, doch früher oder später hätten sie es ohnehin bemerkt, vermute ich.

Mister Benz gab uns eine halbe Stunde. Meine Mutter weinte, meine Schwester auch. Meine Tante nicht. Ich glaube, sie war selbst dafür schon zu schwach.

Mein Vater und ich begannen zu packen. Das dauerte nicht lange, denn wir besaßen nicht mehr, als wir in ein paar Minuten einpacken konnten. Meine T-Shirts, die Unterwäsche, die zwei Hosen, die beiden Wickelröcke passten in eine der Plastiktüten, die uns Mrs Benz freundlicherweise von ihrem Fahrer vor die Tür hatte legen lassen. Genau neunundzwanzig Minuten später, mein Vater legt viel Wert auf Pünktlichkeit, standen wir vor dem Tor und verließen das einzige Zuhause, das meine Schwester und ich bis dahin gekannt hatten. Niemand kam, um uns zu verabschieden, aber das hatten wir auch nicht erwartet.

Ich schleppte die Tüten mit unseren Sachen, meine Mutter trug in der einen Hand unseren Altar, an der anderen hielt sie Thida, die ihren Stoffelefanten unter den Arm geklemmt hatte. Mein Vater schob das Moped mit dem kleinen Fernseher und unseren Bastmatten auf dem Gepäckträger. Meine fiebernde Tante konnte sich nur mit Mühe auf den Beinen halten und stützte sich auf meinen Vater.

Das eigentliche Problem war, dass wir nicht wussten, wohin wir gehen sollten. Wir hatten keine Verwandten in der Stadt. Die Familie waren wir.

Meine Eltern waren vor zwanzig Jahren auf der Suche nach Arbeit ins Land gekommen. Ich wurde hier geboren, genauso wie meine beiden Schwestern. Mein Vater, so erzählte meine Mutter, hatte früher auf Baustellen gearbeitet, als Tellerwäscher in Restaurants, als Gärtner. Er hatte in einem Auto-Spa Karosserien poliert, Straßen gefegt, Müll abgeholt, als Nachtwächter Parkplätze bewacht. Meine Mutter musste sich um fremde Kinder kümmern, fremde Füße massieren und fremde Wäsche waschen. Sie hatten nie viel Geld verdient, aber immer genug, um nicht hungern zu müssen und ein Dach über dem Kopf zu haben. Durch eine Empfehlung fanden sie die Anstellung bei den Benz.

Was wir nicht besaßen, waren offizielle Papiere. Keine Arbeitserlaubnis und keine Aufenthaltsgenehmigung, keinen Ausweis, keinen Reisepass, nicht einmal eine Geburtsurkunde. Nichts. Wir waren »Illegale«. Offiziell gab es uns in diesem Land nicht. Deshalb wurde ich als Kind auch nicht in einer öffentlichen Schule unterrichtet, sondern von Mönchen in einem benachbarten Kloster, zusammen mit anderen »illegalen« Kindern. Deshalb konnten wir nicht in ein Krankenhaus, als meine Schwester krank wurde. Deshalb hatte mein Vater keine Anzeige erstattet, als sein erstes Moped geklaut wurde. Deshalb saß der Mann, der meiner Mutter Dinge angetan hatte, über die sie mit meinem Vater nur ein einziges Mal und dann nie wieder sprach, nicht im Gefängnis.

Zurück in das Land meiner Eltern konnten wir nicht. Die Grenzen waren geschlossen, außerdem gehörte unsere

Familie zur Minderheit der Koo, und die Koo besaßen in ihrer Heimat keine Rechte, weil sie dort seit Jahrhunderten nur geduldet wurden. Es war kompliziert.

Wir liefen die Straße entlang, und meine Schwester wollte wissen, wohin wir gingen.

Die erste Nacht schliefen wir unter einer Brücke. Die zweite im Eingang einer U-Bahn. Die dritte auf einer Baustelle, auf der niemand mehr baute. Meine Tante hustete viel und röchelte und rang nach Luft, als würde sie jeden Moment ersticken. Mein Vater und ich trugen sie abwechselnd auf dem Rücken, ihren von der Krankheit erschöpften Körper zu fühlen machte mich traurig. Sie war so dünn geworden, es kam mir vor, als würde ich jeden einzelnen ihrer Knochen spüren.

Auf der Baustelle wohnten ein paar Arbeiter, die darauf achten sollten, dass niemand Werkzeuge oder Baumaterial stahl. Trotzdem fehlten jeden Morgen ein paar Säcke Beton, Kartons voller Nägel, Rollen mit Kabeln. Die Männer wollten uns zunächst fortschicken. Das Bitten meines Vaters und das Mobiltelefon meiner Tante änderten ihre Meinung. Als meine Tante zwei Tage später starb, halfen sie uns, sie in einem Loch am Bauzaun zu verscharren.

Die Tage verbrachte mein Vater mit der Suche nach einem Job. Er ging kurz nach Sonnenaufgang los und war überzeugt, mit seiner Erfahrung als Wachmann/Gärtner/Autowäscher/Straßenfeger schnell etwas zu finden. Jeden Abend kehrte er enttäuscht zurück. Niemand hatte Arbeit für ihn, alle hatten Angst. Trotz der jahrelangen Anstellung bei den Benz besaßen wir keine Ersparnisse. Mein Vater war Buddhist, persönlicher Besitz interessierte ihn nicht. Am Ende eines jeden Monats hatte er genommen, was von unserem Lohn noch übrig war, und das Geld eigenhändig zu dem benachbarten Kloster gebracht. Die bräuchten es nötiger als wir, sagte er immer.

Einen Tag nach dem Tod unserer Tante behaupteten die Arbeiter, die Polizei werde nach und nach die stillgelegten Baustellen kontrollieren und die »Illegalen« verhaften. Da wurde uns das Risiko zu groß, voneinander getrennt zu werden und ins Gefängnis zu kommen. Wir packten unsere Sachen und zogen weiter.

Die Nachrichten auf Facebook klangen bedrückend. Der Präsident hatte dem Virus den »Krieg« erklärt, die Regierung den Ausnahmezustand verhängt. Trotzdem breitete er sich im Land angeblich weiter aus. Versammlungen wurden verboten. Schulen und Universitäten mussten schließen, ebenso die meisten Geschäfte. Züge und Busse fuhren nur noch sehr eingeschränkt und unregelmäßig. Alle Menschen wurden dringend ermahnt, zu Hause zu bleiben. Aber wo sollten die bleiben, die kein Zuhause hatten?

Auf einem brachliegenden, von einem Bauzaun umgebenen Grundstück fanden wir eine Siedlung aus Hütten, Holzverschlägen und Bretterbuden, die von anderen »Illegalen« errichtet worden war. Plakate am Zaun kündigten an, dass auf dem Gelände einmal das Wohnviertel »Beautiful Tuscany« entstehen werde. Nach langen und schwierigen Verhandlungen gelang es meinem Vater, sein Moped und unseren Fernseher gegen eine der Hütten samt Essgeschirr, drei Töpfen und einer Pfanne einzutauschen.

Unsere neue Behausung bestand aus einem Raum mit sandigem Boden, in dem gerade mal unsere vier Schlafmatten und die Feuerstelle Platz fanden. Durch die Löcher in den Bretterwänden konnte Thida ihre Finger stecken, das Dach leckte bereits beim ersten kurzen Schauer. Die einzige Toilette in der Siedlung, eine notdürftig ausgehobene Grube mit Plastikplane drum herum, lag nicht weit entfernt. Tag und Nacht erfüllte der Gestank von Scheiße und Abfällen die Luft. Fließendes Wasser mussten wir mit Eimern und Kanistern aus einem Kanal zwei Straßenblöcke entfernt holen.

Trotzdem waren wir erleichtert: Wir hatten wieder ein Zuhause.

Meine Schwester und ich trieben uns von morgens bis abends auf dem Gelände herum und hatten nichts zu tun. Wir waren es gewohnt, Zeit miteinander zu verbringen. Im Garten der Benz hatte sie mir hin und wieder bei der Arbeit geholfen. Ich hatte ihr gezeigt, wie man Gras mit der Schere schneidet, Unkraut jätet oder einen Palmenstamm hochklettert, wie man das Geisterhaus sauber macht und Blumen und frisches Wasser hinstellt, ohne den Bewohner zu stören. Jetzt saßen wir stundenlang im Schatten der Werbewände für »Beautiful Tuscany« und spielten mit Murmeln, die sie gegen ihre Haarspangen eingetauscht hatte.

Bevor ich mein Handy verkaufen musste, hatten wir uns noch mit Videos ablenken können. Mich von meinem Telefon zu trennen war mir schwergefallen. Sechs Monate hatte ich darauf gespart. Dass ich nicht mehr telefonieren konnte, war nicht so schlimm, es gab sowieso niemanden, den ich anrufen wollte. Aber das Handy war mehr als ein Telefon, es war mein Fenster zur Welt gewesen und gleichzeitig mein Versteck. Mithilfe der kleinen weißen Knöpfe in meinem Ohr hatte ich mich zurückziehen und zum ersten Mal in meinem Leben nur das hören können, was ich auch hören wollte.

Thida und ich sollten lernen, dass das Leben in einer Siedlung (ich nenne sie so, weil ich den Ausdruck »Slum« nicht mag) der Armen und »Illegalen« nicht nur langweilig, sondern auch voller böser Überraschungen war. Nach zwei Tagen stahlen Diebe in der Nacht einen unserer Töpfe. Drei Nächte später das Mobiltelefon meiner Mutter. Die meisten Bewohner begegneten sich mit Misstrauen und Argwohn. Es gab eine Art Chef in der Siedlung, den dicken Bagura. Er hatte rote Zähne, einen weißen Bart und lange Haare und saß den ganzen Tag schwitzend und Betelnüsse kauend vor seiner Hütte. Hin und wieder kratzte er sich zwischen den Beinen und rülpste laut. Er hatte immer ein großes Taschentuch in der Hand, mit dem er sich entweder den Schweiß von der Stirn wischte oder die ständig verstopfte Nase schnäuzte, manchmal auch beides hintereinander. Zu ihm kamen die Menschen, wenn sie in ihrer Not eines der wenigen Dinge, die sie noch besaßen, verkaufen wollten, um etwas Essbares zu besorgen. Ihr Mobiltelefon zum Beispiel. Einen goldenen Ohrring. Einen Nasenstecker.

Bagura hatte eine Frau, die noch dicker war als er selbst. Außerdem zwei Söhne, Yuri und Taro, die die Verhandlungen führten und von allen gefürchtet wurden, weil sie auch die niedrigsten Preise noch drückten.

Bagura vermittelte, wenn es Streit gab. Aus mir nicht bekannten Gründen wagte es niemand, sich seinen Entscheidungen zu widersetzen. Ich mochte weder ihn noch seine Söhne und machte einen großen Bogen um sie. Es hieß, sie hätten überall ihre Spione und nichts, was in der Siedlung geschehe, bliebe lange vor ihnen geheim. Viele glaubten, Bagura habe gute Kontakte zur Polizei, deshalb würden uns die Behörden in Ruhe lassen. Dafür dankte ihm angeblich jede Familie wöchentlich mit ein paar Münzen, einer halben Tasse Reis oder Zigaretten. Ich habe meinen Vater nie gefragt, ob das stimmte und ob auch er Bagura bezahlte.

Die Siedlung wurde mit jeder Woche voller. In manchen Hütten lebten nun zwei oder sogar drei Familien, an den Rändern entstanden neue Verschläge aus Brettern, Wellblech oder Plastikplanen. Der »Krieg gegen den Virus« war in seine nächste Phase getreten, hatte die Regierung erklärt. Sie verfügte, dass die Menschen ihre Wohnungen und Häuser nur noch zum Einkaufen und in Notfällen verlassen durften und dabei mindestens eineinhalb Meter Abstand zueinander halten sollten.

Die Vorschriften zu befolgen war für uns schwierig. In der Siedlung standen die Hütten Wand an Wand, kaum ein Gang dazwischen war mehr als einen Meter breit. Und die Hütten waren gerade mal groß genug, um darin zu schlafen, wie sollten wir dort einen ganzen Tag verbringen? Von Wochen ganz zu schweigen. Aber da »Beautiful Tuscany« von einem hohen Bauzaun umgeben war, mussten wir anfangs wenig Angst vor den Behörden haben. Wir dachten, solange wir unter uns blieben, interessierte es niemanden, ob wir uns an die Regeln hielten.

Im Land waren nun alle Baustellen, Restaurants, Hotels, Pensionen, Fabriken und Geschäfte geschlossen, abgesehen von Lebensmittelläden und Drogerien. Es gab keine dreckigen Teller und Töpfe mehr, die die »Illegalen« hätten waschen können. Keine billigen T-Shirts zu nähen. Keine Hotelzimmer zu putzen, keine Wäsche zu bügeln. Die Reichen entließen ihre Kindermädchen, Köchinnen,

Fahrer und Gärtner. Wer keine Verwandten hatte, flüchtete in eine der Siedlungen, die, wie Bagura erzählte, in Parks, unter Brücken, am Flussufer und am Rande des Flughafens entstanden.

Für meinen Vater waren die ärmlichen Umstände, in denen wir lebten, die Folge unseres Karmas. Wir mussten in unserem vorherigen Dasein die Gebote des Buddha grob missachtet haben, um mit so einem Schicksal bestraft zu werden. Das hatte ich auch von den Mönchen in der Klosterschule gelernt, aber es fiel mir trotzdem schwer zu verstehen, was das Karma meiner kleinen Schwester mit ihrem Hunger zu tun haben sollte. Ich konnte mir Thida nur als Thida vorstellen, und die war so lieb, großzügig und sanftmütig, dass sie immer alles teilte und nicht einmal Spinnen, vor denen sie sich ekelte, etwas zuleide tat. Sie hatte dieses Elend nicht verdient.

In jener Nacht lag ich neben ihr, hörte ihr Wimmern und überlegte, wo ich etwas zu essen für sie finden konnte. In den Wochen zuvor hatten hin und wieder Lastwagen in der Nähe der Siedlung gehalten, vom Roten Kreuz, von Kirchen, der UN oder irgendeiner internationalen Hilfsorganisation, deren Namen mir nichts sagte. Auf den Ladeflächen hatten Frauen und Männer gestanden und Pakete mit Reis, Nudeln, Mehl, Fertigsuppen und Wasserflaschen in die Menge geworfen. Die Nachricht hatte sich in Windeseile von Hütte zu Hütte verbreitet, und wer noch dazu in der Lage war, rannte so schnell er konnte hin.

Um die Lastwagen herum bildeten sich Pulks aus Menschen, die bittend und fordernd ihre Hände in die Höhe reckten, es wurde gestoßen, geschubst und geflucht. Ich kam jedes Mal zu spät. Entweder war das Essen bereits verteilt, oder die Wohltäter warfen nicht weit genug, oder aber jemand fischte das Paket, das genau auf mich zuflog, kurz vor mir aus der Luft. Mit leeren Händen kehrte ich nach Hause zurück. Was machte ich falsch? Nahm ich am falschen Ort zur falschen Zeit zu viel Rücksicht? War ich einfach noch nicht hungrig genug? Aber meine Schwester war es, und dass es mir nicht gelang, etwas für sie zu ergattern, beschämte mich. Von dieser Art der Armenspeisung würde ich kein Essen mit nach Hause bringen, außerdem war nie sicher, ob und wann der nächste Wagen kommen würde, seit Tagen war keiner mehr da gewesen.

Wo sonst konnte ich etwas gegen Thidas Hunger auftreiben? Ich dachte an den Keller im Haus der Familie Benz, dort gab es einen Vorratsraum, größer als unsere Hütte. Ich hatte meiner Mutter einige Male Reis, Nudeln, Öl oder Konservendosen von dort in die Küche gebracht.

Ich müsste stehlen. Zum Dieb werden. Konnte ich das? Als kleiner Junge hatte ich auf dem Markt bei dem netten alten Inder, der uns Kinder oft mit einer Süßigkeit verwöhnte, mal einen Zuckerrohrbonbon mitgehen lassen. Er hatte es nicht bemerkt und mir beim Abschied noch freundlich nachgewinkt. Später hatte ich ein so schlechtes Gewissen, dass ich am nächsten Tag das Geld für den Bonbon heimlich auf seinen alten Holztresen legte. Nicht die besten Voraussetzungen für einen erfolgreichen Dieb.

Aber jetzt war es etwas anderes. Ich würde nicht für mich stehlen, sondern für meine Schwester. Die Benz hatten mehr als genug, und ich könnte ihnen das Gestohlene später, wenn die Krise vorüber war und mein Vater und ich wieder Arbeit hatten, zurückgeben. Ich würde mir die Lebensmittel sozusagen nur ausleihen.

Ich bezweifelte, dass die Benz einen neuen Wachmann hatten. Durch das Tor zu schlüpfen oder über den Stacheldraht zu klettern war trotzdem unmöglich. Doch ich kannte die Stelle hinter den Büschen nahe der Außenmauer, an der ihre beiden Hunde immer wie von Sinnen buddelten. Irgendetwas dort zog sie an, sie wühlten den Boden auf und gruben bis unter das Fundament der Mauer. Mehrmals hatte ich die Löcher wieder zuschütten müssen. Dieser Teil des Gartens grenzte an ein unbebautes, überwuchertes Grundstück, zu dem man unbeobachtet gelangen konnte. Wenn ich an der richtigen Stelle grub, dürfte es nicht lange dauern, bis ich unter der Mauer durch war. Auf der Rückseite der Villa gab es einen vergitterten Kellereingang, und ich wusste, wo Joe, der Sohn der Benz, einen Schlüssel versteckte, für den Fall, dass er nachts spät heimkam und nicht den Haupteingang benutzen wollte. Vor den Hunden würde ich keine Angst haben müssen, die kannten mich ja.

Mein Entschluss stand fest. Ich erhob mich, nahm meine Flip-Flops, stieg über meine schlafenden Eltern und schlich aus der Hütte. Wenn nichts schiefging, würde ich noch vor Sonnenaufgang zurück sein.

2

Mir war klar, dass ich ein nicht zu unterschätzendes Risiko einging. Jedem, der trotz Ausgangssperre zwischen zweiundzwanzig Uhr und sechs Uhr ohne Sondergenehmigung auf der Straße aufgegriffen wurde, drohte eine hohe Geldstrafe. Und wer nicht zahlen konnte, kam ins Gefängnis. In den besseren Gegenden der Stadt patrouillierten angeblich sogar Soldaten und schossen auf jeden Verdächtigen.

Von unserer Siedlung zum Haus der Benz war es auf direktem Weg vielleicht eine knappe Stunde zu Fuß. Aber die breiten, hell erleuchteten Boulevards und Hauptstraßen musste ich meiden, einigermaßen sicher war ich nur in den kleinen dunklen Straßen und Gassen. Die wolkenlose Nacht mit einem fast vollen Mond am Himmel machte meine Aufgabe nicht leichter.

Als Werkzeug zum Graben nahm ich ein Stück rostiges Wellblech mit, stieg durch ein Loch im Bretterzaun und schlich auf die Straße. Die Stille dort war unheimlich.

Zunächst begegnete ich außer streunenden Katzen und Hunden, die einen weiten Bogen um mich machten, niemandem. Nach einigen Minuten stand ich an der Ecke zur »Avenue der Patrioten«, einer achtspurigen Straße mit so vielen Lichtern und Laternen, dass man jede Kakerlake auf dem Asphalt sah. An manchen Tagen stauten sich hier selbst um Mitternacht die Autos, jetzt lag die Avenue so verlassen da, als wären alle Menschen aus der Stadt geflohen. Sie musste ich überqueren und mindestens fünfhundert Meter hinunterlaufen, bis ich in die nächste Gasse einbiegen konnte.

Geduckt und mit eiligen Schritten, lief ich an der Mauer eines Hotels entlang, schlich an geschlossenen Geschäften vorbei und wollte gerade quer über die Straße rennen, als ich aus der Ferne Sirenen und Motorengeräusche hörte. Ich schaute mich ängstlich um. Nirgends parkten Autos oder Garküchen, hinter denen ich mich hätte verstecken können. Der Lärm kam näher. Ich kroch unter die Sitzbank einer Bushaltestelle, legte mich flach auf die Erde und umklammerte mit beiden Händen den Metallfuß, als würde der mich schützen können. Bei dem Gedanken an die Sorgen, die ich meiner Mutter bereiten würde, wenn mich Soldaten aufgriffen, wurde mir ganz schlecht. Zwei Polizeiautos rasten mit Blaulicht an mir vorbei, gefolgt von drei-vier-fünf Lastwagen der Armee. Selbst als sie schon lange außer Sicht und die Sirenen verhallt waren, rührte ich mich nicht. Mein Körper war steif vor Angst. Ich überlegte kurz umzukehren, doch die Erinnerung an den Hunger meiner kleinen Schwester trieb mich weiter.

Erst als ich das Stadtviertel erreichte, in dem die Villa der Benz lag, fühlte ich mich sicherer. In diesen Straßen kannte ich mich gut aus, sie waren nicht zu breit und nur schwach beleuchtet. Hier parkten Autos, unter die ich im Notfall kriechen konnte. Durch das schwarze Gittertor der Benz sah ich im fahlen Licht des Mondes den Banyanbaum und das Geisterhaus und dachte wehmütig daran, wie gut wir es einmal gehabt hatten. Ich schlich weiter zu dem angrenzenden leeren Grundstück. Zwei Palmen und die Zweige der Bougainvillea, die über die Mauer ragten, markierten die Stelle, nach der ich suchte. Die Erde war weich und feucht, ein heftiger Regenschauer hatte gestern den Beginn des Monsuns angekündigt. Das Stück Blech leistete mir beim Graben gute Dienste, es half, Wurzeln zu durchtrennen und die Erde aus dem größer werdenden Loch zu schaufeln. Die untersten Steine lagen eine Armlänge unter der Erde, schwitzend grub ich weiter, und es dauerte mindestens eine halbe Stunde, bevor meine Hände auf der anderen Seite durchbrachen. Eine weitere halbe Stunde später hatte ich das Loch so weit verbreitert, dass ich hindurchkriechen konnte.

Die Villa lag im Schein von Laternen, um die Insekten schwirrten. Sie war weiß, zwei Stockwerke hoch, und von der Dachterrasse reichte der Blick weit über die Stadt bis hinunter zum Fluss. Eine weite Auffahrt führte zum überdachten, von Säulen umrahmten Haupteingang. Angeblich hatte ein amerikanischer Geschäftsmann sie sich zu Beginn des vorigen Jahrhunderts als eine kleine Version des Weißen Hauses bauen lassen.

Ich kroch an den überbordenden Hibiskussträuchern und Bambusbüschen entlang, hastete über den schon lange nicht mehr geschnittenen Rasen und verschwand im Treppeneingang des Kellers. Der Schlüssel lag hinter einem losen Stein in der Hauswand. Lautlos schloss ich auf und schlüpfte hinein. Das Herz schlug mir bis zum Hals. Mit den Fingerspitzen an der Wand, tappte ich durch die Dunkelheit. Erinnerte ich mich richtig, lagen hinter den ersten beiden Türen zwei Abstellräume, gefolgt von der Waschküche, dahinter war die Vorratskammer.

Tür für Tür arbeitete ich mich vor, öffnete die vierte einen Spalt, trat rasch ein und schloss sie wieder. Ich holte einige Male tief Luft und tastete mit beiden Händen die Wand ab, bis ich den Lichtschalter fand. Was ich im Schein der Lampe sah, schien mir wie ein Traum: Bis unter die Decke stapelten sich Reissäcke, Kartons voller Nudeln, Mehl, Zucker, Salz, Flaschen mit verschiedenen Ölen, Fischsoße, Sojasoße, Gewürze, Eier, Gemüse. Ich entdeckte Nudeln und Mineralwasser aus Italien, Marmeladen aus England, Bier aus Deutschland, kistenweise Weine aus Frankreich und Australien. Die Benz hatten Vorräte angelegt, die für die Familie mehrere Jahre reichen würden.

In diesem Moment hörte ich in meinem Kopf die Stimme des Abtes: »Du sollst nicht stehlen. Der Buddha verbietet es.« Ich sah ihn vor mir sitzen: seinen kahl geschorenen Kopf, die wissenden Augen, das runde, von ersten Falten durchzogene Gesicht mit dem sanften Lächeln. Ein geduldiger Lehrer, der für vieles Verständnis hatte, aber nicht zuließ, dass einer seiner Schüler die Gebote des Buddha missachtete. Fast zehn Jahre lang war ich in der Klosterschule sein gelehriger Schüler gewesen. Niemals würde er gutheißen, was ich jetzt tat.

In Gedanken begann ich, ihm zu widersprechen: Meine kleine Schwester weint vor Hunger. Meine Mutter ist krank. Wir haben nicht genug Geld, um einen kleinen Sack, ja nicht einmal einen Becher Reis zu kaufen. Von Medikamenten ganz zu schweigen. Es gibt keine Arbeit für mich oder meinen Vater, sei sie noch so dreckig und schlecht bezahlt. Ich würde den Rasen der Reichen mit einer Nagelschere schneiden, bis ich Blasen an den Fingern hätte. Ich würde mit bloßen Händen ihre Toiletten putzen, wenn sie mich ließen.

Zögernd wuchtete ich einen Zehn-Kilo-Sack Reis aus dem Regal. Eine Flasche Öl. Zwei Packungen Eier. Nudeln. Erst jetzt fiel mir ein, dass ich gar nicht wusste, wie ich all das tragen sollte. Auf einmal hörte ich Geräusche. Eine Tür knarrte. Mit vorsichtigen Schritten kam jemand die Treppe heruntergeschlichen. Ich wagte es nicht, mich zu bewegen, hielt die Luft an, suchte in der Kammer nach einem Versteck. Die Geräusche kamen näher, um zu fliehen, selbst um das Licht auszumachen, war es zu spät.

Ich saß in der Falle.

Jemand drückte von außen ganz langsam die Klinke herunter und öffnete die Tür.

Vor mir stand Mary.

Sie neigte den Kopf leicht zur Seite, wie sie es schon als Kind immer getan hatte. »Was machst du hier?« Sie klang neugierig, nicht überrascht.

Sofort bekam ich Herzklopfen. Wie früher. Als wäre die Zeit stehen geblieben. Vier lange Jahre hatten wir kein Wort mehr miteinander gewechselt. Vier Jahre hatte ich ihre Stimme höchstens einmal aus der Ferne gehört und nicht geglaubt, dass wir uns je wieder so nah gegenüberstehen würden.

»Ich habe dich von meinem Fenster aus beobachtet. Wie bist du über die Mauer gekommen?« Sie humpelte in den Raum und schloss die Tür. Ihren roten, mit Blumen bestickten Bademantel hatte sie mit einem Doppelknoten zugebunden, ihre langen schwarzen Haare hochgesteckt.

»Nicht über die Mauer, drunter durch.«

Sie betrachtete meine dreckverschmierten Arme und Hände und zog anerkennend die Augenbrauen hoch. »Nicht schlecht. Aber du hättest dich ein bisschen sauber machen sollen. Du hinterlässt überall Spuren.« Sie deutete auf den Schmutz an der Leiter und den Regalen, die ich berührt hatte.

Ich schwieg beschämt. Mein Aussehen war mir unangenehm. Der Schmutz an meinem Körper, dem T-Shirt, dem Longi stammte nicht nur vom Graben, ich hatte mich seit Wochen nicht richtig waschen oder duschen oder wenigstens die Zähne putzen können. Vermutlich stank ich fürchterlich.

»Wie hast du die Tür aufbekommen?«

»Ich weiß, wo dein Bruder den Schlüssel versteckt.«

»Du hast Glück gehabt. Mein Vater lässt gerade eine Alarmanlage einbauen. In ein paar Tagen hätte das Heulen der Sirenen die ganze Nachbarschaft geweckt.«

»Warum sitzt du mitten in der Nacht am Fenster?«

»Weil mir langweilig ist. Weil ich nicht schlafen kann, warum sonst? Hattest du keine Angst, erschossen zu werden? Ich dachte, es herrscht eine strenge Ausgangssperre.«

»Ich glaube nicht, dass sie auf jeden schießen, der nachts auf der Straße unterwegs ist.«

»Oh doch. Bei uns im Viertel gibt es eine Einbruchsserie. Hast du auf Facebook nichts darüber gelesen? Viele Häuser sind leer, weil die Leute vor dem Virus in ihre Ferienhäuser ans Meer geflohen sind. Gestern hat die Polizei einen Taxifahrer erschossen, der mitten in der Nacht die ›Avenue der Patrioten‹ entlanglief. Sie hielten ihn für einen Plünderer. Du hast Glück gehabt. Wie ist es da draußen?«

»Unheimlich.«

Sie musterte mich. »Du bist ganz schön mutig.«

Die Bewunderung in ihrer Stimme tat mir gut. Aber vielleicht bildete ich sie mir auch nur ein.

Mary und ich waren fast gleich alt. Sie war vor einigen Wochen achtzehn geworden, ich bereits vor ein paar

Monaten. Als Kinder hatten wir viel Zeit miteinander verbracht. Selbst als wir zur Schule kamen, sie auf eine Privatschule, wohin sie ein Fahrer brachte und abholte, ich auf die Klosterschule, änderte sich daran nichts. Jeden Nachmittag stand ich am Tor und wartete geduldig auf ihre Rückkehr. Sobald sie mich sah, sprang Mary aus dem Wagen und rannte zu mir. Sie kam, anders als ihr Bruder, fast jeden Tag zu uns in den Bungalow. Ich half ihr bei den ersten Rechenaufgaben, sie mir beim Lesen und Schreiben.

Wie Bruder und Schwester seien wir gewesen, hatten meine Eltern einmal mit einem Anflug von Wehmut gesagt.

Ich erinnerte aber auch noch, wie Mary plötzlich kaum noch Zeit für mich hatte. Wie sie von Woche zu Woche weniger mit mir sprach. Wie ihre Mutter von mir verlangte, sie nicht mehr Narong, sondern Mary zu nennen, weil das in der Schule alle taten. Ich erinnerte, wie sie mir aus dem Wagen verstohlen zuwinkte, statt auszusteigen. Wie ich nach der Schule vergeblich am Tor auf sie wartete – und wie furchtbar weh das tat. Wie verlassen von ihr ich mich fühlte. Es gab niemanden, der mir erklärte, was geschehen war, ich blieb allein mit der Frage, was ich verbrochen hatte, um diese Strafe zu verdienen. Kein Mensch, dachte ich, verliert seine beste Freundin ohne Grund.

An den Nachmittagen schlich ich um die Villa, in der Hoffnung, sie möge nach den Schularbeiten, der Klavierstunde oder was immer sie da drinnen tat, herauskommen und mit mir spielen. Oder wenigstens einen Blick aus dem Fenster werfen. Aus der Ferne beobachtete ich sie beim Tennisspielen mit ihrem Bruder, der nun Joe statt

Yakumo hieß, und war glücklich, wenn er nach mir rief, damit ich für sie in die Büsche kroch und die Bälle holte. So war ich wenigstens in ihrer Nähe. Ich wollte sie fragen, was ich falsch gemacht hatte, doch es ergab sich keine Gelegenheit mehr, mit ihr allein zu sein.

Eines Tages gab mir meine Mutter einen Brief von ihr. Ich erinnere genau, dass ich mich damit in eine weit abgelegene Ecke des Gartens zurückzog und ihn mit vor Aufregung zitternden Fingern öffnete. Er war vier eng beschriebene, mit Blumen verzierte Seiten lang.

Mary wollte wissen, was ich machte. Wie es mir ging. Sie schrieb von den trostlosen Nachmittagen, die sie allein auf ihrem Zimmer verbrachte, und wie sehr sie mich vermisste. In langen, komplizierten Sätzen fragte sie mich, ob es mir ähnlich gehe, und entschuldigte sich, dass sie mich so oft ignorierte. Sie tat das nicht freiwillig. Ihre Eltern hatten sie schon zu Schulbeginn ermahnt, weniger mit mir zu spielen, und es ihr später ganz verboten. Es sei Zeit, neue Freunde zu finden, sagten sie. Wir seien bald zwölf Jahre alt und keine kleinen Kinder mehr, die Zeit des Spielens sei vorbei.

Am Ende schlug sie vor, dass wir uns einmal heimlich treffen. Früher hatten wir ein Versteck gehabt, eine Höhle, selbst gebaut aus Zweigen, Ästen, Stöcken, vertrockneten Palmenblättern. Sie lag direkt an der Mauer im hintersten Winkel des Grundstücks, wohin sich selbst die Hunde selten verirrten.

Ich wartete einen halben Nachmittag, und gerade als ich gehen wollte, hörte ich ein Rascheln im Gebüsch. Als wir uns sahen, wussten wir beide, dass es nicht bei diesem einmaligen geheimen Treffen bleiben würde.

Dem ersten Wiedersehen folgte ein zweites und ein

drittes, und bald wartete ich wieder jeden Tag auf sie. Oft vergeblich, das machte aber nichts, umso mehr freute ich mich, wenn sie plötzlich vor mir stand. Ich hatte nichts anderes zu tun, und wenn ich sie zwei- oder dreimal in der Woche sah, genügte mir das. Ihre Nachmittage waren gefüllt mit Klavierunterricht, Reitstunden, Tennisunterricht, Hausaufgaben, Besuchen von Großeltern, Tanten und Cousinen, es war nicht leicht für sie, sich heimlich davonzustehlen.

Wenn wir uns trafen, hatte sie etwas zu essen und zu trinken dabei, wir lagen in unserem Versteck, und sie erzählte von der Schule, von den Lehrerinnen und Mitschülerinnen. Sie klagte über ihre Eltern, die bei Tisch nach dem Gebet für den Rest der Mahlzeit schwiegen, über ihren Bruder, der sie entweder ärgerte oder ignorierte, über die quälend langweiligen Gottesdienste am Sonntag.

War ihre Mutter nicht zu Hause, hatten wir mehr Zeit, und sie brachte für mich Bücher und für sich einen Zeichenblock und Stifte mit. Mary liebte es zu malen. Mit wenigen Strichen zauberte sie eine Blume, eine Palme, einen Käfer auf das Papier. Entweder zeichnete sie frei aus dem Kopf, oder ich holte eine Blüte, einen Zweig, einen toten Schmetterling als Vorlage für sie aus dem Garten. Manchmal saß sie mit dem Stift in der Hand so versunken vor mir, dass sie alles um sich herum vergaß.

Das waren Momente, in denen ich sie beneidete.

Wir verbrachten die Stunden ohne viele Worte. Wir lagen nebeneinander, malten, lasen oder schauten Kopf an Kopf einfach nur durch ein Loch im Dach in den Himmel. In der Gegenwart des anderen war die Welt rund. Mehr brauchten wir nicht.

Eine Woche vor ihrem vierzehnten Geburtstag entdeckte die Familie das Versteck. Ihr Bruder hatte zufällig gesehen, wie sie sich mit einem Picknickkorb aus dem Haus schlich, und war ihr bis zu unserer Höhle gefolgt. Mary hatte ihn angefleht, den Eltern nichts zu verraten, doch Joe hatte beim Abendessen alles erzählt. Am nächsten Morgen bestellte Mister Benz meinen Vater in sein Büro. Er forderte ihn auf, unverzüglich dafür zu sorgen, dass der Kontakt zwischen mir und seiner Tochter zukünftig unterblieb. Sollte ich gegen diese Anordnung auch nur ein einziges Mal verstoßen, müsste sich die Familie, so leid es ihnen nach all den Jahren auch täte, nach einem anderen Wachmann und einer anderen Köchin umschauen.

Mein Vater sprach so ernst zu mir wie nie zuvor. Ich musste ihm fest versprechen, Mary in Zukunft aus dem Weg zu gehen. Das Schicksal unserer Familie hing von mir ab.

Acht Tage später sah ich Mary für lange Zeit zum letzten Mal. Sie hatte zum vierzehnten Geburtstag ein Pferd bekommen und war mit ihrer Mutter auf dem Weg zum Reitstall, ihren Wochenplan kannte ich auswendig. Die beiden saßen hinten im Wagen und telefonierten. Mary sah traurig aus. Sie bemerkte mich, winkte und gab mir heimlich Zeichen, die ich nicht verstand. Zwei Stunden später stürzte sie während eines Ausritts vom Pferd und brach sich beide Beine, die Hüfte und mehrere Wirbel. Sie war eine gute Reiterin, niemand verstand, wie das hatte passieren können. Es sollte fast ein Jahr vergehen, bis sie in die Villa zurückkehrte.

Ein Jahr, in dem ich viele Nachmittage allein in unserem Versteck verbrachte und auf eine Nachricht von ihr hoffte, ohne eine Vorstellung davon zu haben, wie die mich erreichen sollte.

Mein Vater erzählte, dass ihre Eltern extra einen Spezialisten aus Amerika hatten einfliegen lassen, der sie mehrmals operierte. Trotzdem blieb das linke Bein verkürzt, die Hüfte verdreht.

Als sie endlich wieder zu Hause war, erkannte meine Mutter sie nicht wieder. Aus dem lebhaften Mädchen sei ein stilles geworden, sagte sie. Aus dem fröhlichen ein trauriges. Aus dem kräftigen ein schwaches. (Wie sie sich täuschen sollte!)

Mein Vater ermahnte mich streng, mein Versprechen nicht zu vergessen: Ich sollte gar nicht erst auf die Idee kommen, Mary zu besuchen oder ihr einen Brief zu schreiben.

Ich tat es trotzdem. Nicht einen, nicht zwei, sondern ein halbes Dutzend. Heimlich, im Wissen, dass ich ihr die Zeilen aller Wahrscheinlichkeit nach nie würde geben können. Einfach in ihr Zimmer zu schleichen wäre viel zu gefährlich gewesen. Die Briefe mit der Post zu schicken oder in den Briefkasten zu stecken, ebenfalls. Sie lagen gut versteckt in einem Buch mit buddhistischen Weisheiten, das mir der Abt des Klosters geschenkt hatte. Als mein Vater sie zufällig fand, war er so erbost, wie ich ihn nur selten erlebt habe. Ich sei undankbar und verantwortungslos, sagte er, hätte ich denn vergessen, welche Konsequenzen mein Handeln haben könnte, womit Mister Benz unserer Familie gedroht habe? Er steckte die Zettel ein, ich weiß nicht, was aus ihnen geworden ist. Danach gab ich auf und versuchte, so gut es ging nicht mehr an Mary zu denken. Anfangs war das unmöglich, aber zu meiner eigenen Überraschung gelang mir das irgendwann von Monat zu Monat ein wenig besser.

Fast drei Jahre vergingen, und erst kurz vor Ausbruch

des Virus sah ich Mary hin und wieder am Fenster sitzen und hatte das Gefühl, dass sie mich beobachtete. Wie ich die langen Stämme der Palmen emporkletterte und die welken Blätter aus den Kronen sägte. Wie ich über den Rasen kroch und mit der Schere die Halme schnitt, weil Mrs Benz vom Lärm des Rasenmähers Kopfschmerzen bekam. Ich konzentrierte mich auf meine Arbeit, trafen sich unsere Blicke trotzdem einmal, wandten wir uns beide erschrocken ab.

Mary schaute sich im Vorratskeller um. »Wow. Wahnsinn. Meine Eltern müssen Angst haben, dass wir verhungern. Das Zeug reicht ja für die nächsten hundert Jahre. Nimm dir, was ihr braucht. Deshalb bist du doch gekommen, oder?«

Ich nickte. »Wir haben nichts mehr. Meine Schwester hat Hunger.«

»Pack ein, so viel du tragen kannst. Ich hatte schon Angst, wir würden uns nie wiedersehen. Haben deine Eltern noch ihre Handys? Ich habe versucht, euch anzurufen, wollte hören, wie es euch geht. Ihr wart auf einmal weg.«

»Das Telefon meiner Mutter wurde geklaut, mein Vater und ich haben unsere verkauft.«

Sie nickte, als wäre das das Selbstverständlichste auf der Welt.

»Wo wohnt ihr jetzt?«

»In einer Siedlung auf einer stillgelegten Baustelle in der Nähe der neuen Good-life-Mall.«

Mary gab sich mit der Antwort zufrieden. »Wie willst du die Lebensmittel tragen? Du kannst ja schlecht mit einem Sack Reis über der Schulter durch die Nacht laufen? Du brauchst einen Rucksack. Warte mal.«

Bevor ich etwas erwidern konnte, öffnete sie die Tür und verschwand im Flur. Kurz darauf kehrte sie mit einem grauen Wanderrucksack zurück, den ihr Bruder hin und wieder trug.

»Der gehört Joe. Er wird ihn nicht vermissen.«

»Aber er benutzt ihn«, widersprach ich.

Sie zuckte die Schultern. »Er wird glauben, er hätte ihn irgendwo vergessen, und bekommt von unseren Eltern schneller einen neuen, als er ›bitte‹ sagen kann.«

Ich nahm einen Zehn-Kilo-Sack Reis und warf ihr einen fragenden Blick zu.

»Nimm zwei. Und Nudeln. Einen Kanister Öl. Soßen. Eier. So viel du tragen kannst. Glaub mir, niemand wird merken, dass etwas fehlt.«

Ich stopfte den Rucksack voll. Die Riemen schnitten mir schon beim Anheben in die Hände. »Danke.«

»Wofür? Wie du siehst, haben wir mehr als genug.« Sie drehte sich um und humpelte in den Flur. Ich wäre lieber noch geblieben, aber wenn ich vor Sonnenaufgang zurück in der Siedlung sein wollte, durfte ich keine Zeit mehr verlieren. Zusammen schlichen wir aus dem Keller, sie folgte mir durch den Garten, weil sie die Stelle sehen wollte, an der ich unter der Mauer durchgekrochen war.

Mary betrachtete das Loch, als schätzte sie ab, ob sie selber hindurchpassen würde. »Nimm auf der anderen Seite Zweige und deck es zu. Ich lege Palmenblätter darauf, auch wenn ich nicht glaube, dass mein Bruder je in diesen Teil des Gartens kommt.«

»Warum?«

»Dann brauchst du kein neues Loch zu graben, wenn du noch einmal wiederkommst.«

Ich wusste nicht, ob das eine Aufforderung war. In

jedem Fall klang ihre Stimme in dem Moment wie die der kleinen Narong und war so vertraut, dass es irgendwo in mir ganz fürchterlich wehtat.

Ich deutete ein Nicken an.

»Jetzt hau schon ab. Ich muss zurück und deine Spuren beseitigen.«

3

Es dämmerte bereits, als ich die Siedlung erreichte. Ich hoffte inständig, dass mein Vater entweder noch schlafen oder tief in seiner morgendlichen Meditation versunken sein würde. Ich hatte keine Idee, wie ich ihm erklären sollte, warum ich plötzlich zwei Säcke Reis, Nudeln, Mehl, Gemüse, Öl und Sojasoße besaß. Ich beschloss, die Sachen zu verstecken, ohne zu wissen wo, und immer nur so viel hervorzuholen, wie wir für den Tag brauchten. Bei so kleinen Rationen könnte ich behaupten, ich hätte sie in einem Kloster als Almosen oder von einem der Lastwagen des Roten Kreuzes bekommen.

Die schmalen Gassen waren noch menschenleer, ein paar Hunde streunten herum, Ratten huschten von einem Verschlag zum anderen. Aus manchen Hütten hörte ich Kinderstimmen und das erste Gemurmel der Erwachenden. Die Tür zu unserer Hütte stand einen Spalt offen, als ich sie vorsichtig aufzog, hörte ich hinter mir eine Stimme.

»Wo kommst du her?«

Erschrocken drehte ich mich um. Vor mir stand mein Vater und musterte mich streng. »Papa. Was machst du …«

»Das frage ich dich: Wo warst du?«, unterbrach er mich. »Wie kannst du dich nachts auf der Straße rumtreiben?

Weißt du nicht, wie gefährlich das ist? Du hättest verhaftet oder erschossen werden können.«

Ich senkte den Blick und schwieg. Mein Vater war sehr aufgebracht, das geschah nicht oft. Es war schwer zu sagen, ob in seiner Stimme der Ärger oder die Sorge überwog.

»Was ist das für ein Rucksack?«

»Da sind Lebensmittel drin. Für Thida. Sie muss was essen«, sagte ich in der vagen Hoffnung, das würde als Erklärung reichen. Im nächsten Moment bereute ich meine Worte. Sie klangen, als hätte meine Schwester mich losgeschickt.

Die einarmige Nachbarin von Gegenüber schaute neugierig durch ihre Tür. Auf ein Zeichen meines Vaters verschwand ich in unserer Hütte, er folgte mir. Meine Schwester lag an meine Mutter geschmiegt, beide schliefen noch. Wir hockten uns neben sie, mein Vater nahm den Rucksack, öffnete ihn und holte Reis, Nudeln, Gemüse, Soßen heraus und breitete sie vor uns auf dem Boden aus. Seine Augen weiteten sich, sein Blick wanderte stumm über den Berg von Lebensmitteln. Ich wusste nicht, was in ihm vorging. Das Essen würde für mindestens zwei Wochen reichen.

»Du hast gestohlen.«

»Thida hat Hunger.«

»Glaubst du, das weiß ich nicht?«, zischte er. »In jeder Hütte hier wohnen Kinder, die Hunger haben. Ziehen deshalb die Brüder oder Väter stehlend durch die Straßen?«

Ich starrte weiter auf den sandigen Boden und erwiderte nichts. Ich dachte an Mary. »Du bist ganz schön mutig«, hatte sie gesagt. Die anderen eben nicht.

»Der Buddha sagt, du darfst nicht stehlen. Er sagt nicht, nur die Satten dürfen nicht stehlen. Er sagt nicht, nur die Zufriedenen dürfen nicht stehlen, alle anderen können sich nehmen, was sie brauchen. Er sagt nicht, wir dürfen Schlechtes tun, solange wir es gut meinen. Glaubst du, zu seiner Zeit gab es keine Hungernden? Glaubst du, der Buddha wusste nicht, was er von den Menschen verlangte?«

Mein Vater schaute mich eindringlich an. Sein Blick tat mir fast körperlich weh. Ich wollte mich entschuldigen, wusste aber nicht wie – und wofür.

»Du schaffst ein schlechtes Karma«, fuhr er fort. »Nicht nur für dich. Auch für deine Schwester, für deine Mutter und für mich, wenn wir davon essen. Der Reis gehört uns nicht. Die Nudeln gehören uns nicht. Bring die Sachen zurück, wo immer du sie herhast. Ich werde bald wieder Arbeit haben. Wir werden nicht verhungern.«

Wie kannst du dir da sicher sein, wollte ich ihn fragen. Woher willst du die nächste Schale Reis nehmen? Vom Meditieren werden wir nicht satt. Ich wagte nicht, ihm offen zu widersprechen, aber ich wollte auch nicht zurück in den Keller der Benz schleichen und die Lebensmittel wieder in die Regale legen.

»Wir können es teilen«, schlug ich vor. »Wir nehmen nur, was wir für heute und morgen brauchen, den Rest geben wir den Nachbarn. Damit machen wir ein Dutzend Familien satt, wahrscheinlich noch mehr, und aus schlechtem Karma wird ein gutes, oder nicht?«

»Und was ist mit den anderen Familien, die ein paar Hütten weiter weg wohnen?«

Darauf hatte ich keine Antwort.

»Haben diese Kinder Pech gehabt? Ist das vielleicht

gerecht?« Mein Vater überlegte lange. »Oder willst du in der kommenden Nacht wieder losgehen und noch mehr stehlen, damit auch sie etwas bekommen?«

Ich sagte nichts.

»Und was ist mit den vielen anderen Kindern, überall in der Stadt? Wenn du einmal mit dem Stehlen angefangen hast, wo hörst du auf?«

Mein Vater schloss die Augen. Es kam selten vor, dass er so viel sprach. Ich beobachtete ihn aus den Augenwinkeln. Obwohl er gerade erst vierzig war, wuchsen ihm graue Bartstoppel aus dem Kinn. Er war in den vergangenen Wochen noch hagerer geworden, seine dunkle Haut spannte über den Rippen, jede einzelne war zu sehen. Ruhig und gleichmäßig hob und senkte sich seine Brust, feiner Schweiß perlte von der Stirn. »Ich bin mit deinem Vorschlag einverstanden«, sagte er schließlich. »Dieses eine Mal machen wir eine Ausnahme. Versprichst du mir, dass du nicht wieder stehlen gehst? Nie wieder.«

Ich wusste, dass es keinen Sinn hatte, weiter mit ihm zu diskutieren, und nickte bloß. Gleichzeitig schwor ich mir, mein Versprechen nicht zu brechen. Der Gedanke, meinen Vater zu enttäuschen, war mindestens so schlimm wie die Tatsache, dass meine Schwester hungerte. Und ein zweites Mal würde er mir nicht so schnell verzeihen.

»Ich habe deine Antwort nicht verstanden.«

»Ja«, sagte ich leise.

»Gut. Dann nimm, was wir für zwei Tage brauchen, den Rest verteilst du unter den Nachbarn. Sag niemandem, woher du die Sachen hast.«

Als ich aufstehen wollte, fasste er mich am Arm. »Noch etwas, Niri: Ich möchte, dass du ab morgen bei Sonnenaufgang mit mir meditierst. Jeden Tag eine Stunde.«

Meine Schwester erwachte. Sie sah müde und erschöpft aus, die heiße Nacht hatte sie angestrengt. Sie schaute uns an, ohne etwas zu sagen. Ich hatte das Gefühl, ihre Augen waren in den vergangenen Wochen größer geworden, vielleicht lag es auch daran, dass ihr Gesicht immer schmaler wurde.

Auch unsere Mutter war wach, wir halfen ihr, sich aufzurichten. Sie hustete, bekam schlecht Luft, ihr ganzer Körper schien zu kochen. Gern hätte ich ihr mit einem kühlen, feuchten Lappen wenigstens das Gesicht gewaschen. Genauso war es ihrer Schwester ergangen in den Tagen, bevor sie starb. Ihre letzten Stunden waren schrecklich gewesen. Sie hatte geröchelt und um Luft gerungen, bis sie irgendwann erstickte.

Der besorgte Blick unseres Vaters. Er hatte Angst um meine Mutter, auch wenn er versuchte, es sich nicht anmerken zu lassen. Ich sah es am Zucken um seinen Mund, an den zusammengekniffenen Augen. Mich konnte er nicht täuschen.

Ich reichte ihr die Cola-Dose, die mir Mary eigentlich für Thida mitgegeben hatte. Meine Mutter trank ein paar Züge, nickte dankbar und fragte gar nicht erst, woher ich sie hatte.

Thida half mir beim Kochen. Eigentlich war sie geschickt im Feuermachen und pustete normalerweise unermüdlich in die Glut. Erst wenn die Flammen loderten, gönnte sie sich eine Pause. Heute wedelte sie nur ein paarmal mit der Hand. Ich setzte Wasser auf, wir hockten neben dem Feuer und starrten ungeduldig auf den köchelnden Reis. Der Geruch des kochenden Wassers, die Erinnerung an das Gemüsecurry unserer Mutter taten im Magen weh. Am liebsten hätte ich mit bloßen Händen in den

Topf gegriffen. Die letzten Minuten waren die schwers-ten. Als der Reis endlich dampfend auf unseren Tellern lag, konnten Thida und ich es nicht abwarten, wir ver-brannten uns beide die Zungen.

Unsere Mutter aß nur wenige Löffel, mein Vater und ich fütterten sie abwechselnd. Sie sah so müde aus. Dunkle Ringe unter den Augen, Falten um den Mund, die ich bei ihr noch nie bemerkt hatte. Wie anstrengend Essen und Atmen für einen Menschen sein konnten. Ihr fielen die Augen zu, wir legten sie wieder auf ihre Matte, sie mur-melte ein schwaches »Danke«.

Kurz darauf schlief sie wieder ein, mein Vater ging wortlos hinaus.

Thida hatte die ganze Zeit mit etwas Abstand in der Ecke gesessen und uns beobachtet.

»Stirbt Mama?«

»Woher soll ich das wissen?« Sie hatte nur laut ausge-sprochen, was ich dachte, trotzdem oder vielleicht auch deshalb ärgerte mich ihre Frage. »Ich bin doch kein Arzt.«

Das stumme Entsetzen im Gesicht meiner Schwester. Ich erschrak über meine Achtlosigkeit. »Entschuldige, nein, nein, sie stirbt jetzt nicht.«

»Morgen?«

»Nein, Thida, auch morgen nicht.«

»Wird sie wieder gesund?«

»Ja, das wird sie, ganz bestimmt. Mach dir keine Sorgen.«

»Tante Bora ist auch nicht wieder gesund geworden.«

»Die war auch älter«, log ich.

»War sie nicht.«

»Aber sie sah älter aus.« Egal, was ich jetzt noch sagte, der Schaden war angerichtet.

»Möchtest du noch etwas zu essen?«

Thida ignorierte meine Frage.

»Wollen wir etwas spielen?«

Sie stand auf, legte sich zu unserer schlafenden Mutter und wandte mir den Rücken zu.

4

Die Lebensmittel unter den Nachbarn zu verteilen war schwieriger als gedacht. Ich hatte mir überlegt, von Hütte zu Hütte zu gehen und jedem Bewohner eine Portion Reis oder Nudeln zu geben, bis alles aufgebraucht war. Zuerst war die Witwe mit ihren sechs Kindern an der Reihe. Sie glotzte mich zunächst überrascht und dann misstrauisch an. Wenn ich glaubte, dass mein Vater oder ich dafür an ihr rumfummeln dürften, hätte ich mich getäuscht. Nach anfänglichem Zögern siegte der Hunger über ihre Bedenken, und sie gab mir eine Art Blechnapf, in den ich Reis kippte.

Die Frau mit den Zwillingen, die neben ihr wohnte, war nicht weniger unfreundlich. Was ich dafür haben wollte? Meine Antwort – »nichts« – machte sie nur noch skeptischer, und auch ihre Kinder musterten mich, als könnte ich nur Böses von ihnen wollen. Widerwillig reichte sie mir einen verbeulten Kochtopf, den ich zur Hälfte mit Reis füllte.

Als ich vor der Tür des alten Trinkers stand, war ich bereits von einem Dutzend Kinder umringt. Sie starrten mich aus ihren großen Augen neugierig an, die meisten streckten mir stumm ihre Hände entgegen. Ihre Arme waren dünn wie die meiner Schwester.

Der Säufer lag auf dem Boden auf ein paar alten Zeitungen und schlief. Ich riss eine Seite heraus, formte sie zu einer Tüte, füllte Reis hinein, faltete sie zusammen und legte sie neben den Alten. Bis er erwachte, würden die Ratten das meiste gefressen haben, fürchtete ich.

Als ich wieder aus der Hütte trat, war der ganze Weg voll mit Kindern und ihren Müttern. Wie sollte ich entscheiden, wer etwas bekam und wer nicht? Sie umzingelten mich, es begann ein Drängeln und Schubsen. Ich rief ihnen zu, dass jeder etwas bekommen werde. Aber wahrscheinlich wussten sie, dass ich die Unwahrheit sagte. Meine Vorräte würden nur für einen kleinen Teil von ihnen reichen. Die Ersten versuchten, nach dem Sack Reis und den Nudeln zu greifen. Ich stieß sie weg und schimpfte laut, direkt vor mir begann ein Kind zu weinen, ein zweites rief ängstlich nach seiner Mutter, die anderen kümmerte es nicht. Sie rissen und zerrten an mir, meinem Longi und dem Essen in meinen Armen. Der Sack platzte, und der Reis rieselte auf den Boden. Sie stürzten sich darauf, angetrieben von ihren Müttern, jeder versuchte, so viel wie möglich für sich zu bekommen.

Ein wütender Schrei war mein letzter Versuch, für Ordnung zu sorgen. Es nutzte nichts. Zu meinen Füßen rauften sich die Kinder weiter um die Reiskörner im Dreck. Ich wollte nur noch weg, ließ auch noch die Nudeln fallen und bahnte mir einen Weg aus der Menge zurück zu unserer Hütte. Auch dorthin verfolgten mich noch der Streit und die enttäuschten Stimmen derer, die nichts mehr abbekommen hatten.

Am Abend bekamen wir Besuch von Bagura und seinen Söhnen. Mit seinem großen Bauch und den breiten Schultern füllte er fast den ganzen Türrahmen aus. Strähnen seiner verschwitzten Haare hingen ihm ins Gesicht. Bagura schnaufte. Er war ungehalten und gab sich keine Mühe, das zu verbergen. Ich hätte als Wohltäter für erhebliche Unruhe in der Siedlung gesorgt, schimpfte er. Ich hätte Zwietracht gesät. In den Hütten herrschte nun nicht nur Hunger, sondern auch Neid und Missgunst. Die Gerüchte quollen zwischen den Brettern hervor wie übel riechende, giftige Dämpfe, die den Menschen die Sinne vernebelten. Frauen verdächtigten sich gegenseitig, uns zu Diensten zu stehen. Ehrbare Männer schmiedeten Pläne, unsere Hütte zu überfallen, weil sie ein ganzes Reislager darin vermuteten. Nur mit Mühe habe er, behauptete Bagura, sie davon abhalten können. Sollte ich noch einmal auf die Idee kommen, Almosen zu verteilen, habe das über ihn, und zwar ausschließlich über ihn und seine Familie, zu geschehen. Ich sollte die Lebensmittel bei ihnen abliefern, sie würden dafür sorgen, dass sie gerecht verteilt würden.

Als Bagura fertig war mit seiner Tirade, schwieg mein Vater so lange, dass unsere Gäste begannen, unruhig hin und her zu rutschen.

»Es wird nicht wieder geschehen«, sagte er schließlich.

In den Gesichtern von Baguras Söhnen sah ich, dass sie gern etwas anderes gehört hätten.

Obwohl wir uns Reis und Nudeln gut einteilten, meine Mutter praktisch gar nichts aß und mein Vater und ich nicht mehr als unbedingt notwendig, um den schmerzhaftesten Hunger zu stillen, war das Essen nach drei Tagen aufgebraucht. Nach fünf war meine Schwester so schwach und hungrig wie zuvor.

Mein Vater verbrachte jetzt noch mehr Zeit meditierend. Die Stunde, die ich am Morgen neben ihm saß, war eine Qual. Ich versuchte, mich auf meinen Atem zu konzentrieren und den Hunger zu ignorieren und nicht an Mary zu denken. Es gelang mir nicht. Im Gegenteil, meine Gedanken kreisten die ganze Zeit um nichts anderes. Das Loch in meinem Magen wuchs mit jedem Atemzug und das Verlangen nach einem Wiedersehen mit Mary auch.

In der Nacht lag ich wach und dachte an das Versprechen, das ich meinem Vater gegeben hatte.

Ich wollte ihn nicht enttäuschen.

Ich dachte an die Kinder, die nun jeden Tag vor unserer Tür standen, in der Hoffnung, ich hätte noch eine Handvoll Reis oder ein paar Nudeln für sie. Ich dachte an ihre Mütter.

Ich hörte meine Schwester wimmern.

Einmal noch.

5

Das Loch sah genauso aus, wie ich es hinterlassen hatte. Ich räumte die Zweige, Äste und Blätter beiseite und wollte gerade hineinkriechen, als mir ein kleiner gelber, mit roten Elefanten bestickter Beutel auffiel, der über der Grube an der Mauer hing. Er fühlte sich an, als wäre er mit Kies oder grobem Sand gefüllt. Neugierig öffnete ich ihn. Darin lagen tatsächlich eine Handvoll Kieselsteine und eine Nachricht von Mary:

Hallo Niri,
unsere Alarmanlage funktioniert jetzt. Komm dem Haus nicht zu nahe, sondern wirf Kieselsteine gegen mein Fenster und warte drei Minuten, bis ich die Anlage ausgestellt habe. Wenn der Alarm trotzdem losgeht, renne NICHT weg. Sonst erschießen sie dich auf der Flucht. Der Schlüssel liegt an einem neuen Versteck: unter dem Stein neben der Treppe.
Viel Glück
Mary

Ich glitt in die Kuhle, kroch unter der Mauer durch, schob auf der anderen Seite vorsichtig die vertrockneten Palmenwedel beiseite und steckte den Kopf raus. In den Blättern um mich herum raschelte es. Vermutlich eine Schlange. Nicht weit entfernt bellte ein Hund. Ansonsten war noch immer alles ruhig. Auf allen vieren bewegte ich mich durch die Büsche, bis ich mich gegenüber von Marys Fenster befand. Gerade wollte ich einen ersten Kiesel werfen, als in ihrem Zimmer kurz ein Licht anging und ich ihre winkende Hand sah.

Langsam zählte ich bis dreihundert und noch einmal bis fünfzig. Sicher war sicher. Trotzdem hatte ich Angst, den Rasen zu betreten. Wie ein Käfer robbte ich durch das Gras Richtung Kellertür, jeden Moment rechnete ich mit dem Schrillen der Sirenen.

Mary wartete im Flur auf mich. Ich folgte ihr in die Vorratskammer, sie schloss die Tür und machte Licht.

»Hallo«, sagte sie.

Auch wenn sie etwas verlegen lächelte, hatte ich das Gefühl, dass sie sich sehr freute, mich zu sehen. Sie trug ein weißes, am Kragen besticktes Nachthemd, einen Bademantel mit zwei großen Taschen und sah überhaupt nicht müde aus.

»Hallo«, erwiderte ich. »Danke für die Warnung.«

»Ich wollte nicht, dass du meine Eltern weckst«, sagte sie und lächelte. »Sie mögen das nicht.«

»Sitzt du jede Nacht am Fenster?«

»Fast. Ich kann nicht schlafen.«

»Warum nicht?«

»Seit meinem Reitunfall tun mir der Rücken und die Hüfte weh. Nachts ist es am schlimmsten.«

»Jede Nacht?«

»Oft«, erwiderte sie kurz.

Ich hätte Mary gern etwas Tröstendes gesagt, wusste aber nicht was. »Können sie dir im Krankenhaus nicht helfen?«

»Mein Vater hat Spezialisten aus Singapur und Amerika kommen lassen. Sie haben mich viermal operiert, besser ist es nie geworden. Sie sagen, irgendwann gehen die Schmerzen weg, mein Körper braucht Zeit, aber ich weiß, dass das nicht stimmt. Ich bleibe ein Krüppel.«

»Du bist kein ...«

»Hör auf«, unterbrach sie mich schroff, und ich verstummte.

»So schnell hatte ich gar nicht wieder mit dir gerechnet«, sagte sie nach einer langen Pause.

»Es ist alles weg. Ich habe das meiste den Nachbarn gegeben.«

»Den Nachbarn? Wirst du zu einem neuen Robin Hood?«

»Wer ist das?«

»Du kennst Robin Hood nicht?«

»Nein.«

»Eine Legende aus England. Er soll im 13. Jahrhundert gelebt haben und wurde berühmt, weil er die Reichen ausraubte und seine Beute an die Armen verteilte.«

»Ich habe nur meinem Vater gehorcht. Er war sehr wütend auf mich und wollte nicht, dass wir die Sachen behalten.«

»Er war böse, weil du deiner Schwester etwas zu essen besorgt hast?«

»Weil ich gestohlen habe.«

»Von Menschen, die genug besitzen ...«

»Diebstahl bleibt Diebstahl.«

»Wer sagt das?«

»Mein Vater. Und der Buddha.«

»Jesus auch, stimmt trotzdem nicht. Was du tust, ist etwas ganz anderes. Du klaust aus Not. Pack ein, so viel du tragen kannst.«

Wie beim ersten Mal stopfte ich meinen Rucksack voll mit Reis, Nudeln, Mehl, Öl und Soßen.

Mary beobachtete mich. »Was wird dein Vater dazu sagen?«

»Der darf das auf keinen Fall erfahren. Er würde verlangen, dass ich euch die Sachen zurückbringe. Ich werde sie irgendwo verstecken müssen.«

Plötzlich hörten wir über uns Geräusche. Mary drückte auf den Lichtschalter. Wir horchten.

»Wo bist du?«, flüsterte sie.

»Hier.«

»Komm zu mir.«

Ich tastete nach ihr, machte einen vorsichtigen Schritt in ihre Richtung, streckte einen Arm aus, meine Finger fühlten ihre Schultern, ihre Haare. Ich sah nichts, es war so finster, als hielte mir jemand die Augen zu.

»Hier.«

Wir standen ganz dicht beieinander. Ihr Atem auf meiner Haut. Er ging schnell. Wie damals, als wir im Garten um die Wette rannten. Unsere Arme berührten sich. Unsere Finger. Ganz zaghaft fassten wir uns an den Händen. Noch nie hatte ich ein Mädchen berührt. Nicht so.

Der Zauber der Dunkelheit. Von ihr umhüllt, trug ich keinen schmutzigen Longi, kein verschwitztes T-Shirt, und sie kein sauberes weißes Nachthemd. Ohne Licht waren wir nur Mary und Niri. Wie früher. Warum konnte es nicht für immer gelöscht bleiben? Oder wenigstens für den Rest der Nacht.

»Du glaubst doch an Wiedergeburt, oder?«, sagte sie mit leiser Stimme.

»Ja. Du nicht?«

»Als Christin darf ich es eigentlich nicht. Nach dem Tod kommen wir in den Himmel oder in die Hölle. Trotzdem habe ich das Gefühl, wir sind uns in einem anderen Leben schon einmal begegnet. Als würden wir uns schon ewig kennen.«

»Tun wir doch auch.«

»Anders.«

»Wie anders?«

»Nicht, wie Kinder sich kennen.«

»Sondern?«

Sie ließ meine Hand los. Ihre Finger glitten über meine Wangen, den Mund, die Lippen. Ihre Berührungen erregten mich so, dass ich mich abwenden musste.

Über uns entfernten sich die Schritte.

Wir schwiegen. Ich ertrug die Dunkelheit nicht mehr und machte das Licht wieder an. Mary sah aus, als wären ihr Tränen über die Wangen gelaufen.

Als wir klein waren, hatte ich sie mit Grimassen trösten können. Oder ich lief auf Händen, bis sie wieder lachte, das konnte ich gut.

Die Zeiten waren vorbei.

»Brauchst du noch etwas?«

»Ein paar alte Zeitungen.«

»Zeitungen?« Sie blickte mich erstaunt an, als müsste sie erst einmal überlegen, was das sei. »Bei uns liest niemand Zeitungen.«

»Ich bräuchte einfach Papier, zum Verpacken.«

Mary überlegte. »Meine Mutter liest die *Vogue* und *Marie-Claire*, solche Sachen. Ich glaube, die alten Exemplare lagern in einem der Abstellräume.«

In einem Regal fanden wir mehrere Stapel Zeitschriften, ich nahm mir ein paar davon mit.

Zurück in unserer Siedlung, verbrachte ich den Rest der Nacht damit, Seiten voller Werbung für Autos, Parfüm und Uhren zu kleinen Tüten zu rollen und zu falten, sie mit Reis zu füllen und vor die Türen der Hütten zu legen. Es reichte nicht für alle, aber so würde es, hoffte ich, am nächsten Tag weniger Streit geben. Und ich konnte behaupten, damit nichts zu tun zu haben.

Mein Vater durchschaute meine List sofort. Kaum war ihm zu Ohren gekommen, dass ein Unbekannter Tütchen mit Reis verteilt hatte, rief er mich zu sich. Gleich würde er, so fürchtete ich jedenfalls, eine Erklärung von mir verlangen. Wir saßen in unserer Hütte, meine Schwester hatte er hinausgeschickt, sie sollte mit ihren Freundinnen spielen, meine Mutter schlief. Mir war heiß, den Kopf hielt ich gesenkt, darauf wartend, dass er mich voller Wut an mein Versprechen erinnerte; dass er mir erklärte, wie enttäuscht er von mir sei und dass er mir vertraut habe und ich sein Vertrauen missbraucht hätte; dass er mir mit strengen Worten die Gebote Buddhas ins Gedächtnis rief.

Ich würde ihn zwar um Entschuldigung bitten – und trotzdem wieder nicht das Gefühl haben, etwas Falsches getan zu haben. Ich würde versichern, dass es das letzte Mal gewesen sei – und trotzig denken, dass ich auch dieses Versprechen brechen würde. Die Worte des Buddha, dachte ich, machten hungernde Kinder nicht satt.

Nichts davon geschah.

Mein Vater schimpfte nicht, er schwieg und schloss die Augen. Das machte er oft, wenn er irgendwo saß. Meine Mutter ärgerte das, sie empfand es als eine Art der Missachtung. Er sagte, es helfe ihm, sich zu konzentrieren. Die vielen Bilder, Farben und Bewegungen vor seinen Augen würden ihn zu sehr ablenken.

Geckos huschten hinter ihm über das Holz. Fliegen krochen über seine Stirn, die Nase, den Mund. Er regte sich nicht. Je länger er schwieg, desto lauter wurde die Stille zwischen uns und umso schlechter fühlte ich mich. Mein Gefühl, das Richtige getan zu haben, schmolz in seiner Gegenwart dahin wie ein Eiswürfel in der Sonne. Mit welchem Recht widersetzte ich mich seinen Worten? Wie konnte ich mir anmaßen zu denken, ich könnte meinen eigenen Regeln folgen? Was hatte mein Vater nicht alles für mich getan. Ich war undankbar. Ein Mensch musste nicht an Karma glauben, um zu wissen, dass aus meinen Taten nichts Gutes entstehen konnte.

Minuten vergingen, bis er endlich sein Schweigen brach. »Habe ich dir jemals die Geschichte des kleinen Novizen Dada erzählt?«, sagte er mit noch immer geschlossenen Augen. Die Frage beantwortete er gleich selbst. »Ich fürchte, ich habe es nicht.«

»Ich erinnere mich jedenfalls nicht«, sagte ich, froh, dass mein Vater wieder mit mir redete.

»Dada lebte als Waisenkind in einem Kloster in den Bergen rund um den Minle-See. Seine Eltern waren früh verstorben, und die Mönche im Dorf hatten sich seiner angenommen. Er war ein scheuer Junge, der viel Zeit allein verbrachte, wenig sprach und schnell lernte. Die Mönche schätzten ihn wegen seiner Klugheit, Bescheidenheit, Hilfsbereitschaft und der Hingabe, mit der er den Geboten Buddhas folgte. Dada pflegte ein ganz besonders inniges Verhältnis zu Tieren. Er achtete sehr darauf, dass niemand im Kloster einem Tier etwas zuleide tat. Selbst die lästigen Mücken durften nicht getötet, sondern nur durch übel riechende Substanzen vertrieben werden.

Eines Tages hörte er, dass die Bewohner des Dorfes einen Tiger gefangen hatten, der nun eingesperrt in einem Bambuskäfig saß. Da sich niemand traute, den Tiger zu töten, wollten die Bauern warten, bis er vor Hunger und Durst starb. Dada lief zu dem Käfig und fand das gequälte Tier.

›Lass mich raus‹, rief es dem Novizen zu, ›ich werde verdursten oder verhungern.‹ Dada wollte helfen, wusste aber natürlich auch, was für ein gefährliches Wesen der Tiger war.

›Das kann ich nicht, du bist ein Raubtier‹, erklärte er.

›Hab keine Angst. Wenn du mich befreist, werde ich im Dschungel verschwinden und mich nie wieder blicken lassen‹, widersprach der Tiger.

Konnte er diesen Worten Glauben schenken?

Ratlos ging Dada zum Abt des Klosters und fragte, was er tun sollte.

Der alte Mönch zögerte keine Sekunde mit seiner Antwort: Natürlich war der Tiger ein Raubtier. Er hatte von den Bauern schon mehrere Rinder gefressen, die Menschen hätten das Recht, sich und ihre Tiere vor ihm zu schützen. Sie handelten in Notwehr.

Dada überzeugte das nicht. Auch wenn der Tiger das ein oder andere Rind gerissen hatte, es herrschte im Dorf kein Hunger, die Reisernten waren üppig, es ging den Bewohnern gut, sie besaßen mehr als genug.

Er dachte an die Gebote des Buddha. Das erste Gebot lautete: Du sollst kein Lebewesen töten. Genau das taten die Bauern. Als guter Buddhist durfte er dem nicht tatenlos zuschauen.

Am nächsten Tag lief Dada zum Käfig und erinnerte den Tiger an sein Versprechen, den Menschen nichts zu tun und für immer im Dschungel zu verschwinden, dann öffnete er die Käfigtür. Das Tier sprang heraus. Fast wahnsinnig vor Hunger, fiel es zunächst über den Novizen her und fraß ihn mit Haut und Haaren. Auf dem Weg über die Felder verschlang es noch zwei spielende Kinder und verschwand dann für immer im Dickicht des Waldes.«

Mein Vater öffnete die Augen, ohne mich anzuschauen. Sein Blick war geradeaus auf die Bretterwand gerichtet. Nach einigen Sekunden wandte er sich mir zu. »Ich mache mir Sorgen um dich, Niri.«

»Das musst du nicht«, wollte ich antworten, besann mich jedoch sofort eines Besseren. Es stand mir nicht zu, ihm zu sagen, worüber er sich Sorgen machen musste und worüber nicht. »Warum?«, fragte ich stattdessen.

»Weil du dir Illusionen machst. Weil du dich täuschst. Weil du dich selbst in die Irre führst.«

6

Das Leben in der Siedlung wurde von Tag zu Tag schwieriger.

Ein junger Mann, kaum älter als ich, versuchte, sich zu erhängen, und brachte dabei nicht nur die Hütte seiner Vermieter, sondern auch noch die des Nachbarn zum Einsturz, weil der Dachbalken sein Gewicht nicht trug. Es hieß, er habe sich aus Scham umbringen wollen, weil er nun, ohne Arbeit, nicht mehr in der Lage gewesen war, Geld in seine Heimat zu schicken.

Aus mehr und mehr Hütten hörte ich das bekannte Husten und Röcheln. Die meisten Kranken erholten sich wieder – andere nicht. Auf Betreiben von Bagura wurde auf einem angrenzenden, ebenfalls brachliegenden Grundstück ein provisorischer Friedhof eingerichtet.

Eines Morgens nach unserer Meditation bat mich mein Vater, ihm einen Eimer sauberes Wasser aus dem Kanal zu holen. Er wusch sich gründlicher als sonst und rasierte sich.

»Ich habe nachgedacht«, sagte er, während er versuchte, ein paar Flecken aus seinem Longi zu waschen. »Ich fürchte, ich werde in diesen Zeiten keine Arbeit finden.« Er machte eine bedeutungsschwere Pause. »Deshalb habe ich beschlossen, mir Geld zu leihen.«

Ich überlegte, wer meinem Vater Geld leihen könnte, aber mir fiel niemand ein.

»Ich werde zu Mister Benz gehen und ihn um einen Kredit bitten«, erklärte er entschlossen. »Ich bin mir sicher, er wird ihn mir gewähren.«

Ich bezweifelte, dass das eine gute Idee war. »Warum bei ihm? Mister Benz hat uns rausgeworfen. Er ist schuld daran, dass wir überhaupt in dieser Lage sind.«

»Sie hatten Angst. Tante Bora war krank. Mrs Benz hat Asthma. Alle haben Angst in dieser Zeit.«

»Und warum sollte er uns jetzt helfen?«

»Weil Mister Benz uns seit bald achtzehn Jahren kennt. Weil ich in der ganzen Zeit nicht einen Tag krank war. Deine Mutter auch nicht. Weil wir unsere Arbeit immer gewissenhaft gemacht haben und sie immer gut zu uns gewesen sind. Weil er weiß, dass er sich auf mich verlassen kann. Ich werde das Geld Cent für Cent zurückzahlen. Wenn ich ihm erkläre, wie schwierig das Leben für uns im Moment ist, wird er nicht zögern.«

»Soll ich mitkommen?«

Er schüttelte den Kopf.

Ich begleitete ihn bis zum Bauzaun. Obgleich er frohen Mutes war, hatte ich ein ungutes Gefühl und wollte ihn nicht allein gehen lassen.

»Soll ich nicht doch mitkommen?«, fragte ich noch einmal, ohne eine Idee zu haben, wie ich ihm bei dem Gespräch mit Mister Benz würde helfen können.

»Nein.«

Ich blickte ihm nach, wie er mit federnden Schritten die Straße hinunterging und immer kleiner und kleiner wurde, bis er irgendwann ganz verschwand.

Ungeduldig wartete ich auf seine Rückkehr. Als ich ihn am Nachmittag mit gesenktem Kopf auf unsere Hütte zulaufen sah, ahnte ich, was passiert war.

Er hockte sich wortlos vor unseren Altar und meditierte bis zum Anbruch der Dunkelheit.

Thida und ich bereiteten Reis und ein wässriges Tomatencurry zu. Unser Vater rührte sein Essen kaum an. Schweigend aßen wir, meine Schwester warf mir hin und wieder fragende Blicke zu. Nachdem sie neben mir eingeschlafen war, hörte ich ihn im Dunkeln flüstern: »Niri«, sagte er mit brüchiger Stimme, »er hat mich nicht einmal sehen wollen.«

Ich streckte meinen Arm aus, wollte seine Hand nehmen, wie früher, als wir oft Hand in Hand zum Kloster gegangen waren. Meine Finger tasteten über den Boden, alles, was sie fanden, waren Staub und Erde. Wir lagen zu weit auseinander.

Zunächst war es nur ein Gerücht, das sich rasend schnell in der Siedlung verbreitete. Wie ein Virus sprang es in Windeseile von Mensch zu Mensch. Die Witwe erzählte es der Einarmigen, von der ging es weiter zu den Zwillingen, zur Marktfrau, dem Autowäscher, der Müllsammlerin, den beiden Blinden, die es wieder der Witwe erzählten.

Am Abend stand Bagura mit seinen beiden Söhnen in der Tür. Sie wollten mit meinem Vater und mir sprechen, und aus dem Gerücht wurde eine ernste Bedrohung. Am Morgen, so erzählte Bagura mit sorgenvoller Miene, waren Polizisten in der Siedlung gewesen. Sie hatten mit ihm gesprochen und die Dinge sogleich eine ausgesprochen unglückliche Wendung genommen. Nicht nur, dass sich der Virus in der Welt immer weiter ausbreitete, immer mehr Menschen erkrankten und starben, immer mehr Geschäfte und Fabriken schlossen. Nun hatte auch noch eine Zeitung in New York, die offenbar in der ganzen Welt gelesen wurde, nichts Wichtigeres zu tun gehabt, als über das Schicksal der »Illegalen« in diesem unserem Land während der Viruskrise zu berichten. In der Geschichte hatte sie einige Bewohner unserer Siedlung zitiert und dazu offenbar auch noch Fotos, ausgerechnet von unseren armseligen Hütten, veröffentlicht. Der Bürgermeister, selbst der Minister für Tourismus waren, um es vorsichtig auszudrücken, alles andere als begeistert. Wir seien eine Schande für die Stadt, hatten sie gesagt, und befohlen, die Siedlung zu räumen.

Die Polizisten gaben uns drei Tage Zeit, um zu verschwinden. Bagura machte in seinem Bericht eine bedeutungsschwere Pause, sein Blick wanderte von meinem Vater zu mir und wieder zurück. Natürlich, fuhr er fort, gab es, wie so oft im Leben, einen Ausweg. Gegen ein Zeichen der Dankbarkeit und des Respekts war die Polizei bereit, Gnade vor Recht ergehen zu lassen und von einer Räumung in den kommenden Wochen abzusehen, die Aufregung würde sich mit der Zeit ohnehin legen. Der Bürgermeister hatte genug andere Probleme.

Ursprünglich war es um einhunderttausend Leek gegangen, aber Bagura war es in zähen Verhandlungen gelungen, die Summe auf die Hälfte zu reduzieren. Als kleines Zugeständnis hatten sie sich bereit erklärt, auch Gold in jeder Form, Halsketten, Arm- und Fußbänder, Ohr- und Nasenringe anzurechnen. Bagura hatte ihnen erklären müssen, dass es in unserer Siedlung niemanden mehr gab, der noch etwas von Wert besaß.

»Ich bin mir nicht sicher, was du von uns willst«, sagte

mein Vater nach einer gebührend langen Pause. »Wir haben kein Geld.«

»Das weiß ich doch«, winkte Bagura ab. »Aber dein Sohn«, und er blickte mich eindringlich an, »kennt eine Quelle, aus der Reis, Mehl, Nudeln und andere Dinge fließen. Vielleicht ja auch Geld ...«

Alle Augen richteten sich auf mich.

Mir wurde noch heißer als mir sowieso schon war. Dicke Schweißperlen bildeten sich auf meiner Stirn. Fünfzigtausend Leek zu stehlen war etwas ganz anderes, als ein paar Säcke Reis aus einem Lagerraum zu entwenden. Das konnte niemand von mir verlangen. Nie würde Mary ihren Eltern so viel Geld stehlen, selbst wenn die Benz so viel im Haus hätten. Ich wollte sie gar nicht darum bitten müssen. Das war kein kleiner Diebstahl mehr. Auch mein Vater würde das nicht billigen. Niemals. Ich schaute ihn an und erwartete, vielleicht hoffte ich auch, ein entschlossenes »Nein« zu hören. »Denk nicht einmal darüber nach.« Doch er blieb stumm. Sein Blick war leer. In seiner Mimik, seinen Augen suchte ich nach einem Hinweis, was ich antworten sollte. Wenigstens eine Andeutung. Nichts. Er saß still vor mir und rührte sich nicht, schloss nicht einmal die Augen. Es war, als schaute er durch mich hindurch.

»Papa?«

Kein Wort. Kein Augenzwinkern. Kein Stirnrunzeln. Nicht die Andeutung eines Kopfschüttelns.

»Papa?« Er sollte mir jetzt sagen, was ich zu tun hatte. Ich konnte das nicht entscheiden.

Schweigen. Nur an seinem schnellen Atem erkannte ich, dass die Frage auch ihn nicht gleichgültig ließ.

Noch nie in meinem Leben hatte ich mich so allein gefühlt.

Bagura räusperte sich mehrmals. Er wartete ungeduldig auf meine Antwort.

Ich hatte bereits die »Avenue der Patrioten« überquert und somit den gefährlichsten Teil des Weges hinter mir, als ich das Gefühl bekam, mir folgte jemand. Ich lief zunächst geduckt weiter, bog in eine Gasse und versteckte mich gleich in der ersten Toreinfahrt. Kurz darauf kamen Yuri und Taro vorbeigeschlichen. Sie entdeckten mich sofort.

»Was macht ihr hier?«, rief ich.

»Halt die Klappe«, flüsterte Yuri, der Ältere der beiden. »Du weckst die ganze Nachbarschaft.« Er griff nach meinem Arm und drehte ihn mir auf den Rücken.

»Au. Das tut weh. Lass mich sofort los.«

Er zog noch etwas fester. »Wir wollen wissen, wo deine Quelle sprudelt«, sagte Yuri.

»Das verrate ich euch nicht.«

»Du führst uns jetzt zu ihr.«

»Nein.«

Yuri zog noch einmal an meinem Arm, mir kamen die Tränen vor Schmerz, und ich hatte Angst, er würde ihn mir gleich brechen. Sein Bruder versetzte mir einen Faustschlag in den Magen, meine Knie wurden weich, ich kippte vornüber. Yuri ließ mich los, und ich fiel um wie ein Sack Reis. Er kniete sich auf meinen Rücken, ich kriegte keine Luft mehr.

»Ich kann nicht atmen«, röchelte ich.

»Wohin gehst du? Wer hilft dir?«

»Ich ... kriege ... keine ... Luft.«

»Wo sprudelt deine Quelle?«

Ich wäre so gern tapfer gewesen. Ich hätte ihnen gern

gesagt, sie sollten mich am Arsch lecken, von mir würden sie nichts erfahren, selbst wenn sie mir den Arm brechen oder mich halbtot schlagen würden. Doch ich war kein großer Held. Nicht einmal ein kleiner. Mein Rücken tat furchtbar weh, ich hatte Angst zu ersticken. »Ich zeige es euch«, presste ich hervor.

Yuri hob sein Knie ein wenig an, Luft strömte in meine Lunge, und ich spürte eine große Erleichterung.

»Was hast du gesagt?«

»Ich zeige sie euch.« Was sollte schon passieren, dachte ich mir jetzt. Sollten sie ruhig wissen, wo die Villa der Benz liegt. Ohne meine Hilfe würden sie sowieso nicht hineinkommen.

Er stand auf, sie warteten, dass auch ich mich erhob. Mein Bauch schmerzte, und mein Gesicht. Ich hatte mir beim Sturz die Lippe und das Kinn aufgeschlagen.

Die beiden Brüder nahmen mich in ihre Mitte, und wir schlichen weiter die Mauern entlang. Wir hatten noch einige lange Straßenblöcke vor uns, und mit jedem Schritt wuchsen meine Zweifel. Es war ein Fehler, sie zur Villa zu führen. Wozu waren sie fähig, wenn wir erst einmal im Haus der Benz waren? Was würden sie Mary antun?

Ich könnte behaupten, mich verlaufen zu haben, dachte ich, aber das würden sie mir nie glauben. Ich könnte sie im Kreis führen, auch das würden sie irgendwann merken und dann ihr Knie nicht so schnell wieder von meinem Rücken nehmen. Meine einzige Chance bestand in der Flucht. Yuri und Taro waren ein paar Jahre älter als ich. Sie waren jeder mindestens einen Kopf größer und ohne Frage viel stärker, aber sie waren auch beide fett wie ihr Vater. Kraft hatten sie, aber keine Ausdauer, und schnell waren sie auch nicht. Ich musste nur entschlossen genug lossprinten und zwei oder drei Meter Vorsprung gewinnen, dann würden sie mich nie einholen.

Zwei Kreuzungen weiter wagte ich es. Wir knieten hinter einem Toyota Pick-up und beobachteten die Straße. Alles war ruhig. Yuri hockte neben mir. Ich wollte aufspringen und losrennen, fürchtete aber, er könnte mich festhalten. Yuri stützte sich mit einer Hand auf den Asphalt und gab mir ein Zeichen weiterzugehen. Mit aller Kraft trat ich mit der Hacke auf seine Finger. Ich hörte es knacken, als hätte ich ihm sämtliche Knochen in der Hand gebrochen, er schrie auf vor Schmerz. Noch bevor sein Bruder nach mir greifen konnte, hatte ich den Vorsprung, den ich brauchte.

Meine Flip-Flops wirbelten durch die Luft. Ich rannte barfuß über den warmen Asphalt, sprang über einen Straßengraben, schlug vorsichtshalber ein paar Haken und bog abrupt scharf links ab in eine kleinere, weniger beleuchtete Gasse. Hinter mir fluchten und schnauften Yuri und Taro, unser Abstand vergrößerte sich mit jedem Schritt. Nach zwei-, dreihundert Metern hörte ich sie nur noch in sicherer Entfernung, bald darauf verstummten sie ganz. Ich rannte weiter in einem Zickzack durch das Viertel, und erst als ich ganz sicher war, dass sie mir schon lange nicht mehr folgten, näherte ich mich der Villa.

Mary saß am Fenster. Ich stellte mir vor, dass sie schon den ganzen Abend und die halbe Nacht auf mich gewartet hatte. Und gestern. Und die Nacht davor. Sie gab mir ein Zeichen, ich zählte bis dreihundert. Kurz darauf trafen wir uns in der Kammer.

Sie sah mich erschrocken an. »Wie siehst du denn aus?«

»Ich bin nur hingefallen.«

Mary ging in die Waschküche, befeuchtete ein Tuch

und reichte es mir. »Hier, mach dir mal das Blut weg. Ach, lass, ich mach schon, das geht schneller.« Sie säuberte mir vorsichtig die Wunden.

Ich musste ihr sagen, warum ich gekommen war, aber es fiel mir schwer, einen Anfang zu finden. Durfte ich sie überhaupt um so viel Geld bitten? Woher sollte sie es nehmen? Und doch war sie unsere einzige Chance. Käme ich mit leeren Händen zurück, würden in ein paar Tagen Bulldozer unsere Siedlung niederwalzen.

Mary spülte das Tuch aus, drehte sich zu mir und musterte mich prüfend. »Wer war das?«

Ich sah sie an, als wüsste ich nicht, was sie meinte.

»Du bist nicht hingefallen. Jemand hat dich geschlagen. Nun sag schon. Wer ist hinter dir her? Und warum?«

Zögernd erzählte ich ihr alles, was geschehen war.

Sie hörte mir konzentriert zu, als ich fertig war, schwieg sie nachdenklich.

Ich wartete.

»Fünfzigtausend Leek?«, wiederholte sie. »Sofort?«

Sie schwieg wieder.

Mit jeder Sekunde der Stille wuchs meine Befürchtung, dass ich vergeblich gekommen war. Gleichzeitig spürte ich, wie etwas in mir hoffte, sie würde Nein sagen. Ich wollte sie nicht in Schwierigkeiten bringen und hatte kein Recht, Mary vor solche Entscheidungen zu stellen.

»Mein Vater hat Bargeld im Haus«, sagte sie schließlich. »In seinem Büro ist ein Safe. Ich weiß, wo der Schlüssel liegt.«

»Fünfzigtausend Leek?« Ich konnte mir nicht vorstellen, dass Menschen so viel Geld zu Hause aufbewahrten.

»Mehr.«

»Wir werden es euch nie zurückzahlen können.«

»Ich weiß.«

»Willst du uns trotzdem helfen?«

»Ja.«

»Das musst du nicht tun.«

»Natürlich muss ich das nicht tun. Wer sollte mich zwingen können, euch zu helfen?«

Ich dachte kurz an Yuri und seinen Bruder. Ich dachte an die Grobheit, zu der Menschen in der Lage waren und von der Mary nicht einmal etwas ahnte, sagte aber nichts.

»Aber vielleicht will ich es! Warte jetzt hier. Ich muss den Schlüssel aus dem Versteck holen, das Bild abhängen, den Safe öffnen und anschließend alles wieder in Ordnung bringen. Es kann ein bisschen dauern, bis ich zurück bin. Wenn du von oben Stimmen oder Geräusche hörst, sind meine Eltern oder mein Bruder wach geworden. Dann hau so schnell wie möglich ab und komm morgen Nacht wieder.« Ohne eine Antwort abzuwarten, drehte sie sich um und humpelte hinaus. Ich schloss die Tür und löschte das Licht. Der ganze Raum roch noch nach ihr.

Die Zeit allein in der Kammer kam mir vor wie eine Ewigkeit. Angespannt horchte ich auf Stimmen, schnelle Schritte, Türen, die sich quietschend öffneten oder schlossen, doch im Haus blieb es still. Für mich gab es nichts zu tun, außer zu warten.

Ich wusste nicht, wie viel Zeit vergangen war, als ich hörte, wie sich die Tür öffnete. Lautlos schlich jemand herein und schloss sie wieder.

»Entschuldige, dass es so lange gedauert hat.«

Sie wusste auch ohne Licht und ohne ein Wort von mir, wo ich war, kam auf mich zu und blieb direkt vor mir stehen. Sie nahm meinen Arm und drückte mir einen dicken Umschlag in die Hand.

»Fünfzigtausend in Tausend-Leek-Scheinen. Die sehen alle neu aus. Mein Vater scheint zu glauben, dass sein Geld auf der Bank nicht mehr sicher ist. Da liegen noch viel mehr Scheine. Und Goldmünzen. Ich kann mir nicht vorstellen, dass er jeden Tag sein Geld zählt.«

Ich wollte »Danke« sagen, hatte aber das Gefühl, dass es nicht das richtige Wort war für das, was sie für mich tat. Da mir nichts anderes einfiel, sagte ich nichts.

Zum Abschied steckte sie mir einen zweiten Umschlag mit etwas Festem darin zu. Es fühlte sich an wie ein Telefon und Geld.

»Das sind zwei Goldmünzen für den Notfall und mein altes iPhone. Ich habe es aufgeladen und eine SIM-Karte eingelegt. Das Ladegerät habe ich nicht gefunden, aber in eurer Siedlung hat bestimmt jemand eins.«

»Danke«, sagte ich. Ihr zu erklären, dass wir nicht einmal Strom hatten, war mir unangenehm, und so ließ ich es.

7

Auf dem Rückweg schlich ich noch vorsichtiger durch die Straßen als in den beiden anderen Nächten, versteckte mich in Toreinfahrten oder hinter Büschen und unterdrückte eine immer wieder aufkommende Panik. Was würden Polizisten oder Soldaten mit mir machen, wenn sie mich mit fünfzigtausend Leek und zwei Goldmünzen aufgriffen? Mich wegen Diebstahls verhaften? Wahrscheinlicher war, dass sie mir Geld und Gold wegnahmen, mich fortjagten und dann nach wenigen Metern von hinten als »Plünderer auf der Flucht« erschossen.

Kurz vor der »Avenue der Patrioten« verließen mich die Kräfte. Oder die Angst wurde zu groß. Furcht, so lernte ich in dieser Nacht, kann einem die Beine schnell machen oder so schwer, dass man kaum von der Stelle kommt.

Ich fand einen am Straßenrand geparkten Pick-up mit Regenplane über der Ladefläche und kroch darunter. Am Tag wäre ich zwar sichtbarer, erregte aber weniger Verdacht. Noch beschränkte sich die Ausgangssperre auf die Nacht.

Ich streckte mich unter der Plane aus und dachte an Mary. Ich hatte nicht geahnt, wie sehr die Schmerzen sie quälten. Hoffentlich lag sie jetzt in ihrem Bett und konnte endlich schlafen. Mir war, als würde ich erst seit unserem

Wiedersehen allmählich verstehen, wie sehr ich sie in den vergangenen vier Jahren vermisst, wie sehr sie mir gefehlt hatte. Wie allein ich ohne sie gewesen war. Es war mir gelungen, meine Sehnsucht nach ihr in dieser Zeit irgendwo zwischen den Palmen und Hibiskusbüschen zu vergraben, ich hatte sie versteckt und weggesperrt, und nun kehrte sie mit jeder Begegnung ein wenig mehr zurück. Unsere heimlichen Treffen im Vorratskeller erinnerten mich an die vielen verbotenen Nachmittage in unserem Versteck im Garten der Benz. Damals hatte uns ihr Bruder verraten. Wie würde es dieses Mal enden? Es dauerte lange, bis mir über diese Frage vor Erschöpfung die Augen zufielen.

Ein Regenschauer weckte mich. Fette Wassertropfen trommelten auf die Plane, für einen Moment wusste ich nicht, wo ich war. Erschrocken griff ich nach den Umschlägen mit dem Geld und den Münzen, beide steckten noch in meinem Longi.

Es hörte zu regnen auf, ich lugte unter der Plane hervor. Es waren mehr Autos unterwegs, als ich vermutet hatte, und auch einige Passanten. Alle trugen eine Maske. Daran hatte ich nicht gedacht. Ohne einen Atemschutz würde mich jeder Polizist anhalten. Ich kletterte aus dem Pickup, den Kopf gesenkt, und machte mich auf den Weg zu unserer Siedlung. Mir war nicht wohler als in der Nacht. Bei jeder zufälligen Begegnung mit einem anderen Menschen fürchtete ich, dass er mir ansah, mit wie viel Geld ich durch die Straßen lief.

Auf der »Avenue der Patrioten« kamen mir auf halber Strecke sechs Verkehrspolizisten entgegen. Im ersten Moment wollte ich umdrehen und die Straßenseite wechseln oder weglaufen, verwarf den Gedanken aber gleich wieder. Das würde nur noch mehr Aufmerksamkeit erregen.

Zwischen den Polizisten und mir lag eine Bushalte-stelle, an der einige Passanten warteten. Ich stellte mich dazu, auch wenn ich barfuß und mit meinem schmutzigen Longi und T-Shirt nicht zu ihnen passte. Eine junge Frau bemerkte die auf uns zukommenden Uniformierten, deu-tete auf mein maskenloses Gesicht und schaute mich fra-gend an. Hilflos zuckte ich mit den Schultern. Neben ihr hing ein Papierkorb, der lange nicht mehr geleert worden war. Gerade als ich die Umschläge in den herausquellen-den Müll stopfen wollte, drückte mir die Frau wortlos eine Maske in die Hand. Sie war gebraucht und stank nach Schweiß, ich setzte sie hastig auf und tat, als ob ich gelangweilt auf den Bus warten würde. Die Polizisten gin-gen an uns vorbei, einer bemerkte meine nackten Füße, meine dreckige Kleidung, warf mir einen misstrauischen Blick zu, machte Anstalten, stehen zu bleiben, überlegte es sich anders und folgte seinen Kollegen.

Mein Vater wartete am Zaun in der prallen Sonne auf mich. Er hatte sich große Sorgen gemacht, war jedoch erleichtert, nicht böse und stellte keine Fragen.

Wir gingen direkt zu Bagura. Der saß Betelnüsse kau-end im Schatten seiner Hütte und erwartete uns bereits ungeduldig. Neben ihm hockten seine Söhne. Yuris Hand war mit einem dicken Verband bandagiert. Er starrte mich voller Wut an, sagte aber kein Wort. Bagura stand auf und bat uns hinein. Unter dem Wellblechdach war es genauso heiß und stickig wie bei uns, doch die Luft hier schmeckte nach süßlichem Rosenparfüm, nach gebrate-nem Knoblauch und Chilis statt nach Kloake. Die Hütte musste die größte in der ganzen Siedlung sein. Sie hatte sogar einen zweiten Raum, in dem wir jemanden mit Geschirr und einer Pfanne hantieren hörten. An den Wänden hingen Poster von einem Elefanten mit vielen Beinen und anderen indischen Göttern. Im Zimmer standen ein richtiges Bett mit einer richtigen Matratze darauf, ein alter Tisch, mehrere Holzhocker und ein Regal voller Zeitschriften, Hefte und Bücher. Auf dem Nachttisch bemerkte ich das Schwarz-Weiß-Foto eines kleinen Mädchens, das ernst und mit großen Augen in die Kamera blickte.

Bagura setzte sich auf einen der Hocker. »Habt ihr das Geld?«

Mein Vater überreichte ihm den dicken Umschlag, vom Telefon und den Goldmünzen hatte ich ihm nichts gesagt. Bagura öffnete ihn und zählte die Scheine. Einmal. Zweimal. Schließlich nickte er anerkennend. »Fünfzigtausend Leek!« Er wandte sich an mich. »Respekt. Das hast du gut gemacht. Wir sind dir alle zu großem Dank verpflichtet.« Bagura warf seinen Söhnen einen strengen Blick zu. »Auch Taro und Yuri, richtig?«, erklärte er in scharfem Ton.

Die beiden deuteten ein widerwilliges Nicken an.

»Mir ist zu Ohren gekommen, dass sie dir auf dem Weg ein paar Unannehmlichkeiten bereitet haben. Das tut mir leid. Ich versichere dir, es wird nicht wieder vorkommen.«

Wenn mein Vater stolz auf mich war, ließ er es sich nicht anmerken.

Ich weiß nicht, was Bagura den Leuten in der Siedlung erzählt hat, aber das Ansehen unserer Familie veränderte sich über Nacht. Auf einmal grüßten uns die Menschen, mich ganz besonders. Jeder. Manche respektvoll. Andere

freundlich. Neugierig. Devot. Misstrauisch. Dankbar. Be-
wundernd. Sie machten mir Platz, wenn ich durch die
engen Gänge lief. Sie boten mir einen Hocker vor ihrer
Hütte an. Sie ließen mir den Vortritt, wenn ich in der
Schlange vor der Toilette wartete. Diejenigen, die noch
ein Handy besaßen, machten Fotos von mir. Oder von mir
und ihren Kindern, ihren Frauen oder Männern, ihren
Schwestern und Schwagern. Im ersten Moment war mir
die Aufmerksamkeit unangenehm und etwas unheimlich,
doch ich will ehrlich sein und zugeben, dass ich schnell
anfing, Gefallen daran zu finden. Die bewundernden Blicke. Das neugierige Gemurmel hinter meinem Rücken.
Der Respekt, den man mir auf einmal entgegenbrachte.

Nachbarn gratulierten meinem Vater zu seinem Sohn
oder erkundigten sich nach dem Befinden meiner Mutter.
Fremde brachten Kräuter vorbei, die angeblich gegen
hohes Fieber und Husten halfen, oder boten an, uns Wasser vom Kanal mitzubringen.

Junge und alte Männer fragten meinen Vater in allerlei
Dingen um Rat.

Thida hatte neue Freunde, die den ganzen Tag in der
Nähe unserer Hütte herumlungerten.

Mir wurden die sonderbarsten Angebote unterbreitet.
Einem Mann sollte ich den goldenen Nasenstecker seiner
verstorbenen Frau abkaufen. Ihr Nähzeug. Ein unvoll-
ständiges Kartenspiel. Zerbeulte Töpfe.

Eine Frau zog mich in ihre Hütte, nahm ungefragt meine
Hand und legte sie auf ihren großen, aus dem T-Shirt
quellenden Busen. Ein Vater bot mir seine vierzehnjährige
Tochter an.

Den Angeboten folgten die Bittgesuche. Männer nahmen mich beiseite und erzählten im Flüsterton von ihren

kranken Frauen, Mütter ihrer Kinder, die sterben würden, wenn sie nicht bald Medikamente bekämen. Eine Mutter drückte mir ihren schreienden Säugling in die Arme. »Es verhungert, wenn es nicht bald etwas zu essen bekommt«, sagte sie. Ihre Brüste seien leer.

Die Not war groß und wurde mit jedem Tag größer. Ich wollte helfen, aber wie sollte ich das, bei so vielen Menschen?

Es dauerte nicht lange, bis mir die Lösung einfiel. Der eine Teil davon versteckte sich unter meiner Bastmatte, der andere saß wie jeden Tag schwitzend und Betelnüsse kauend vor seiner Hütte.

Ich hatte Glück, Baguras Söhne waren weit und breit nicht zu sehen, als ich ihn besuchte. Umständlich kramte ich die Goldmünzen hervor, seine Augen weiteten sich bei ihrem Anblick. Er betrachtete sie gründlich und war klug genug, nicht zu fragen, woher ich sie hatte.

»Zwei Unzen australisches Gold. Wenn ich das Geld hätte, sie dir abzukaufen, würde ich es tun«, sagte er und gab sie mir zurück. »Aber wenn ich so viel Geld hätte, würde ich auch nicht hier sitzen.«

Diese Antwort hatte ich befürchtet. »Könntest du mir helfen, jemanden zu finden, dem ich sie verkaufen könnte?«

Er strich sich mit einer Hand durch seinen weißen Bart, mit der anderen kratzte er sich zwischen den Beinen. »Ich schätze, jede Münze ist achtzehn, vielleicht zwanzigtausend Leek wert. Sehr schwer, in diesen Zeiten jemanden zu finden, der so viel bezahlt. Wenn ich du wäre, würde ich warten.«

»Ich brauche das Geld aber jetzt.«

Er runzelte die Stirn. »Wie du meinst. Wenn es gut läuft, bekomme ich zwölftausend, höchstens dreizehn pro

Stück dafür, fünfzehn Prozent davon sind für mich. Einverstanden?«

Ich nickte.

»Komm heute am späten Nachmittag wieder. Mit etwas Glück habe ich dann das Geld.«

War es eine gute Idee, Bagura die Goldmünzen einfach so zu geben? Hatte ich eine Wahl?

Am Abend bat er mich gleich in seine Hütte, Yuri und Taro schickte er hinaus. Bagura stellte einen Becher mit Sonnenblumenkernen auf den Tisch, nahm sich eine Handvoll, ließ sich ächzend auf einen Hocker fallen und deutete auf einen anderen. »Setz dich.«

Aus seinem Longi holte er einen dicken, vollgeschwitzten Umschlag und reichte ihn mir. »Wie ich befürchtet hatte. Zwölftausend gab es für jede Münze, minus fünfzehn Prozent macht zehntausendzweihundert Leek. Zähl nach.«

Unsicher öffnete ich das feuchte Kuvert und zog einen großen Stapel alter, abgegriffener Zehn-, Zwanzig-, Fünfzig- und Hundert-Leek-Scheine heraus.

»Ich habe dir hauptsächlich kleine Scheine besorgt«, sagte er, beugte sich vor und sah mich vieldeutig an. »Die sind beim Bezahlen praktischer als die Tausender, und es ist nicht so schlimm, wenn mal ein gefälschter dabei ist.«

Umständlich zählte ich das Geld, verzählte mich, begann von vorn. Geduldig beobachtete mich Bagura dabei, hin und wieder spuckte er die Schale eines Sonnenblumenkerns auf den Boden. Er schien nicht in Eile zu sein.

Als ich endlich fertig war, stopfte ich die Scheine zurück in den Umschlag. Bagura schob den Becher mit den Kernen über den Tisch. »Bedien dich.«

»Danke.«

»Hör mal, Kleiner, es geht mich ja nichts an, wofür du so viel Geld auf einmal brauchst«, sagte er, ohne die Augen von mir zu wenden, »aber wenn du damit anstellen willst, was ich vermute, rate ich dir, vorsichtig zu sein.«

»Was meinst du damit?«, fragte ich misstrauisch.

»Erzähl niemandem, dass du im Besitz von so viel Geld bist. Menschen in Not sind unberechenbar.«

Ich nickte.

»Weck keine Hoffnungen, die du nicht erfüllen kannst.«

Ich tat, als wüsste ich nicht, wovon er spricht.

»›Verführe niemals einen Menschen dazu, dir in die Hölle des Gutgemeinten zu folgen‹, weißt du, wer das gesagt hat?«

Ich schüttelte den Kopf.

»*Ich* habe das gesagt«, erklärte er lächelnd. »Und glaub mir, mit Höllen kenne ich mich aus. Du hast beim letzten Mal gesehen, wohin das führt.«

»Wie viele Menschen leben in der Siedlung?«, fragte ich.

»Von was für einer Siedlung sprichst du immer? Meinst du diesen erbärmlichen Slum hier?« Ohne eine Antwort abzuwarten, fuhr er fort: »Es sind ungefähr hundert Hütten, aber es kommen ja fast täglich welche hinzu. In vielen leben mehr als eine Familie.« Er rechnete. »Ich schätze mal, mindestens tausenddreihundert Bewohner.«

Nun rechnete ich. Zwanzigtausendvierhundert geteilt durch tausenddreihundert: rund fünfzehn Leek pro Kopf. Viel war das nicht.

»Besser als gar nichts«, sagte Bagura, als hätte er meine Gedanken erraten. »Eine fünfköpfige Familie bekommt fünfundsiebzig Leek. Das reicht für eine Woche.«

»Für Essen ja, aber nicht für Medizin.«

»Du kannst nicht alle Probleme auf einmal lösen.« Er wischte sich mit seinem Taschentuch den Schweiß von der Stirn. Der schwere Körper lehnte auf dem Tisch, eine Hand stützte seinen Kopf, er beobachtete mich. Seinen Blick konnte ich schlecht lesen, es lagen Skepsis, Neugierde, vielleicht auch Anerkennung darin.

Ich nahm das Kuvert, steckte es in meinen Longi und stand auf.

»Wie willst du das Geld verteilen?«

»Keine Ahnung.«

»Wenn du damit von Hütte zu Hütte gehst, kommst du nicht weit. Nach der zweiten liegst du halbtot geprügelt im Dreck, und der Umschlag ist weg.«

Ich wollte nicht glauben, dass er recht hatte, konnte es aber auch nicht ausschließen. Ich setzte mich wieder.

»Was schlägst du vor?«

»Yuri, Taro und ich begleiten dich. Solange wir dabei sind, wird dir niemand etwas tun. Das kostet noch einmal fünf Prozent.«

Ich schüttelte den Kopf.

»Drei«, bot er an.

»Ein Prozent«, erwiderte ich. »Zweihundert Leek, keinen Cent mehr.«

Bagura lachte. »Du bist nicht nur mutig, du bist auch noch schlau, mein Junge. Einverstanden.«

Wir gingen zu viert von Hütte zu Hütte, ich verteilte ohne viele Worte das Geld und sah zu, dass wir weiterkamen. Schon bald folgte uns ein Pulk Menschen, doch es war, wie Bagura es vorausgesagt hatte: Sie hielten gebührenden Abstand und ließen mich in Ruhe.

Als ich am späten Abend noch einmal durch die Siedlung lief, blieb ich verwundert stehen und sog mehrmals tief Luft durch die Nase ein. Zunächst glaubte ich mich zu täuschen. Doch ich irrte mich nicht: Der üble Gestank nach Scheiße und Pisse hatte sich verflüchtigt. Zum ersten Mal, seit wir in unserer Hütte lebten, zog der Geruch von frisch gekochtem Essen durch die Gassen.

Am nächsten Morgen ging ich zu Bagura, um mich noch einmal für seine Hilfe zu bedanken. Wie jeden Tag saß er schweißtriefend vor seiner Hütte, Yuri und Taro waren in der Stadt unterwegs. Als ich mich zu ihm setzen wollte, hörten wir laute Rufe und schrille, aufgeregte Stimmen. Ein Junge kam angerannt und sagte, Bagura solle sofort kommen, sonst werde etwas Schreckliches passieren. Widerwillig stand er auf, und wir folgten dem Jungen zu dem einzigen größeren freien Platz in »Beautiful Tuscany«, nicht weit von der Latrine. Dort hatte sich ein Pulk Menschen gebildet, Bagura bahnte sich einen Weg durch die Menge, ich ging direkt hinter ihm. In der Mitte saß eine Frau, die ich kannte. Sie war kurz nach uns in die Siedlung gekommen und wohnte zwei Hütten weiter bei einer Witwe mit vier Kindern. Sie stritt viel mit ihrem Mann, ihr grobes, verletzendes Gezänk war bis in unsere Hütte zu hören. Hin und wieder auch das unverkennbare Geräusch von Händen, die auf Fleisch schlagen, gefolgt von den wütenden Schreien eines Mannes. In der vergangenen Woche hatte er sie verlassen und war zu seiner Geliebten gezogen, die nur einen Gang entfernt lebte.

Vor ein paar Tagen hatten wir zufällig zusammen Wasser aus dem Kanal geholt, und auf dem Weg dorthin hatte sie mir erzählt, dass sie bis zum Ausbruch des Virus als Kindermädchen bei einer reichen Familie beschäftigt gewesen war. Die hatte sie sogar auf Reisen begleiten dürfen und deswegen schon New York, Sydney und Dubai gesehen. Der Stolz in ihrer Stimme war nicht zu überhören gewesen. Gleichzeitig empörte sie sich, dass sie nun in so einem Drecksloch leben musste. Sie schimpfte laut über die geizige Witwe, bei der sie wohnte, über ihren treulosen Mann, die reiche Familie, die sie von einer Stunde auf die andere entlassen hatte, eigentlich über alles und jeden. Mir tat sie leid, trotzdem war ich froh, dass sie auf dem Rückweg ihre Wut mit einer anderen Familie teilte.

Jetzt saß sie auf der Erde, auf ihrem Schoß hockte ihre weinende Tochter. Auch sie kannte ich ganz gut, sie war in Thidas Alter, die beiden spielten oft miteinander. Mit der einen Hand umklammerte die Mutter das Mädchen, in der anderen hielt sie eine mit einer durchsichtigen Flüssigkeit gefüllte Plastikflasche und ein Feuerzeug. Sie wollte, dass ihr Mann zu ihr zurückkommt, sonst würde sie sich und ihr Kind in Brand setzen.

Die Umstehenden glotzten sie an, ohne Anstalten zu machen, etwas zu unternehmen. Es gab nicht viel Abwechslung in der Siedlung.

Bagura machte zwei bedächtige Schritte auf sie zu und gab mir zu verstehen, ich sollte ihm folgen.

»Nicht weiter«, schrie die Frau mit weit aufgerissenen Augen. Ihre Tochter kauerte neben ihr wie ein kleiner verängstigter Hund. Ich sah, wie sehr sie zitterte.

Bagura wartete. Er sagte, sie solle sich beruhigen, ganz sicher werde es eine Lösung für ihre Probleme geben. Er, Bagura, werde sich selbst darum kümmern und mit ihrem Mann reden. Streit gebe es in jeder Ehe, und die Umstände hier seien nicht dazu angetan, friedlich miteinander zu sein. Die Situation sei für alle schwierig.

Als er den nächsten Schritt wagte, goss sie sich die Flüssigkeit über den Kopf. Der Gestank von Benzin wehte über den Platz.

Die Menge schrie auf und wich zurück.

Sie hielt jetzt das Feuerzeug in die Luft und zündete es an.

Bagura blieb ganz ruhig. Er ging in die Knie und begann, leise auf sie einzureden. Ich verstand nicht, was er sagte, hörte nur den Singsang seiner Stimme. So stellte ich mir einen Schlangenbeschwörer vor.

Die Flamme erlosch.

Er redete und redete, und irgendwann begannen seine Worte eine beruhigende Wirkung zu entfalten. Die Frau senkte die Hand. Tränen rannen ihr die Wangen hinunter. Es roch noch immer fürchterlich.

Bagura drehte den Kopf zu mir. »Wenn ich dir ein Zeichen gebe, gehst du ganz langsam auf die beiden zu, nimmst das Mädchen auf den Arm und gehst weg.«

Er sprach weiter, bis die Frau nickte und ihre Tochter aus der Umklammerung entließ. Bagura warf mir einen kurzen Blick zu. Ich machte ein paar Schritte, hockte mich auf den Boden, öffnete meine Arme, aber ihre Tochter wollte nicht.

»Gib mir das Feuerzeug«, bat Bagura.

Die Frau schüttelte den Kopf, doch so zögerlich, wie sie das tat, sah ich, dass er nicht mehr oft bitten musste. Etwas hatte ihren Widerstand gebrochen.

»Gib mir das Feuerzeug«, wiederholte er.

Sie warf es ihm vor die Füße und ließ sich bitterlich weinend zur Seite fallen. Durch die Menge ging ein Raunen.

»Du hast ihnen das Leben gerettet«, sagte ich, als wir wieder vor seiner Hütte saßen. Bagura umklammerte mit beiden Händen sein dickes Taschentuch und sah vollkommen erschöpft aus. Er nickte nur.

»Was hast du zu ihr gesagt?«

»Dass ich es gut verstehen kann, wenn sie das Leben in diesem stinkenden Drecksloch beschissen findet. Das tun wir alle, und niemand weiß, wie lange wir hier noch hausen müssen. Dass vielleicht alles noch viel schlimmer wird. Dass ihr Mann ein Mistkerl ist, sie aber weiß Gott nicht die einzige Frau ist, die von ihrem Mann betrogen und belogen wird. Dass sie kein Recht hat, das Leben ihrer Tochter zu zerstören. Dass viele Menschen glücklich wären, ein solches Kind zu haben. Dass sie sich verdammt noch mal zusammenreißen und nicht so wichtig nehmen soll.«

Ich blickte ihn entgeistert an. »Wirklich?«

»Ja.« Er wischte sich mit dem Taschentuch den Schweiß aus dem Nacken. »Es hätte auch schiefgehen können.«

8

Der Zustand meiner Mutter verschlechterte sich. Ich hörte es nicht nur an der Art, wie sie nach Luft rang, daran, wie ihr Husten immer kraftloser klang, ich bemerkte es auch am sorgenvollen Gesicht meines Vaters. Er wich kaum mehr von ihrer Seite, am Abend stellte er ein Schälchen mit unserem kostbaren Reis auf den Altar und betete. Am Morgen waren die Körner verschwunden, meine Schwester glaubte, der Buddha hätte sie genommen und würde dafür unsere Mutter heilen. Ich wusste, dass mein Vater damit nur die Ratten fütterte.

Wenn ich sie auf ihrer Matte liegen sah, ihr Gesicht ausgemergelt, ihr Körper so dünn, dass die Haut über jedem Knochen spannte, erkannte ich meine Mutter kaum wieder.

Meine große, starke, wunderschöne Mutter. Die Frau, die mich geboren hatte. Die Frau, auf deren Rücken gebunden ich so viel Zeit verbracht hatte. Sie war nur noch ein Bündel. Zu erschöpft, um aufrecht zu sitzen. Zu kraftlos, um auch nur einen Löffel zum Mund zu führen.

Als ich in meiner Not Bagura davon erzählte, bot er an, mit uns zu einem Arzt zu gehen.

»Aber wir sind ›Illegale‹.«

Er wedelte mit der Hand, wie es für ihn typisch war.

»Ich kenne einen Arzt, der behandelt auch ›Illegale‹. Das lässt er sich selbstverständlich gut bezahlen.«

»Käme er auch in die Siedlung? Meine Mutter ist zu schwach, um in die Stadt zu gehen.«

»Natürlich nicht.« Bagura schüttelte verständnislos den Kopf. »Er arbeitet im St. Josephs Krankenhaus. Ich könnte uns ein Taxi besorgen.« Er rechnete. »Alles zusammen kostet euch das tausendzweihundert Leek, plus die Ausgaben für Medikamente, wenn der Arzt deiner Mutter überhaupt noch welche verschreibt.«

»Wir haben höchstens noch zwanzig Leek.«

»Keine Goldmünze mehr?«

»Nein.«

Bagura seufzte, als würde er sein Angebot schon bereuen. »Ich kann es euch leihen, du bist der kreditwürdigste Mensch, den ich kenne.« Er lachte auf eine Art, die ich nicht deuten konnte, und rechnete wieder. »Zu einem Zinssatz von zehn Prozent am Tag. Der ist nicht verhandelbar.«

Ich dachte an Mary und war sicher, dass sie uns in diesem besonderen Fall noch einmal helfen würde.

Mein Vater war mit Baguras Vorschlag, meine Mutter und mich zu einem Arzt zu bringen, einverstanden, von den Kosten erzählte ich ihm vorsichtshalber nichts – und er fragte auch nicht.

Ich trug sie auf dem Rücken zum Taxi. Bagura saß vorn neben dem Fahrer. Er hatte sich mit einem süßlich riechenden Deo eingesprüht, ein weißes, frisch gewaschenes Hemd und einen sauberen Longi angezogen, vor seinem Bauch baumelte eine hellbraune abgegriffene Umhängetasche.

Gemeinsam mit dem Fahrer hoben wir meine Mutter vorsichtig auf die Rückbank, ich setzte mich daneben und hielt sie während der Fahrt fest in meinen Armen. Es war feucht und heiß, trotz des Fahrtwindes floss mir der Schweiß in Strömen den Körper hinunter. Ein beklemmendes Gefühl beschlich mich: War dies unsere letzte gemeinsame Fahrt? Würde sie es überhaupt bis zum Krankenhaus schaffen? Sie wollte mir etwas sagen, sprach jedoch so leise, dass ich kein Wort verstand. Ich beugte mich zu ihr und hielt mein Ohr dicht an ihren Mund. »Pass auf Thida auf«, sagte sie. »Sie braucht dich.«

Das Krankenhaus lag in einer Seitenstraße, nicht weit von der Kathedrale entfernt. Es war ein modernes, dreistöckiges weißes Gebäude, mit einer langen, sehr breiten Treppe davor. Bagura sagte dem Fahrer, er solle unter einem Baum in der Nähe des Haupteingangs halten und warten. Als er nach einigen Minuten zurückkehrte, dirigierte uns Bagura zu einem Hintereingang, dort wartete eine Krankenschwester. Sie gab mir zwei Gesichtsmasken und klappte einen Rollstuhl auf. Ich hob meine Mutter aus dem Taxi und setzte sie hinein. Die Schwester eilte mit uns hastig über einen Flur, der voller Menschen war, es gab kaum ein Durchkommen. Manche lagen auf Pritschen, die meisten saßen auf dem Fußboden. Nicht alle waren so abgemagert wie meine Mutter. Einige sahen wohlgenährt aus und lehnten trotzdem völlig apathisch und mit leerem Blick an der Wand. Bagura ging vor und schob sie mit den Füßen beiseite. Manche weinten. Ein Mann flehte einen Arzt an, sich um seine hochschwangere Frau zu kümmern. Vergeblich. Er hastete weiter.

Die Krankenschwester brachte uns in einen kleinen, fensterlosen Raum, in dem nichts als ein paar Stühle standen. Durch ein Loch in der Decke pustete eine laut röhrende Klimaanlage leicht gekühlte Luft in das Zimmer. Trotzdem war es drückend heiß.

Nach einer Weile trat ein Mann mit weißem Kittel ein. Er war von kleiner Statur, trug eine Brille und einen Mundschutz und sprach mit leiser Stimme. Er habe nicht viel Zeit. Wie er uns helfen könne. Bagura deutete auf meine Mutter. Der Doktor wandte sich ihr zu, schaute ihr in die Augen, den Mund, fühlte ihren Puls, nahm sein Stethoskop und hielt es ihr an die Brust. Sie sollte tief ein- und ausatmen. Ich sah, wie sie sich bemühte. »Tiefer«, bat er sie freundlich und horchte. Einmal, zweimal. Sein Blick verfinsterte sich. Er ging um sie herum und horchte an verschiedenen Stellen am Rücken, beklopfte sie mit den Fingerspitzen.

»Wir müssen sie röntgen«, sagte er und überlegte kurz. »Wir könnten es sofort machen, das kostet tausend Leek extra.«

Bagura wandte sich mir zu. »Willst du das? Ich würde es euch leihen. Zu denselben Konditionen. Tausend Leek. Zehn Prozent Zinsen. Am Tag.«

Ich überlegte.

Der Arzt seufzte ungeduldig. »Ja oder nein?«

Bagura schaute mich mit seinen dunklen, fast schwarzen Augen durchdringend an, als könnte er die Antwort auf die Frage des Arztes in meinem Gesicht finden.

»Ja.«

Bagura holte zehn saubere, glatte Hundert-Leek-Scheine aus seiner Umhängetasche.

Die Krankenschwester öffnete die Tür und schob meine

Mutter auf den Flur. Der Arzt folgte ihr. »Wartet hier. In spätestens einer Stunde sind wir zurück.«

Wir waren zu zweit im Zimmer, aber nicht allein. Vom Flur drang das Stöhnen der Kranken und Sterbenden herein. Vielleicht war es die Hitze, vielleicht die Angst um meine Mutter, vielleicht die Geräusche oder alles zusammen, jedenfalls bekam ich immer schlechter Luft, mir schwindelte, und ich musste mich auf den Boden legen.

»Was ist los mit dir?«

»Ich weiß es nicht. Mir ist nicht gut.«

»Du musst etwas trinken.« Bagura öffnete die Tür und verschwand. Kurz darauf kehrte er mit zwei Flaschen Wasser zurück. Ich trank in kleinen Zügen, setzte mich aufrecht hin und begann, mich nach einigen Minuten besser zu fühlen.

Wir hörten die klagenden Schreie einer Frau, ich verstand kein Wort, trotzdem wusste ich genau, was sie sagte.

»Sind das alles ›Illegale‹ da draußen?«, fragte ich leise.

»Ach was. Keiner von ihnen, sonst wären sie gar nicht hier, das weißt du doch. Seit wann liegen wir in Hospitälern auf den Fluren? Die Krankenhäuser sind überfüllt. Alle haben Angst vor diesem mysteriösen Virus.«

»Du nicht?«

Er winkte ab. »Du?«

»Nein.«

»Wir verhungern eher, als dass uns der Virus tötet. Ich habe Malaria gehabt. Denguefieber. Zwei Lungenentzündungen überlebt. Ich werde auch diesen Virus überstehen. Außerdem soll es ja irgendwann einen Impfstoff geben.« Bagura lachte höhnisch.

»Glaubst du nicht?«

»Ich weiß es nicht, ich bin kein Mediziner. Ich weiß nur, dass wir die Letzten sein werden, die ihn bekommen.«

Ich hatte bisher weder über den Virus noch über die Verteilung eines möglichen Impfstoffes viel nachgedacht.

»Ich bin Dalit, ich weiß, wovon ich rede.«

»Was ist ein Dalit?«

Baguras Blick nach zu urteilen, hätte ich wissen müssen, was das ist. Ich zuckte entschuldigend mit den Schultern.

»Das sind die ›Unberührbaren‹ in Indien«, sagte er. »Die unterste der unteren Kasten. Der Dreck, auf dem alle rumtrampeln.«

Von denen hatte ich schon einmal gehört.

Bagura holte ein Tuch aus seiner Umhängetasche und wischte sich den Schweiß von der Stirn. »Ich bin aus Indien weggegangen, da war ich so alt wie du.«

»Warum?«

»Warum?«, wiederholte er meine Frage nachdenklich. »Ich komme aus einem Dorf in der Nähe von Mumbai. In der Klasse wollte kein Kind neben mir sitzen. Wenn meine Mutter in der Schule kochte, aßen nur die Kinder der Dalit von dem Essen, die anderen rührten es nicht an. Die wären eher verdurstet, als aus meiner Wasserflasche zu trinken. Mein Vater machte Latrinen sauber, das war die einzige Arbeit, die er finden konnte. Ich hätte vielleicht noch im Schlachthaus arbeiten können. Oder als Straßenkehrer. Als Leichenbestatter. Die beschissensten Jobs waren gerade gut genug für uns. Ich aber wollte Lehrer werden. Ich hätte auch sagen können, ich will zum Mond fliegen, das wäre genauso wahrscheinlich gewesen. Keine Ahnung, wie ich darauf gekommen bin. Alle lachten darüber. Die anderen Kinder, die Lehrer in der Schule, die Nachbarn, meine Geschwister. Alle, bis auf meine Eltern. Die wurden wütend. Jedes Mal, wenn ich davon sprach, schimpfte meine Mutter, und mein Vater schlug auf mich ein. Sie meinten es gut, verstehst du?«

»Nein.«

»Sie machten sich große Sorgen um mich. Lehrer war für sie ein völlig unrealistisches Ziel. In ihren Augen war ich ein Spinner, der seine Zeit mit gefährlichen Träumen vergeudete. Der vom Leben nur enttäuscht werden konnte. Davor wollten sie mich bewahren.«

»Hast du auf sie gehört?«

Bagura wiegte den Kopf hin und her und überlegte. »Ich habe nicht versucht, Lehrer zu werden. Aber wie du siehst, sitze ich auch nicht im Dorf meiner Eltern und wische die Scheiße anderer Leute weg. Ich habe mit achtzehn Jahren meine paar Sachen in eine Tüte gestopft, mich auf das Dach eines Busses gesetzt und bin nach Mumbai gefahren. Da habe ich in Garküchen gearbeitet und auf der Straße gelebt. In der Zeit begann ich, mich für Politik zu interessieren. Ich wollte verstehen, warum die Dinge sind, wie sie sind, und war sogar Mitglied in der KP.«

»In der was?«

»In der Kommunistischen Partei.«

Er sah mir an, dass ich keine Ahnung hatte, wovon er sprach.

»Marx? Lenin? Mao?«

Ich zuckte mit den Schultern.

Bagura stieß ein tiefes Grummeln aus. »Ach, vergiss es, Kleiner, ist ja auch schon lange her. Jedenfalls habe ich nach einem Jahr auf einem Schiff angeheuert.«

»Du warst Matrose?«

»Nein, Küchenaushilfe auf einem Containerschiff. Bin sieben Jahre über alle Weltmeere gefahren. Ich hatte mir in Mumbai gefälschte Papiere besorgt und wollte mein altes Leben hinter mir lassen. Ich wollte weg von meiner Kaste. Weg aus meinem Land. Weg von meiner Familie. Aber soll ich dir was sagen, Kleiner?«

Bagura machte eine kurze Pause und schaute mich an.

»Du kannst nicht weg. Wo immer du herkommst, wer immer du bist, was immer du gemacht hast, du nimmst es mit. Egal, wohin du fährst und wie lange du wegbleibst. Und wenn du bis ans Ende der Welt segelst.«

Er nahm einen kräftigen Schluck aus seiner Wasserflasche.

»Als ich das verstanden hatte, ging ich von Bord. Zufällig war es hier in diesem Land. Ich habe alle möglichen Gelegenheitsjobs gemacht. Ich arbeitete als Koch, heiratete eine noch bessere Köchin. Wir besaßen eine eigene Garküche und konnten uns vor Kunden kaum retten. Irgendjemand verbreitete das Gerücht, unser gelbes Kartoffel-Ingwer-Curry steigere die Potenz, und die Männer standen Schlange bei uns. Das weckte den Neid der Nachbarn, und eines Morgens fand ich nur noch die verkohlten Überreste der Küche. Von unserem Ersparten kaufte ich gegen den Willen meiner Frau eine zweite. Sie glaubte nicht, dass wir gegen die Missgunst um uns herum eine Chance hatten. Natürlich behielt sie recht. Auch die neue Küche ging samt Stühlen und Tischen eines Nachts in Flammen auf. Danach gab ich auf.«

Bei den letzten Sätzen war seine Stimme leiser geworden. Er drehte sich zu mir. »Warum erzähle ich dir meine Lebensgeschichte? Du hast ganz andere Probleme. Ruh dich aus.«

Ich musste eingeschlafen sein, die Stimme des Arztes weckte mich. »Die Röntgenbilder zeigen, dass deine Mutter eine Lungenentzündung hat. Um festzustellen, ob es sich bei der Ursache um Viren oder Bakterien handelt, müssten wir weitere Tests machen. Das geht im Moment nicht, das Krankenhaus ist zu voll. Ich verschreibe ihr Antibiotika, von denen muss sie dreimal am Tag eine Tablette nehmen. Morgens. Mittags. Abends. Vor dem Essen, mit einem großen Glas Wasser, nicht mit Tee oder Kaffee. Verstehst du?«

Die Frage war, wie sie Tabletten »vor dem Essen« nehmen sollte, wenn es nichts zu essen gab.

»Wenn es eine bakterielle Entzündung ist«, fuhr er fort, »geht es ihr schnell besser, in sechs bis acht Wochen sollte sie in dem Fall wieder ganz gesund sein.«

Und wenn nicht?

Der Arzt schrieb etwas Unleserliches auf ein Formular, holte einen Stempel aus seiner Kitteltasche, unterschrieb das Papier und schob es mir mit einem Lächeln zu.

Bagura bedankte sich, verneigte sich mehrmals und gab dem Doktor einen braunen Briefumschlag, der sofort im Inneren seines weißen Kittels verschwand. Er nickte noch einmal freundlich und verließ ohne ein Wort das Zimmer.

Wir hielten vor einer Apotheke. Bagura besorgte die Medikamente für weitere hundertzwanzig Leek. In einem 7-Eleven kauften wir noch zwei große Flaschen sauberes Wasser und zwei Packungen Kekse. Bagura meinte, für Kranke sei ein Keks wie eine Mahlzeit.

Zurück in unserer Hütte, zerbrach ich zwei Kekse in kleine Stücke und gab sie meiner Mutter zusammen mit der ersten Tablette. Unter den misstrauischen Blicken meiner

Schwester und meines Vaters bekam sie am Abend die zweite.

Und dann geschah ein Wunder.

Schon am nächsten Tag folgten die Augen meiner Mutter wieder unseren Bewegungen.

Am zweiten Tag bat sie um etwas zu trinken. Leise, aber deutlich zu verstehen.

Am dritten richtete sie sich ohne Hilfe auf und aß etwas Reis.

Am vierten lag ein Lächeln auf ihrem Gesicht.

Bis zu dem Moment hatte meine Schwester die Veränderungen argwöhnisch beobachtet. Sie blieb auf Distanz, wartete ab, als fürchtete sie jeden Moment einen Rückfall. Doch in dem Lächeln unserer Mutter musste Thida etwas erkannt haben, das ihr das Vertrauen gab, die Veränderungen könnten von Dauer sein. Ihre Angst verschwand, und fortan wich sie nicht mehr von der Seite unserer Mutter. Sie beharrte darauf, neben ihr zu schlafen, sodass mein Vater und ich nun nebeneinanderlagen. Tagsüber folgte Thida ihr auf Schritt und Tritt. Sie ging mit ihr zur Toilette und führte sie durch die weiter anwachsende Siedlung, abends hockte sie neben ihr, bis sie eingeschlafen war. Als könnte allein schon ihre, Thidas, Anwesenheit einen Rückfall verhindern.

Mit jedem Tag bekamen wir unsere Mutter ein bisschen mehr zurück. Ihre Stimme. Ihr Lächeln. Selbst die Strenge in ihrem Blick.

»Jetzt«, sagte Thida eines Abends, »ist alles wieder wie früher. Fast alles.« Sie war überzeugt, dass der Buddha, nachdem er so viel Reis von uns bekommen hatte, unserer Mutter nun endlich geholfen hatte. Der Buddha und ihr großer Bruder.

Ich mochte nicht glauben, was diese weißen unschein-
baren Pillen bewirkten. Nicht größer als der Nagel meines kleinen Fingers. Leichter als eine Betelnuss.

Dreimal am Tag. Morgens. Mittags. Abends.

Wieso hatten sie die Macht, über Leben und Tod zu
entscheiden? Über Glück oder Unglück?

Eine Lungenentzündung war mit Sicherheit nicht die
einzige Krankheit, bei der eine einfache Tablette über
Leben und Tod entschied. Es konnte doch nicht so schwierig sein, dafür zu sorgen, dass jeder, der welche brauchte,
sie auch bekam.

9

Die fortschreitende Genesung unserer Mutter veränderte auch unseren Vater. Er lächelte wieder.

Er atmete ruhiger.

Er wurde gesprächiger.

Anstatt stundenlang mit geschlossenen Augen zu meditieren, setzte er sich zu uns, entfachte das Feuer, kochte
Reis. Selbst seine Körperhaltung veränderte sich. Er ging
aufrechter, machte größere Schritte, hielt den Kopf nicht
mehr so gesenkt.

»Du hast deiner Mutter das Leben gerettet«, sagte er
eines Morgens.

»Bagura hat mir geholfen«, wehrte ich ab. »Ohne ihn
hätten wir keinen Arzt gefunden.«

»Du weißt, was ich meine«, unterbrach er mich. »Mama,
Thida und ich danken dir.« Er machte eine lange Pause
und schaute mich an. »Wir danken dir sehr. Aber es muss
aufhören.«

»Was?«

»Du weißt genau, wovon ich spreche.«

Ich wandte den Kopf zur Seite und erwiderte nichts.

»Woher hast du das viele Geld?«

Eine große Schwere überkam mich. Diese Frage hatte
ich schon lange befürchtet, ohne mir darüber klar geworden

zu sein, wie ich sie beantworten sollte. Niemals würde ich ihm die Wahrheit sagen. »Jemand hilft mir ...«, stammelte ich.

»Wer?«

Mein Magen verkrampfte, ich bekam nur schwer Luft. Mir war, als hängte er mir mit jeder Frage ein Gewicht um den Hals. Was sollte ich ihm sagen?

»Niri?«

»Papa, bitte.«

»Wer hilft dir?«

»Warum willst du das unbedingt wissen?«, erwiderte ich trotzig. Sei doch einfach froh, dass ich mich kümmere. Sei doch einfach froh, dass ich Geld für Essen, Ärzte und Medikamente besorge, wenn du es nicht schaffst. Warum muss ich mich dafür auch noch rechtfertigen?

Allein meine Frage war respektlos und machte ihn wütend. Ich sah, wie er sich bemühte, seinen Ärger im Zaum zu halten.

Mir blieb keine Wahl, ich konnte nur schweigen.

Als er verstand, dass ich nichts mehr sagen würde, stand er auf und verließ die Hütte. Nach ein paar Minuten kehrte er zurück, seine Stimme klang nun weicher und geduldiger. »Mama und ich machen uns große Sorgen um dich. Wir haben schon ein Kind gehen lassen müssen. Wir wollen nicht, dass das ein zweites Mal passiert. Möchtest du, dass Thida ohne Geschwister aufwächst?«

»Nein«, sagte ich leise.

»Wenn du nicht aufhörst, werden wir die Stadt verlassen und aufs Land oder ans Meer ziehen müssen.«

Was sollten wir auf dem Land oder am Meer, wenn wir kein Feld besaßen, um etwas anzubauen, wollte ich ihn fragen. Wenn wir keine Verwandten hatten, die uns beherbergten. Kein Boot, mit dem wir Fische fangen könnten.

Die Wahrheit war: Wir konnten nirgendwohin. Wir waren gefangen in der Stadt. Gefangen in »Beautiful Tuscany«.

Das wusste auch mein Vater. Er musste sehr verzweifelt sein, wenn er trotzdem so tat, als hätten wir eine Wahl.

Plötzlich kam meine Schwester in die Hütte gerannt und stellte sich vor mich.

»Nai Nai ist krank. Kannst du ihr helfen?«

»Ich glaube nicht.«

»Warum nicht?«

»Weil ich kein Arzt bin.«

»Aber Mama hast du doch auch geholfen.«

»Das war etwas anderes.«

»Warum war das etwas anderes?«

»Weil sie unsere Mama ist.«

»Nai Nai ist meine Freundin.«

»Ich weiß. Ich kann ihr trotzdem nicht helfen.«

»Du bist gemein.«

»Bin ich nicht.«

»Bist du doch.« Enttäuscht wandte sie sich ab.

»Thida«, sagte unser Vater streng, »hör auf. Niri kann ihr nicht helfen.«

Meine Schwester ballte ihre Fäuste, das tat sie immer, wenn sie wütend war. »Aber sie sieht ganz silbrig aus. Er *muss* ihr helfen.«

»Silbrig?«, wunderte ich mich.

»Ja! Komm.«

Es war schwer, Thidas flehenden Blicken zu widerstehen, und ich erhob mich. Sie nahm meine Hand, zog mich aus der Tür und ließ mich den ganzen Weg bis zur Hütte ihrer Freundin nicht mehr los.

Nai Nai lag auf dem Fußboden, umringt von ihren Eltern und anderen Kindern, und wimmerte. Meine Schwester hatte nicht geschwindelt, ihr ganzer Körper glänzte tatsächlich so silbrig wie eine nackte Konservendose. Ihr Vater erklärte mir, dass sie mit einer Gruppe anderer Kinder aus der Siedlung betteln gegangen war. Irgendwo hatten sie Reste von Silberfarbe gefunden und Nai Nai damit eingesprüht, weil sie glaubten, dass sie mit dieser Art Verkleidung als kleine Bettlerin bessere Chancen auf ein paar Leek hätte. Jetzt übergab sie sich, ihre Haut juckte und brannte ganz fürchterlich, und niemand wusste, wie man die Farbe wieder abbekommen sollte. Mit Wasser hatten sie es bereits versucht, es ging nicht. Etwas Besseres fiel mir auch nicht ein.

Ich hockte mich zu meiner Schwester. »Es tut mir leid«, erklärte ich ihr flüsternd. »Ich kann ihr wirklich nicht helfen.« Enttäuscht folgte sie mir zurück zu unseren Eltern.

Kurz darauf stand Taro in der Tür. Sein Vater verlangte nach mir.

Bagura lag auf seinem Bett und sah ermattet aus. Er hustete. Yuri saß davor und fächerte ihm mit einem Stück Pappe Luft zu.

Ob ich den Besuch heute Morgen bemerkt hätte?

Hatte ich. Vor dem Zaun hatten drei SUVs der Polizei geparkt, ein halbes Dutzend Männer in sauberen, frisch gebügelten Uniformen waren ausgestiegen, auf direktem Wege zu Bagura gegangen und mit ihm in seiner Hütte verschwunden.

»Sie wollen mehr Geld«, stöhnte er. »Sie sagen, der Bürgermeister ist alles andere als erfreut, ja geradezu erbost, dass dieser Schandfleck von einem Slum noch immer nicht verschwunden ist, und um ihn zu besänftigen, gibt es nur zwei Möglichkeiten. Entweder sie schicken die Bulldozer, oder der Bürgermeister bekommt von uns auch ein Zeichen unserer Dankbarkeit und unseres Respekts.«

»Wie viel?«

»Fünfzigtausend für den Bürgermeister. Fünfzigtausend für die Polizei.«

Ich stöhnte laut auf.

»Ich weiß. Ihre Gier kennt keine Grenzen. Je mehr du ihnen gibst, umso mehr wollen sie haben. Und da ist noch etwas. Nicht weit von hier, gleich hinter dem General Hospital, ist ein Slum, den sie in der nächsten Woche räumen wollen. Alles voller Frauen und Kinder. Das ist, sag ich dir, ein noch größeres Drecksloch als dieses hier. Aber wo sollen die Leute denn hin? Sie haben gehört, dass du uns gerettet hast, und fragen ... na, du kannst es dir schon denken ...«

»Noch mehr Geld?«

»Das Gelände ist kleiner. Zwanzigtausend verlangen die Polizisten dort.«

»Und der Bürgermeister?«

»Du lernst schnell, mein Junge. Der weiß von dem Slum gar nichts. Ich vermute, in diesem Fall geht er leer aus.« Er hustete wieder und verzog dabei das Gesicht.

»Was ist mit dir?«

»Ich weiß es nicht. Vielleicht habe ich mich im Krankenhaus mit irgendetwas angesteckt. Wird schon wieder.« Bagura lächelte müde. »Und noch etwas: Ich weiß ja nicht, woher das Geld kommt, aber die Polizisten haben heute Morgen erzählt, dass auf dem Noro-Hill Villen

97

ausgeraubt werden. Sie vermuten eine Bande dahinter. Seit heute patrouilliert die Armee in den Straßen dort. Sei vorsichtig.«

»Bin ich, versprochen.«

10

Die Siedlung lag so still da, als wären alle ihre Bewohner in einen Tiefschlaf versunken. Nur vereinzelt hörte ich es in den Hütten flüstern. Die Laternen auf der anderen Seite des Bauzauns leuchteten auch in der Nacht und tauchten die Verschläge und Bretterbuden in ein gelbes Licht.

Plötzlich bemerkte ich vor mir eine Gestalt, die ebenfalls in Richtung Zaun schlich. Eine große, schlanke Silhouette, die sich behände durch die schmalen Gänge bewegte, und ich war mir sofort sicher, dass es Santosh sein musste. Seine Körpergröße verriet ihn. Weil er groß und hager war und als Einziger in der Siedlung über den Bauzaun blicken konnte, nannten ihn alle »den Langen«. Mich überragte er um mindestens zwei Köpfe.

Santosh hatte eine Frau und vier Kinder. Thida spielte manchmal mit ihnen. Er trug eine verbogene Brille mit schmutzigen Gläsern, sprach mit sanfter Stimme und hatte früher angeblich als eine Art Hauslehrer gearbeitet. Mit Baguras Hilfe versuchte er, für die Kinder der Siedlung eine Schule zu organisieren. Er war tagelang über das Gelände und die angrenzenden Straßen gestreift, hatte aus den Holzresten, die er dabei gefunden hatte, kleine Hocker gezimmert und, niemand wusste wie, Papier und

Stifte organisiert. Jeder, der Lesen und Schreiben lernen wollte, konnte zu ihm kommen, doch wie ich hörte, wartete er meist vergeblich auf Schülerinnen oder Schüler. Das entmutigte ihn jedoch nicht, und er fügte seinem Angebot sogar noch Rechnen und Geografie hinzu, was aber am allgemeinen Desinteresse nichts änderte. Die Kinder hatten keine Lust, die Eltern andere Sorgen.

Zwei Tage zuvor hatten wir zusammen in der Schlange vor den Toiletten gestanden, auf dem Arm trug er einen seiner Söhne. In seiner gutmütigen Art hatte er sich nach dem Zustand meiner Mutter erkundigt und mir eindringlich erklärt, wie wichtig es für Thida sei, Lesen und Schreiben zu lernen. Ich hatte folgsam genickt und leise bezweifelt, dass er in dieser Zeit auch nur eine einzige Schülerin oder einen einzigen Schüler finden würde.

Wohin mochte er um diese Uhrzeit unterwegs sein? Ich folgte ihm mit Abstand, beobachtete, wie er zunächst über den Zaun schaute, um sich dann zwischen zwei Brettern hindurchzuzwängen.

Er trug einen dunklen Longi, aber ein weißes Unterhemd. Warum gab er sich nicht einmal die Mühe, sich zu tarnen? Besaß er nur noch dieses helle Hemd, oder war es ihm egal? Es herrschte nach wie vor eine strikte Ausgangssperre zwischen Mitternacht und sechs Uhr. Ohne Ausnahmegenehmigung unterwegs zu sein war lebensgefährlich. Was hatte er vor? Als Plünderer konnte ich ihn mir nicht vorstellen. Andererseits: Wenn mir vor ein paar Monaten jemand gesagt hätte, ich würde nachts in eine Villa einsteigen und Goldmünzen und Geld stehlen, hätte ich ihn für verrückt erklärt.

Wer kann sich sicher sein, wie weit ein Mensch geht in der Not?

Wer weiß schon, wo seine Grenzen liegen?

Bis vor wenigen Wochen hätte ich gedacht, ich wüsste es, aber vielleicht ist dieser Glaube ein Privileg der Satten und Zufriedenen. Eine Illusion all jener, die ein Dach über dem Kopf haben und schon morgens wissen, was es am Abend zu essen gibt.

Auch ich zwängte mich zwischen zwei Zaunbrettern hindurch, sah Santosh gebückt die Loi Sam Richtung »Boulevard der Unabhängigkeit« huschen und folgte ihm. Wir hatten offenbar denselben Weg.

An der Ecke zum Boulevard lag ein Supermarkt mit einem leeren, hell erleuchteten Parkplatz. Auf dem hinteren Teil standen zwei Container für den Müll, daneben mehrere große Kisten und Kartons. Ich hatte gehört, dass das ganze Gelände von Kameras überwacht wird, trotzdem suchten Bewohner unserer Siedlung dort immer wieder verbotenerweise im Abfall nach etwas Essbarem.

Santosh lief geduckt über den Asphalt. Ohne Schutz, ohne sich lange umzuschauen. Mit seinem weißen Hemd war er für jede Patrouille schon von Weitem gut zu sehen. Eine lebendige Zielscheibe. Seine Not, sein Hunger, oder der seiner Kinder, mussten ihn furchtbar quälen, sonst hätte er sich nicht so unvorsichtig verhalten. Ausgerechnet der gewissenhafte, bedächtige Santosh, dachte ich. Er erreichte einen der Container. Selbst dort versteckte er sich nicht im Schatten des Gebäudes, sondern ging gleich zu den Kisten und begann, sie zu öffnen.

Ich wollte gerade weiter, als auf dem Boulevard eine Militärpatrouille auftauchte. Zwei Jeeps bogen aus einer Seitengasse auf die Hauptstraße und fuhren in langsamem Tempo Richtung Supermarkt. Auf ihren Ladeflächen standen jeweils drei Soldaten, die sich in alle Richtungen umschauten, ihre Gewehre im Anschlag, als erwarteten sie jeden Moment einen Überfall. Santosh war viel zu beschäftigt mit den Kartons, um sie zu bemerken, es war nur eine Frage von Sekunden, bis sie ihn entdeckten. Ich hatte Schutz hinter einem Busch gesucht und wollte ihn warnen, ohne zu wissen, wie.

»Santosh«, rief ich. Er war zu weit weg.

»Santosh. Saaantosh.« Zu leise, viel zu leise.

Ich hätte aus Leibeskräften brüllen müssen, doch dann hätte die Patrouille auch mich entdeckt.

Die Jeeps waren keine zweihundert Meter mehr entfernt. Die Soldaten trugen Nachtsichtgeräte, einer von ihnen erspähte Santosh. Er beugte sich zu dem Fahrer. Die Wagen wurden langsamer, bis sie ganz zum Stehen kamen.

Saaaantosh. Du Idiot. Du Verrückter. Du Wahnsinniger. Duck dich. Versteck dich. Hau ab. Lauf, lauf um dein Leben.

Die folgenden Sekunden haben sich in mein Gedächtnis eingebrannt. Ein Tattoo der Seele oder des Herzens. Wie in einer Endlosschleife laufen sie wieder und wieder vor meinem inneren Auge ab.

Santosh steht mit dem Rücken zum Parkplatz, den Oberkörper leicht nach vorn geneigt.

Mit beiden Händen wühlt er in einer Kiste.

Der Soldat hebt in aller Ruhe sein Gewehr.

Saaaantosh.

Zielt.

»Saaaantosh.« Ich vergesse jede Vorsicht und rufe so laut ich kann. Mein Schrei geht im lauten Knall eines Schusses unter.

Der lange Körper zuckt und sackt in sich zusammen.

Liegt auf dem Asphalt. Reglos. Die Jeeps nähern sich ihm. Einer der Soldaten blickt prüfend in meine Richtung, als hätte er meinen Schrei doch gehört. Ich drücke mich fest auf den Boden, kralle meine Finger in die weiche Erde. Schließe die Augen. Mein ganzer Körper bebt. Der Geruch von warmer, feuchter Erde. Das Summen einer einsamen Mücke an meinem Ohr.

Ich weiß nicht, wie lange ich dort lag.

Als ich wieder den Mut fasste meinen Kopf zu heben waren die Jeeps verschwunden, Santoshs Körper hatten sie mitgenommen.

Mörder, dachte ich. Feige, niederträchtige, hinterlistige Mörder. Einem unbewaffneten Mann in den Rücken zu schießen. Weil er im Abfall etwas zu essen für seine hungernden Kinder sucht. Wut und Ekel krochen in mir hoch. Mir wurde übel, ich richtete mich auf und übergab mich. Da ich seit Tagen kaum etwas gegessen hatte, erbrach ich nichts als eine bittere, saure, im Rachen brennende Flüssigkeit. Ein Teil von mir wollte zurück in die Siedlung schleichen, mich bei meinen Eltern und Thida verkriechen und dort liegen bleiben, bis jemand käme und sagte, alles sei vorbei.

Der Virus sei verschwunden.

Wir könnten die Siedlung verlassen.

Wir würden wieder gebraucht.

Der andere Teil von mir verspürte einen solchen Zorn, dass er etwas zerstören wollte. Am liebsten hätte ich Steine genommen und die große Schaufensterscheibe des Supermarktes eingeworfen. Aber das hätte Santosh auch nicht wieder lebendig gemacht.

Ich hatte eine Aufgabe zu erledigen.

Wir hatten Schulden bei Bagura.

Die Siedlung brauchte Geld.

Ich schluckte meine Wut hinunter. Sie schmeckte bitter wie zu lang gebrühter Tee.

Wie ich es zum Noro-Hill und zur Villa der Benz geschafft habe, erinnere ich nur noch vage. Der Weg nahm kein Ende. Wie betäubt bewegte ich mich durch die Straßen, nicht einmal Angst verspürte ich. Irgendwann stand ich vor der Mauer und schlüpfte unter ihr hindurch.

In Marys Zimmer brannte Licht, sie saß nicht am Fenster, gab mir aber schon beim ersten Kieselstein ein Zeichen.

Sie erschrak, als ich im Keller vor ihr stand. »Mein Gott, was ist passiert?«

Wir hockten uns auf Kartons mit französischem Wein, und ich erzählte ihr stockend, was geschehen war. Zu gern hätte ich in ihren Armen geweint, aber es ging nicht. In mir herrschte eine schreckliche, lähmende Leere.

»Ich hätte ihn retten können«, sagte ich wieder und wieder.

»Hättest du nicht«, widersprach sie mir.

»Ich hätte ihn früher warnen müssen.«

»Dann hätten sie euch beide erschossen.«

»Das weißt du nicht. Vielleicht hätten wir zusammen fliehen können.«

»Fast jeden Morgen höre ich von Verletzten oder sogar Toten auf den Straßen. Verstöße gegen die Ausgangssperre. Angebliche Plünderer. Ihr hättet keine Chance gehabt.«

»Ich habe dabei zugesehen, wie sie ihn umbringen.«

»Nein. Du tust so, als hättest du ihn erschossen. Du kannst nichts dafür! Er hat nicht aufgepasst, und da draußen sind Mörder in Uniformen unterwegs. Sadisten. Killer. Hörst du mich? Du. Kannst. Nichts. Dafür.«

Vielleicht hatte sie recht. Vielleicht auch nicht. Santosh war unvorsichtig gewesen. Welcher Idiot trägt nachts ein weißes T-Shirt, wenn er etwas klauen will? Wie kann man sich in einer solchen Situation mit dem Rücken zur Straße stellen?

Und trotzdem.

Ich vergrub meinen Kopf in den Händen und spürte, wie Mary mir über die Haare strich. Ihre Finger rochen nach Alkohol. Ihre Hände waren blau, gelb, rot und schwarz verschmiert.

Statt eines Nachthemds trug sie heute einen weißen, mit Farbe bekleckerten Kittel. Sie bemerkte meinen verwunderten Blick. »Ich habe gearbeitet«, sagte sie. »Seit du das letzte Mal hier warst, habe ich viel gemalt. Willst du die Bilder sehen?«

Ich nickte. »Du meinst, in deinem Zimmer?«

»Ja.«

»Sind deine Eltern und dein Bruder nicht da?«

»Doch. Aber die schlafen. Wir müssen nur vorsichtig sein. Hast du Angst?«

»Nein«, log ich.

»Dann komm.« Sie öffnete die Tür und hinkte eilig hinaus, als befürchtete sie, ich könnte es mir anders überlegen. Aus einer Tasche ihres Kittels holte sie eine kleine Taschenlampe und reichte sie mir. Ich leuchtete ihr den Weg, während sie sich die Treppe hinaufmühte. Stufe für Stufe wuchs meine Sorge, ob das eine gute Idee war. Sollte uns jemand erwischen, konnte mich Mary nicht schützen. Sie würde ihre Eltern nicht davon abhalten können, die Polizei zu rufen.

Auf dem obersten Treppenabsatz blieb ich stehen. Mary war schon im Vorraum und drehte sich um. »Was ist?«, flüsterte sie.

Der Schein der Taschenlampe beleuchtete ihr Gesicht. Die Freude darin war so groß und so tief, dass ich sie auf keinen Fall enttäuschen wollte. »Ich komme.«

Kato und Mo, die beiden Hunde, kamen uns entgegengelaufen. Sie schnüffelten schwanzwedelnd an meinen Beinen und freuten sich offensichtlich, mich zu sehen.

Mary öffnete die Tür zur großen Eingangshalle. Horchte. Wartete. Als sie keinen Laut vernahm, humpelte sie quer durch die Halle auf die geschwungene Treppe zu, die in die oberen Etagen führte. Ich folgte ihr atemlos. Abgesehen von einem Kamin, gab es hier nicht einmal ein Versteck für mich, falls oben jemand das Licht anmachte. Sie stemmte sich die erste Stufe hoch. Ein lautes Knarren. Ich hielt die Luft an.

Stille.

Die nächste Stufe machte wieder ein knarzendes Geräusch. Ich wollte zurück in den Keller. Jetzt. Sofort.

Mary bewegte sich nicht. Nach einigen Sekunden gab sie mir ein Zeichen und setzte einen Fuß auf die dritte Stufe, die nur ein leises, kaum vernehmbares Knacken von sich gab. So erklommen wir die Treppe.

Wie die Schlafzimmer ihrer Eltern und das ihres Bruders lag auch Marys Zimmer im zweiten Stock. Wir schlüpften hinein und schlossen die Tür. Es war noch größer, als ich es mir vorgestellt hatte. Ihr breites Bett füllte eine ganze Ecke, umhüllt von einem Mückennetz, auf der Fensterbank lag ein rotes Kissen, davor stand ein Schreibtisch mit Computer, eine Wand säumten Schränke und Regale mit Büchern und einem großen Fernseher. Anders als in unserer Hütte, herrschte hier eine heillose Unordnung. Vor dem Bett lagen T-Shirts, daneben Unterwäsche, leere Cola-Flaschen und -Dosen, ein Papierkorb, der überquoll. Auf dem Schreibtisch sah ich einen Teller mit Essensresten, geöffnete Tablettenpackungen, ein aufgeschlagenes Notizbuch.

Der Rest des Raums war voller Leinwände, Farbtöpfe, Pinsel, Tuben. Staffeleien. Es roch nach frischer Farbe. An den Wänden, am Tisch, an den Regalen lehnten Bilder, manche sahen halb fertig aus oder so, als wären sie gerade angefangen worden, aber vielleicht kam es mir auch nur so vor.

Der Weg aus dem Keller hatte mich angestrengt, ich fühlte mich erschöpfter, als wenn ich den ganzen Tag Palmen beschnitten hätte. Kraftlos sank ich zu Boden.

Mary holte aus einem kleinen Kühlschrank eine Dose Cola und warf sie mir zu. Während ich trank, zog sie verschiedene Bilder hervor und verteilte sie um mich herum im Zimmer. Sie hatte sichtlich Mühe, die Leinwände umzustellen, und ich wollte ihr dabei helfen, doch sie bedeutete mir, sitzen zu bleiben.

Als sie fertig war, standen links und rechts von mir nebeneinander aufgereiht je ein halbes Dutzend Bilder.

»Die habe ich in den vergangenen Wochen gemalt«, sagte Mary. Sie hockte sich neben mich und verzog ihr Gesicht vor Schmerzen.

»Was ist?«

»Nichts. Wenn ich mich setze, tut mir manchmal die Hüfte weh. Ist schon wieder gut.«

In ihren Augen sah ich, dass sie nicht die Wahrheit sagte.

»Kann ich dir helfen?«

»Nein«, herrschte sie mich an. »Ich habe doch gesagt, es ist schon wieder gut. Sag mir lieber, ob dir gefällt, was ich male.«

Die Bilder zu meiner Rechten zeigten angedeutete, verschwommene Gesichter, eingehüllt von einer Wolke aus Nebel oder Dampf. Die Augen und Münder waren weit aufgerissen, vor Freude oder vor Angst? Es konnten Totenschädel oder Kinderköpfe sein.

Je länger ich sie anschaute, desto mehr kam es mir vor, als würden sie vor meinen Augen lebendig werden. Es steckte etwas Rätselhaftes darin, das ich nicht beschreiben konnte. Die Gesichter waren wie eine Art Spiegel oder ein Fenster in eine andere Welt.

»Und? Gefallen sie dir?«

»Gefallen ist vielleicht nicht das richtige Wort.« Ich suchte nach einem besseren.

Sie sprechen zu mir. Auch nicht.

Sie haben Kraft. Klang komisch.

Sie leben. Nein.

Sie sind schön. Nein, schön waren sie mit Sicherheit nicht.

Mary wartete geduldig.

»Sie ... berühren mich.«

»Wie?«

Statt zu antworten, spürte ich, wie sich etwas in mir löste, zunächst im Bauch, dann in der Brust, bis mir auf einmal Tränen die Wangen hinunterliefen. Wieder sah ich Santosh vor mir. Seine Augen, sein immer etwas unsicheres Lächeln. Er sah so verschwommen aus wie die Gesichter auf den Bildern. Die Leere in mir verschwand allmählich. »Das ... das kann ich nicht beschreiben.«

Mary rückte näher an mich heran und nahm mich in den Arm. Sie strich mir durch die Haare, streichelte mein Gesicht, legte sich auf den Boden, zog mich zu sich. Endlich konnte ich weinen. Ich wusste nicht, wann ich mich das letzte Mal in meinem Leben so sicher gefühlt hatte. Ob jemals.

Ich wollte mich für immer in ihren Armen verstecken. Vor dem Hunger. Vor dem Virus. Vor dem Leben im Slum. Vor Menschen, die anderen in den Rücken schossen, nur weil sie im Abfall wühlen.

Wir hörten Schritte im Flur, Mary hielt mich fest. »Das ist mein Vater«, flüsterte sie. »Er muss nachts immer aufs Klo. Mach dir keine Sorgen. Er kommt niemals rein. Nie. Selbst am Tag nicht.«

Die Schritte kamen näher.

»Vertrau mir.«

»Mary?« Die Stimme ihres Vaters.

Ich erstarrte vor Angst.

»Ja?«

»Ist alles in Ordnung?«

»Ja, mir geht es gut.«

»Was machst du?«

»Ich male.«

Schweigen auf der anderen Seite der Tür, die Andeutung eines Seufzens. »Du solltest jetzt schlafen.«

»Ja, das mache ich. Gute Nacht, Papa.«

»Gute Nacht.«

Wir hörten, wie sich eine Tür schloss, das gedämpfte Rauschen einer Toilettenspülung, kurz darauf Schritte, die sich entfernten.

Wir warteten eine Weile, und dann erzählte ich Mary, warum ich schon wieder Geld brauchte.

Ausführlich beschrieb ich unseren Aufenthalt im Krankenhaus, den sich stetig verbessernden Zustand meiner Mutter und den Besuch der Polizisten. Von Bagura hatte ich mir einen Stift und einen Fetzen Papier geliehen und detailliert aufgelistet, wofür ich über dreitausend Leek ausgegeben hatte: Taxi. Arzt. Röntgen. Medizin. Wasser. Kekse. Zinsen.

Sie warf einen kurzen Blick auf den Zettel. »Wozu die Einzelheiten? ›Das Leben meiner Mutter‹ hätte gereicht.« Sie lächelte.

»Plus Schutzgeld für Polizei und Bürgermeister. Die paar Tausend Leek für dich sind kein Problem. Aber die große Summe … Ich habe Angst, dass mein Vater doch etwas merkt.« Mary überlegte. »Aber meine Tante Kate lebt nicht weit entfernt. Kannst du dich an sie erinnern?«

»Ja. Manchmal kam sie euch besuchen. Die Frau von King Khao, dem Soja-König.«

»Nicht mehr. Aber bei der Scheidung hat sie das Haus bekommen, eine Villa am Meer und einen Teil seines Vermögens. Seitdem erzählt sie ständig, wie viel Geld sie hat. Das geht meinem Vater ziemlich auf die Nerven, deshalb sehen wir sie nicht mehr so oft.«

»Und du denkst, von ihr kriegen wir das Geld?«

»Nein. Sie ist bei ihren Töchtern, die studieren in Amerika. Nur die Haushälterin ist da, und die kennt mich gut. Die werde ich mit einem Vorwand aus dem Haus locken, und wir sehen uns dort mal um. Was meinst du?«

Mir fiel es schwer, ihren Gedanken zu folgen.

»Wir könnten uns morgen Mittag dort treffen. Ich werde meinen Eltern sagen, dass ich den Swimmingpool zeichnen will, das habe ich schon einmal gemacht. Dann setzt mich meine Mutter mit dem Auto dort ab. Komm

einfach um zwölf Uhr in die Loi Lam Tam Nummer neunzehn. Findest du das?«

»Ja.«

»Klingel ruhig. Ich werde da sein und dir aufmachen.«
Mary stand auf, wieder verzog sie kurz das Gesicht vor
Schmerzen. Sie ging zu ihrem Schreibtisch, holte aus einer
Schublade einen Umschlag und gab ihn mir.

»Was ist das?«

»Das Geld samt Zinsen für deinen Bekannten.«

11

Am nächsten Morgen ging ich früh zu Bagura, um unsere Schulden zu begleichen, doch vor seiner Hütte musste ich warten, er hatte bereits Besuch.

Durch die Bretterwand klang die aufgeregte Stimme einer Frau. Ihr Mann war verschwunden. Als sie aufwachte, lag er nicht neben ihr, obwohl sie am Abend zusammen eingeschlafen waren. Sie und die Kinder hatten schon die ganze Siedlung nach ihm abgesucht. Nein, es gebe niemanden, den er mitten in der Nacht besuchen könnte. Was das überhaupt für eine Frage sei, beklagte sie sich. Nein, sie hätten keine Verwandten in der Stadt. Nein, das sei noch nie zuvor geschehen und überhaupt nicht seine Art, das wisse er, Bagura, doch ganz genau. Sie könne sich sein Verschwinden nicht erklären.

Auch ohne die Stimme zu erkennen, wusste ich genau, wer dort bei Bagura Hilfe suchte. Für einen Moment überlegte ich, hineinzugehen und ihr alles zu erzählen. Doch einer Frau zu sagen, dass ihr Mann ermordet worden war, brachte ich nicht übers Herz. Ich war zu feige.

Sie weinte. Bagura versprach, seine Kontakte bei der Polizei zu nutzen.

Als sie aus der Tür trat, schloss ich die Augen und tat so, als döste ich im Schatten der Hütte.

Bagura musterte mich nachdenklich, als ich vor ihm stand. »Du warst doch vergangene Nacht wieder unterwegs, oder?«

Ich nickte.

»Bist du dabei zufällig dem Langen begegnet?«

Einen Augenblick zögerte ich. »Hmmm.«

»Was heißt das? Ja oder nein?«

»Nein, warum fragst du?« Ich fühlte mich erbärmlich.

»Er ist verschwunden. Du hast ihn wirklich nicht gesehen?«

Ich schaute auf den Boden und schüttelte den Kopf.

Bevor er weiterfragen würde, legte ich den Umschlag mit dem Geld auf den Tisch. »Das sind unsere Schulden. Das Geld für den Bürgermeister und die Polizisten habe ich heute Nachmittag.«

Er beachtete das Kuvert kaum. Gedankenverloren starrte er auf das Foto des kleinen Mädchens auf dem Brett neben dem Bett. Etwas verlegen stand ich vor ihm, ich wollte ihn noch um einen Gefallen bitten, der mir sehr unangenehm war. »Hast du einen Longi und ein sauberes weißes Hemd für mich?«, fragte ich schließlich. »Zum Ausleihen.«

»In deiner Größe?« Er lächelte wieder. »Ich fürchte nicht.«

»Die Größe ist egal. Hauptsache sauber.«

»Schau mal, was da liegt«, er deutete auf einen Stapel frischer Wäsche im Regal. Ich zog ein weißes T-Shirt und einen grün-schwarzen Longi heraus und probierte sie an. Beides war mir hoffnungslos zu groß. Bagura lachte, als er mich sah. »Du siehst aus wie ein Clown.«

Das mochte stimmen. Aber wie ein sauberer, wohlriechender Clown, dachte ich, und nur darauf kam es an.

Bevor ich mich auf den Weg zu Marys Tante machte, bat mich meine Mutter noch um einen Gefallen. Thidas Freundin Nai Nai war in der Nacht gestorben, und ich sollte an ihrer Stelle mit meiner Schwester zur Beerdigung gehen. Seit wir in der Siedlung lebten, hatte ich an einer Reihe von Begräbnissen teilgenommen. Entweder weil ich geholfen hatte, die Gräber auszuheben, weil der oder die Verstorbene in einer der umliegenden Hütten gelebt hatte oder aus Langeweile. Fast alle Toten waren alt gewesen, die Zeremonie kurz und von nur wenigen Trauernden besucht. Die Beerdigung von Nai Nai war etwas anderes. Dicht gedrängt standen die Menschen an ihrem kleinen Grab, in der ersten Reihe ihre Eltern und ihre drei Geschwister. Auch Thida weinte bitterlich, und es dauerte, bis ich sie auf den Arm nehmen und trösten durfte. Ich hatte das Gefühl, insgeheim war sie noch immer überzeugt, dass ich Nai Nai hätte helfen können.

Ich war froh, als wir wieder in unserer Hütte waren und sich meine Mutter weiter um Thida kümmerte.

Das Grundstück in der Loi Lam Tam Nummer neunzehn war riesig und umfasste einen halben Straßenblock. Jetzt erst wurde mir klar, dass Marys Tante noch reicher sein musste als ihre Eltern. Das Haus war von einer noch höheren Mauer umgeben als das der Benz. In den Büschen neben der Einfahrt entdeckte ich Überwachungskameras und hoffte, dass Mary wusste, wie man sie ausstellt. Vorsichtshalber zog ich die Atemschutzmaske, die Bagura mir geliehen hatte, bis knapp unter die Augen.

Neben dem breiten schwarzen Metalltor lag eine Eingangstür, in die Wand eingelassen war eine Klingel mit Kamera, Lautsprecher und Mikrofon.

Ich drückte sie und trat nervös von einem Bein aufs andere. Ich hatte im Kanal noch gebadet, Zähne geputzt und mir die Haare gewaschen – und war schon wieder verschwitzt.

Nichts geschah.

Gerade als ich ein zweites Mal klingeln wollte, ertönte ein knarzendes Geräusch, gefolgt von Marys Stimme: »Niri?«

»Ja.« Es summte, wie von Geisterhand öffnete sich die Tür, und ich trat ein.

Das Haus von Tante Kate erinnerte mich an zwei weiße, übereinanderliegende Schuhkartons mit vielen Fenstern und Türen. Palmen und prächtig blühende Hibiskus- und Oleanderbüsche säumten den Weg durch den Garten. Nur der Rasen hätte schon längst einmal geschnitten werden müssen.

Mary erwartete mich an der Tür. Sie lächelte, als sie mich in Baguras Kleidern sah. »Baggy Style. Sehr schick.«

Wir gingen durch eine Eingangshalle und gelangten in einen großen Raum mit einer Wand aus Glas. Dahinter lag eine überdachte Terrasse mit Sesseln und Sofas und einem Grill, in Töpfen wuchsen kleine Palmen und Blumen.

Die dunkelblauen Kacheln eines Swimmingpools glänzten in der Sonne. An beiden Seiten des Beckens standen ein Dutzend Liegestühle, auf denen aufgerollte Handtücher lagen.

»Wie viele Menschen wohnen hier?«

»Meine Tante.«

»Wer noch?«

»Niemand. Das heißt, meine Cousinen natürlich, wenn sie aus Amerika zu Besuch kommen. Und die Hausangestellten, die leben hinten im Gartenhaus. Aber die kümmern sich jetzt um die Villa am Meer, bis auf Lulu, die Haushälterin.«

»Die Haushälterin ist da?«

»Nein, sie ist so nett, mir in der Stadt Farben und Pinsel zu besorgen. Sie wird in frühestens zwei Stunden zurück sein. Bis dahin haben wir Zeit. Hast du Durst?«

»Ja.«

»Dann komm mit.«

Wir gingen durch ein Zimmer mit einem langen Esstisch und Stühlen. Er war für zehn Personen gedeckt und sah aus, als würden jeden Augenblick Gäste zum Essen erwartet. Unter der Decke hingen mächtige Ventilatoren aus Holz, im Hintergrund summte leise eine Klimaanlage.

In der Küche standen zwei große Kühlschränke. Einer hatte eine Glastür, war innen beleuchtet und mit Weinflaschen gefüllt.

Mary öffnete den anderen und reichte mir ein Glas. »Limonenlimonade. Mit Eis?« Sie hielt ihr Glas unter eine Öffnung, und gleich darauf purzelten Eiswürfel heraus. Einige fielen auf den Boden, ich hob sie auf und wusste nicht, wohin mit ihnen. Mary deutete auf eine Spüle.

»Wegschmeißen?«

»Was sonst? Sie lagen auf der Erde. Sie sind dreckig.«

Ich hatte noch nie einen so sauberen, blank geputzten Fußboden gesehen. Zögernd legte ich die Würfel in das Becken.

Ich begann, mich unwohl zu fühlen. Ich hatte es kaum erwarten können, Mary zu sehen, doch jetzt spürte ich nichts mehr von meiner Freude. Als hätte sie sich geweigert, mir in die Villa zu folgen. Etwas stimmte nicht an diesem Haus. Meine Mutter hätte vermutlich gesagt, dass darin keine guten Geister wohnten. Oder dass sie verstimmt seien, weil es hier an Respekt und Demut ihnen gegenüber fehle. Anders als ich war sie fest davon überzeugt, dass Dinge und Orte, egal ob Bäume, Sträucher, Häuser oder Grundstücke, von ihren eigenen Wesen beseelt waren. Diese Geister konnten gut oder böse sein, sie besaßen eine große Macht und waren den Menschen entweder freundlich oder feindlich gesinnt. In jedem Fall blieb uns keine andere Wahl, als ihnen mit Respekt und Demut zu begegnen. Obwohl ich an so etwas nicht glaubte, hatte ich das Gefühl, dass es in diesen Räumen nicht mit rechten Dingen zuging. Als ob die Wände schief stünden, Tische und Stühle sich bewegten, die Bilder Stimmen hätten, die durcheinanderflüsterten. Trotz des vielen Platzes fühlte ich mich beengt.

»Was ist los mit dir?«

»Was passiert, wenn die Haushälterin früher zurückkommt?«

»Tut sie nicht. In den nächsten zwei Stunden kommt niemand.«

»Hast du die Überwachungskameras ausgestellt?«

»Ich weiß nicht, wo die Schalter sind. Vielleicht sind sie auch gar nicht an. Ich kann mir nicht vorstellen, dass Lulu die Aufzeichnungen anschaut.«

Mary bemerkte mein Zögern. »Willst du wieder gehen?«

Ich überlegte nur kurz. »Nein. Ich brauche das Geld.«

»Ich habe mich schon umgeschaut. In ihrem Ankleidezimmer im ersten Stock ist ein Safe. Ich habe eine Idee, wie wir ihn aufkriegen.«

Wir gingen zurück in die Eingangshalle, von wo eine Treppe in die oberen Etagen führte. Sie war steiler und glatter als die bei den Benz, und ich sah, wie viel Mühe es Mary bereitete, die Stufen zu erklimmen.

»Soll ich dich tragen?«

Sie fuhr herum. »Bin ich dir nicht schnell genug?«

»Doch«, erwiderte ich erschrocken, »alles in Ordnung ...«

»Du kannst es mir ruhig sagen.«

»Nein. Ich wollte dir nur helfen.«

»Sehe ich aus, als ob ich deine Hilfe bräuchte?«

Sie hangelte sich am Geländer hoch und blieb kurz vor dem obersten Absatz stehen. »Sorry. Ich hasse nichts mehr als das Gefühl, auf Hilfe angewiesen zu sein oder jemandem zur Last zu fallen.«

Ich drehte mich um, beugte mich vor und bot ihr meinen Rücken an. »Komm.«

Sie zögerte.

»Nun komm schon. Steig auf.«

»Ich habe Angst vor Pferden ...«

Ich wartete. »Komm schon.«

Sie legte sich auf meinen gekrümmten Rücken und schlang ihre Beine um meine Hüften. Sie war leichter, als ich gedacht hatte.

Im ersten Stock liefen wir durch einen langen Flur mit vielen Türen, ab und zu drehte ich mich mit leichtem Schwung um die eigene Achse.

»Was machst du mit mir?«

An ihrer Stimme hörte ich, dass sie keine Angst hatte.

Am Ende des Flurs gelangten wir in ein Zimmer, dessen Wände rosa gestrichen waren. In der Mitte stand ein riesiges Bett in Form eines Herzens. Eine Fensterfront erstreckte sich von einem Ende des Zimmers zum anderen.

»Wirf mich aufs Bett«, rief sie.

Wir drehten uns noch einmal im Kreis, Mary klammerte sich mit beiden Händen an mir fest. Ich wollte sie auf die Kissen werfen, doch Mary ließ nicht los, und so plumpsten wir zusammen rückwärts auf das Bett, im letzten Moment drehte ich mich zur Seite, damit ich nicht auf ihr landete.

Außer Atem lagen wir nebeneinander und schauten an die Decke. Ihre Tante hatte sie mit einem tiefblauen, strahlenden Sternenhimmel bemalen lassen. Wir mussten lachen und wendeten uns einander zu. Mit ihren großen, wunderschönen Augen strahlte sie mich an, als wäre ich etwas ganz Besonderes.

»Ich hoffe, ich habe dir nicht wehgetan.«

»Doch. Aber das war es mir wert.«

»Das tut mir leid.«

Ohne ein Wort zu erwidern, nahm sie meine Hand, zog ihr Kleid ein wenig hoch und legte meine Finger auf ihr nacktes Knie.

Vor Aufregung begann mein Herz noch heftiger zu schlagen. Mary schob meine Hand ihren Oberschenkel hoch. Sie führte mich, ich musste nichts weiter tun, als ihr zu folgen. Ihre Haut wurde weicher und weicher, bis ich eine erste harte Stelle fühlte. Sie zog sich wie ein Wulst quer über das Bein. Und danach gleich noch eine. Und noch eine. Der ganze Oberschenkel war vernarbt. Die Stellen fühlten sich an wie die harte Rinde einer alten Palme.

Ihre Lippen zitterten, sie schloss die Augen, aber nicht, weil sie meine Berührungen so genoss.

Meine Erregung erlosch von einem Moment auf den anderen. Unwillkürlich wollte ich meine Hand zurückziehen, sie hielt sie fest. »Nein.«

»Ich habe Angst, dass ich dir wehtue.«

»Das tust du. Aber das ist es mir wert«, sagte sie noch einmal und schaute mich wieder an.

»Aber … aber … das will ich nicht.«

»Dann musst du jetzt gehen.« Sie ließ meine Hand los.

»Warum sagst du das?«

»Ist es nicht so? Menschen, die sich berühren, tun sich irgendwann auch weh.«

»Nein«, widersprach ich, ohne lange über ihre Worte nachgedacht zu haben.

»Ich fürchte doch.«

»Das glaube ich nicht.«

»Dann bin ich eine traurige Ausnahme. Noch schlimmer.«

»So meinte ich das nicht.«

»Wie denn?«

»Ich werde vorsichtig sein. Ich werde aufpassen. Ich werde …« Marys Augen verrieten mir, dass es nicht das war, was sie wollte. Zärtlich streichelte sie mir übers Gesicht.

»Du sollst mich nicht anders behandeln.«

»Aber wenn du Schmerzen hast?«

»Dann ist das so. Das halte ich aus.« Mary drückte mich sanft zurück aufs Kissen und beugte sich über mich. Ich schloss die Augen und fühlte, wie sie mir ganz langsam näher kam. Wie uns nur noch wenige Zentimeter trennten. Wie ihre Lippen meine berührten. So sachte wie der Flügelschlag eines Schmetterlings. Ihren Kuss spürte ich im ganzen Körper. Meine Hände begannen zu kribbeln, mein Herz raste. Nichts davon war mir unangenehm. Ich ließ mich fallen und verspürte keine Angst. Keine Angst, etwas falsch zu machen. Keine Angst, ihr wehzutun. Keine Angst, entdeckt zu werden.

Irgendwann schreckte Mary hoch und schaute auf ihre Uhr. »O Gott! Bald kommt Lulu, wir müssen uns beeilen.«

Sie führte mich in ein angrenzendes Zimmer, dessen Einrichtung nur aus Spiegeln und Schränken bestand, und deutete auf eine Tür, die ich öffnen sollte. Dahinter stapelten sich nichts als Schuhe, es mussten mindestens hundert Paar in allen Farben und Formen sein.

»Das ist der falsche«, sagte sie, »versuch den daneben.«

Ein ganzer Schrank voller Kleider. Rote und blaue. Weiße und schwarze. Gelbe und grüne. Pink- und rosafarbene. Gestreift, kariert, gepunktet. Kurze Ärmel, lange Ärmel.

Dahinter versteckte sich ein Safe, der mir von den Füßen bis zu den Schultern reichte und mindestens eine Armlänge breit und eine tief war. Auf der Tür war ein Tastenfeld.

»Bof! Wie kriegen wir den auf?«

»Ich glaube, ich weiß wie. Aber wir haben höchstens zwei Versuche, bevor eine Alarmanlage losgeht. Wenn ich mich täusche, verschwindest du so schnell wie möglich, klar?«

Ich nickte.

»Gib folgenden Code ein: 04042010.«

»Verrät dir deine Tante ihren Geheimcode?«, wunderte ich mich.

»Nein, aber das ist das Datum ihrer Scheidung. Vierter April 2010. Sie sagt immer, das sei der schönste Tag in ihrem Leben gewesen, und ist überzeugt, dass diese Zahlenkombination ihr Glück bringt. Würde also gut passen. Versuch es.«

Konzentriert tippte ich sieben Ziffern ein, zögerte vor

der letzten und schaute Mary an. Sie nickte nur. Ich holte tief Luft und tippte.

Die Tür sprang mit einem schnarrenden Geräusch auf.

Als ich sah, was sich dahinter verbarg, wurde mir schwindelig. In dem Safe stapelten sich die Banknoten wie im Kloster die Bücher in den Regalen. Es gab die mir vertrauten roten und blauen Leek und mindestens ebenso viele grüne Scheine, von denen ich noch nie einen in der Hand gehabt hatte. Alle sahen neu aus. Weiter unten waren verschiedene Schubladen, die ich eine nach der anderen aufzog. Darin lagen Diamanten, Ketten, Ringe und Münzen. Im untersten Regal versteckten sich mehr als ein halbes Dutzend Goldbarren.

Was macht *ein* Mensch mit so viel Geld? Für einen Zehn-Leek-Schein konnte ich in einer Garküche für meine Eltern, meine Schwester und mich etwas zu essen kaufen. Oder einen neuen Longi. Einen kleinen Sack Reis. Für zehn Leek gab es einen Gegenwert. Aber in der Menge, in der es vor mir lag, war Geld nichts anderes als ein Haufen bedrucktes Papier.

Ich dachte an Santosh, und wieder stieg diese Mischung aus Wut und Ekel in mir auf.

»Wow«, stieß Mary hervor. »Ich wusste nicht, dass hier so viel liegt. Mein Vater sagt, die Leute wollen ihr Geld nicht mehr auf den Banken lassen, weil sie fürchten, die könnten pleitegehen. Offenbar hat er recht.«

»Wie viel ist das?«

»Keine Ahnung. Ich bin nicht gut im Schätzen.«

»Wie viel soll ich mitnehmen?«

»Vielleicht zwei Goldbarren und so viele Bündel Scheine, wie in deinen Rucksack passen?«

Ich traute mich nicht.

»Komm schon. Was ist? Soll ich dir helfen?«

»Ja bitte.«

Mary kniete sich hin, nahm zwei Goldbarren aus dem Safe, und wir begannen, mit beiden Händen Geldbündel in den Rucksack zu stopfen. »Nur Leek oder auch Dollar?«

»Nur Leek«, antwortete ich wie benommen.

»Oder willst du alles mitnehmen? Wir finden hier bestimmt noch eine zweite Tasche …«

»Nein. Das ist zu viel auf einmal.«

»Ich meine ja nur. Es liegt hier, und es wird noch Monate dauern, bis meine Tante aus Amerika zurückkommt und es bemerkt.«

»Nein«, wiederholte ich nachdenklich. »Jetzt nicht. Vielleicht später.«

»Wie du willst.«

Kurz darauf brachte mich Mary hinunter zur Einfahrt. Es waren fast zwei Stunden vergangen, und nun war auch sie unruhig geworden. Lulu konnte jeden Moment kommen und uns entdecken.

Unbeholfen standen wir uns gegenüber. »Du musst gehen«, sagte sie.

»Ich weiß«, sagte ich und rührte mich trotzdem nicht.

»Hast du noch meine Telefonnummer?«

»Nein.«

Sie gab sie mir.

»Ruf mich an.«

Ich nickte und nahm ihre Hand.

Ich wollte nicht weg von ihr. Alles in mir sträubte sich.

12

Als ich in die Siedlung zurückkehrte, führte mein Weg geradewegs zu Bagura. Er saß mit halb geöffneten Augen aufrecht auf seinem Bett, auf einem Hocker vor ihm stand ein batteriebetriebener Ventilator. Neben ihm lag das Foto des kleinen Mädchens mit dem ernsten Blick. Für einen Moment dachte ich, er meditiere und ich müsse mich eine Weile gedulden, da schaute er mich an, und über sein Gesicht flog ein schwermütiges Lächeln.

»Der Lange ist tot.« Bevor ich überrascht tun konnte, fügte er hinzu: »Aber das wusstest du ja schon. Setz dich.«

Ich hockte mich auf einen zweiten Stuhl neben dem Bett.

»Was willst du?«

»Ich brauche deine Hilfe.«

»Schon wieder?« Seine Stimme klang, als ginge es ihm besser.

Ich öffnete den Rucksack und holte ein Kuvert mit dem Geld für den Bürgermeister und die Polizisten heraus. Dann zog ich den Reißverschluss weiter auf und ließ Bagura einen Blick auf meine Beute werfen.

»Wie viel?«, fragte er flüsternd, während er den Umschlag unter ein Kissen schob.

Ich zuckte mit den Schultern. »Viel. Ein paar Millionen, schätze ich. Und Goldbarren.«

Statt sich zu freuen, starrte er mich erschrocken an. »Hast du jemanden umgebracht?«

»Nein, was denkst du von mir?«

»Woher hast du dann so viel Geld?« Das Misstrauen in seiner Stimme verunsicherte mich.

»Aus meiner Quelle. Sie kennt den Code eines Safes.«

Bagura schüttelte ungläubig den Kopf. »Was ist das für eine Quelle? Drogen?«

»Wie kommst du darauf?«

»Bei so viel Geld sind immer Drogen im Spiel.«

»Hier nicht.«

»Was sonst? Warum hilft deine Quelle dir? Was will sie von dir?«

»Nichts.«

»Das glaubst du doch selbst nicht.«

»Doch.«

»Nichts im Leben ist umsonst, Niri«, erwiderte er ungehalten, zog ein großes Taschentuch aus seinem Longi und schnäuzte hinein.

»Doch«, widersprach ich noch einmal, auch wenn ich tief in einem entlegenen Winkel meines Herzens ahnte, dass Bagura womöglich recht hatte.

»Mach keine Dummheiten.«

»Was meinst du damit?«

»Du weißt genau, was ich meine. Komm nicht auf die Idee, das Geld zu verteilen.«

»Was soll ich sonst damit machen?«

»Behalten und zusehen, dass du so schnell wie möglich aus dem Land kommst.«

Mit dieser Antwort hatte ich nicht gerechnet. »Dafür ist es nicht gedacht.«

»Niri«, er blickte mich so intensiv an, dass ich meine Augen senkte. »Verstehst du nicht, was für einen Schatz du da besitzt? Wenn du klug damit umgehst, hast du genug Geld, um nie wieder in deinem Leben arbeiten zu müssen. Und deine Eltern auch nicht. Nie wieder für fremde Menschen waschen, kochen, putzen. Nie wieder fremden Rasen mähen. Stattdessen ein eigenes kleines Haus, klimatisiert, mit Fernseher, einem Kühlschrank. Zu einem Arzt gehen können, wenn du einen brauchst.«

Er machte eine Pause und wartete, ob ich etwas erwidern würde. Als ich schwieg, fuhr er fort. »Denk an deine kleine Schwester. Denk daran, was für ein Leben du ihr ermöglichen kannst.«

Darüber hatte ich mir tatsächlich noch keine Gedanken gemacht. Was Bagura beschrieb, klang im ersten Moment verlockend und gleichzeitig so fremd, dass ich es mir nicht wirklich vorstellen konnte. Als würde er von einem Film erzählen, aufregend und schön, der aber mit meinem Leben nichts zu tun hatte. Und nie etwas zu tun haben würde.

»Mein Vater würde das nie annehmen.«

Bagura stöhnte.

»Und ich will es auch nicht«, fügte ich sicherheitshalber hinzu.

»Warum nicht?«

»Schlechtes Karma«, hätte mein Vater erwidert.

»Schlechtes Karma«, hätte der Abt des Klosters gesagt.

Mir fiel die Antwort nicht so leicht. Wenn ich es für mich behielte, machte mich das zu einem ganz gewöhnlichen, gierigen Verbrecher. Das wollte ich nicht sein. Ich nahm jemandem etwas weg, der zu viel hatte, und gab es Menschen, die nichts hatten. Das war kein Diebstahl. Das war Umverteilung. Daran war nichts falsch. Auf YouTube hatte ich mal einen Film über die Beladung von Schiffen gesehen. Wenn die Ladung zu sehr auf eine Seite verrutscht, bekommen die Schiffe Schlagseite und kentern irgendwann. Um das zu verhindern, muss die Ladung schnell neu verteilt werden. Nichts anderes tat ich.

»Ich bin kein Dieb.«

»Dann bist du verrückt.« Er schwieg und starrte an die Wand. Sein Gesicht hatte sich in einer Art verfinstert, dass es mir unheimlich wurde.

»Kannst du mir helfen?«

»Wobei?«

»Die Goldbarren zu verkaufen. Das Geld zu verteilen.«

»Nein.«

»Warum nicht?«

»Weil es zu gefährlich ist.«

»Du bekommst natürlich deine fünfzehn Prozent Provision, und das wäre …«

»… viel Geld«, unterbrach er mich schroff. »Ich weiß. Ich kann ja rechnen. Aber darum geht es nicht. Wem auch immer ich diese Goldbarren zum Kauf anbiete, er wird wissen wollen, woher sie kommen. Wird Fragen stellen. Wird vermuten, dass es dort noch mehr zu holen gibt. Und er wird seine Methoden haben, das herauszufinden, und dabei nicht zimperlich sein. Das Ding ist drei Nummern zu groß für mich. Damit will ich nichts zu tun haben. Ich bin ein Gauner, kein Millionendieb.«

»Bitte.«

Er schüttelte den Kopf.

»Was soll ich sonst machen?«

»Dich verpissen. Am besten noch heute. Jetzt. Sofort. Packt eure Sachen, bevor jemand feststellt, dass ihm mehrere Millionen Leek und zwei Goldbarren fehlen und anfängt, danach zu suchen.«

»Die Besitzerin ist in Amerika. Es wird lange dauern, bis sie etwas merkt.«

»Aber sie wird es merken. Wenn du kein Dieb bist, bring es zurück.«

»Spinnst du? Ich soll Millionen Leek und zwei Goldbarren zurück in einen Tresor legen, wenn wir sie so dringend brauchen können?«

»Ja.« Bagura wedelte mit der Hand, als wollte er das Gespräch damit beenden.

»Du redest wie mein Vater.«

Ich blieb einfach auf dem Bett sitzen. Nicht, weil ich glaubte, meine Beharrlichkeit würde ihn am Ende überzeugen, sondern weil ich nicht wusste, was ich tun sollte.

»Bist du schwerhörig? Geh.«

Ich rührte mich nicht. »Du bist genauso ein Feigling wie alle anderen«, brach es aus mir heraus.

Bagura schaute mich völlig überrascht an.

»Du musst dir nicht einmal die Finger schmutzig machen. Du kannst alle Schuld auf mich schieben. Ich habe das Geld gestohlen. Du sollst mir nur helfen, es zu verteilen. Wie gefährlich kann das sein? Stattdessen schaust du zu, wie Kinder verhungern, und nimmst ihren Müttern die letzten Leek ab.«

»Es reicht«, rief er mit donnernder Stimme. »Ich habe gesagt: Geh. Hau ab.«

Ich bebte vor Aufregung und machte immer noch keine Anstalten, mich zu erheben. Bagura brüllte nach seinem Sohn. Als Yuri in der Tür erschien, stand ich auf.

»Niri will gehen. Bring ihn nach Hause.«

»Den Weg finde ich auch allein«, sagte ich wütend und zwängte mich an dem verdutzten Yuri vorbei nach draußen.

Wenn Bagura mir nicht half, würde ich das Geld eben allein verteilen.

13

Mich erfüllte eine tiefe, ätzende Wut. Auf Bagura. Auf meinen Vater. Auf die Soldaten, die Santosh erschossen hatten. Auf den Virus und darüber, wie er unser Leben von einem Tag auf den anderen verändert hatte, während Marys Familie in ihrer Villa saß und Reis und Öl und Kekse aus Schottland hortete. Ich war empört, dass meine Mutter fast gestorben wäre, während gleichzeitig in einem Tresor ein Haufen Geld ungenutzt herumlag, von dem man Ärzte und Medikamente bezahlen konnte!

Deshalb brachte mich Baguras Vorschlag, Geld und Gold zurückzubringen, so in Rage. Ich schwor mir, dass es das Letzte wäre, was ich machen würde, auch wenn ich ohne seine Hilfe nicht wusste, wie ich das kleine Vermögen gerecht und sicher verteilen sollte. Ich konnte ja schlecht in der Gegend herumlaufen und Tausend-Leek-Scheine vor Hütten legen. Es gab nicht einmal ein sicheres Versteck für meinen Schatz. Es gab niemanden, mit dem ich reden oder den ich um Rat fragen konnte.

Aber wenn ich nicht wusste, wo ich meine Beute sicher verwahren sollte, musste ich sie so schnell wie möglich wieder loswerden. Nicht hier in unserer Siedlung, sondern in einem benachbarten illegalen Lager auf einem alten Bahngelände. Zumindest das Geld. Was mit dem Gold geschehen sollte, würde ich mir später überlegen.

Es dämmerte, der Himmel verfinsterte sich, dunkle Wolken zogen auf, in wenigen Minuten würde ein heftiger Monsunregen auf die Stadt niedergehen. Ich machte mich auf den Weg und erreichte nach wenigen Minuten die Nachbarsiedlung. Sie war ungefähr so groß wie unsere und ein noch elenderes »Drecksloch«, wie Bagura es ausgedrückt hätte. Schon von Weitem wehte mir ein übler Gestank entgegen. Ein Metallgitter umzäunte das Areal, am offenen Tor lungerten ein paar junge Männer in meinem Alter herum. Nicht weit entfernt lag ein Hundekadaver. Zwei schwarze Vögel hockten darauf.

Die Männer empfingen mich mit misstrauischen Blicken und sahen sofort, dass ich ein Fremder war. Mein schöner Rucksack, mein frisch gewaschenes Hemd, mein für ihre Verhältnisse sauberer Wickelrock verrieten mich.

Ich nickte ihnen so beiläufig wie möglich zu und verschwand schnell zwischen den Hütten. Nach ein paar Schritten blieb ich stehen, schaute mich um und tat, als suchte ich jemanden. Der Regen der vergangenen Tage hatte den Boden aufgeweicht, an vielen Stellen sank ich bis zu den Knöcheln in den Schlamm. Überall lagen Plastiktüten und Flaschen herum. Die meisten Bewohner hausten unter notdürftig aufgespannten Planen, sie waren in Lumpen gekleidet, und viele Kinder liefen nackt herum. Ich fragte mich, warum es den Leuten hier noch schlechter ging als uns. Wahrscheinlich hatte Bagura recht: Wenn sie wüssten, was ich in meinem Rucksack mit mir herumtrug, wäre ich meines Lebens nicht mehr sicher.

Langsam wuchsen Zweifel in mir, ob es wirklich möglich war, das Geld auf eigene Faust zu verteilen. Während ich überlegte, ob es nicht besser wäre umzukehren, kam mir eine junge Frau entgegen. Auf ihrem Rücken trug sie einen schlafenden Säugling. Sie war so dünn, dass ich mich wunderte, woher sie die Kraft nahm, das Kind zu schleppen. Sie blieb vor mir stehen, vermutlich hatte auch sie mir sofort angesehen, dass ich nicht aus der Siedlung war. Sie streckte mir eine Hand entgegen und begann, in einem mir unbekannten Dialekt auf mich einzureden. Ich verstand kein Wort. Plötzlich nahm sie meinen Arm und zog mich einen engen Gang entlang zu einem Unterstand, der nur mit Plastikplanen bedeckt war. Darunter lag ein nackter Junge. Den Kleinen schätzte ich als etwas jünger ein als meine Schwester. Neben ihm hockte ein Mann. Er war noch dünner als seine Frau, die Wangen waren hohl, die Augen schimmerten rot. Mit ihm konnte ich mich bruchstückhaft verständigen. Der Junge sei krank, sagte er, nun gehe es ihm seit Tagen immer schlechter. Er brauche einen Arzt und etwas zu essen.

Seine Frau wollte etwas sagen, er unterbrach sie.

Es begann zu regnen. Mit Wucht prasselten fette Tropfen auf die Plane, das Wasser lief durch Löcher auf uns herab, und es rann in Strömen vom Weg hinunter in den Verschlag.

Umständlich fingerte ich in meinem Rucksack herum, fühlte das viele Papier, tat so, als suchte ich etwas, und zog nach einigen Sekunden ein Bündel Geldscheine heraus.

Die Augen des Mannes weiteten sich, er war so erschrocken, dass er das Geld nicht sofort nehmen wollte. Seine Frau zögerte nicht. Ich legte einen Finger auf meinen Mund, in der Hoffnung, sie würden verstehen, dass sie darüber mit niemandem sprechen durften. Beide nickten.

Auf einmal hörte ich das schmatzende Geräusch von Schritten im Schlamm, gleich darauf standen zwei fremde Männer vor uns. Sie mussten mir vom Eingang gefolgt sein.

Ohne mich eines Blickes zu würdigen, begannen sie sofort, grob und laut auf das Paar einzureden, und versuchten dabei, der Frau das Geld aus der Hand zu reißen. Die hielt es fest, schrie und trat nach den beiden. Einer schlug nach ihr, traf sie im Gesicht, ihr Mann warf sich dazwischen.

Ich umklammerte meinen Rucksack und wollte raus aus dem Unterstand, doch einer der beiden Männer nahm blitzschnell meinen Arm und versuchte, mich festzuhalten. Mit einer schnellen Drehung befreite ich mich aus seinem Griff, stieß dabei die zwei Holzpfosten um, die die Plane hielten, sodass wir unter ihr begraben wurden. Ich kroch als Erster darunter hervor, stand auf und sah, dass wir umringt waren von Neugierigen. Ich bahnte mir einen Weg durch die Menge, hörte, wie jemand rief, man solle mich aufhalten, und rannte los.

Die Siedlung bestand aus einem Labyrinth schmaler Gänge, Winkel und Gassen. Ich lief nach links, stieß zwei kleine Kinder um, rannte nach rechts, sprang über einen Haufen Feuerholz, rutschte fast im Matsch aus, fing mich wieder, bog in einen anderen Gang und hatte Glück: Er führte direkt auf das Ausgangstor zu. Atemlos hetzte ich auf die Straße. Hinter mir hörte ich Stimmen, noch immer verfolgten mich einige Männer. Ich hatte zwar einen Vorsprung, fürchtete aber, dass meine Kräfte nicht reichten, Ausdauer gehörte nicht zu meinen Stärken. Ich brauchte ein Versteck.

Der Regen schlug mir ins Gesicht. Ich rannte an einer

Baustelle vorbei, blieb stehen und zwängte mich durch den Zaun. Dahinter befand sich der Rohbau eines mehrstöckigen Hauses. Kein sicherer Ort, sie würden jedes Stockwerk nach mir absuchen.

In der hintersten Ecke des Grundstücks entdeckte ich ein Toilettenhaus aus Holz. Ohne lange zu überlegen, verkroch ich mich darin und hörte kurz darauf die Stimmen meiner Verfolger. Wie ich gedacht hatte, vermuteten sie mich in dem Haus und begannen, es vom Erdgeschoss bis zum Dach zu durchkämmen.

Durch einen Spalt im Holz sah ich, wie zwei von den Männern auf die Toilette zukamen.

Meine einzige Chance war die Sickergrube unter mir. Ich glitt in die schlammige Jauche hinab, sie reichte mir bis zur Brust und stank ganz fürchterlich. Als ich hörte, wie jemand die Tür öffnete, drückte ich den Rucksack an mich, holte einmal tief Luft, hielt mir die Nase zu, presste die Lippen fest aufeinander und tauchte unter. Vor Angst und Beklemmung begann ich, im Kopf zu zählen. Bei zwanzig hatte ich das Gefühl, etwas würde über mir in die Grube plätschern. Bei sechzig schlug mein Herz heftiger, bei hundert bekam ich allmählich Atemnot, bei hundertzwanzig schien mir jeden Moment die Lunge zu platzen, bei hundertsechzig musste ich auftauchen, um nicht ohnmächtig zu werden.

Über mir herrschte Stille.

Ich wartete. Unterdrückte einen Hustenreiz. Lauschte. Es regnete noch immer, aber nicht mehr so stark. Stimmen entfernten sich, trotzdem blieb ich noch lange in der Scheiße stehen.

Irgendwann hangelte ich mich zurück in das Toilettenhaus, trat aus der Tür in den Regen, schloss die Augen und spürte, wie das Wasser mir die Scheiße aus den Haaren und dem Gesicht wusch. Nach ein paar Schritten hörte ich hinter mir ein Geräusch. Noch bevor ich mich umdrehen konnte, hatten zwei Hände meine Arme gepackt, entrissen mir den Rucksack und drückten so fest zu, dass es wehtat.

»Stinkender Idiot«, sagte eine Stimme hinter mir, die mir bekannt vorkam. »Yuri? Taro?«

»Halt's Maul.«

Ich hatte mich nicht getäuscht.

Sie führten mich wie einen Verbrecher vom Bauplatz. Wir gingen die menschenleere Straße in Richtung unserer Siedlung hinunter. Es donnerte, kurz darauf stürzte ein noch stärkerer Monsunschauer auf uns nieder. Dankbar hob ich das Gesicht zum Himmel.

Als wir an einer Brücke vorbeikamen, von der sich ein dicker Regenstrahl ergoss, stellten sie mich darunter, als wäre es eine Dusche. Zu meinen Füßen bildete sich eine dunkle Pfütze, die wie ein kleiner Fluss in den Rinnstein mündete.

Bagura hockte noch immer auf seinem Bett, vor sich eine Schale mit Sonnenblumenkernen. Die beiden versetzten mir einen Stoß, sodass ich in seine Richtung stolperte, und versperrten mit ihren dicken Körpern die Tür.

Er rümpfte die Nase und schaute mich angewidert an. »Was hast du getan? Schon wieder den Wohltäter gespielt?«

Ich erzählte es ihm.

»Du Idiot«, fluchte Bagura. »Wie kann man so blöd sein. Rennst herum und verteilst dein Geld. Denkst du denn überhaupt nicht nach?«

Ich achtete gar nicht auf seine Schimpftirade. »Gebt mir meinen Rucksack zurück.«

»Bei uns ist er sicherer.«

»Du hast mich belogen. Du hast gesagt, du bist ein kleiner Gauner und kein Millionendieb, und jetzt klaut ihr mir mein Gold. Gebt es mir zurück«, wiederholte ich. »Oder …«

»Oder was?«

»Oder ich hole es mir.« Mit einer schnellen Bewegung griff ich nach einem der Hocker. Auch mit dem Holzschemel in der Hand hatte ich gegen Yuri und Taro keine Chance, doch meine Entschlossenheit ließ sie ein paar Zentimeter zurückweichen. Zumindest würde ich einem von ihnen gehörige Schmerzen zufügen, bevor sie mich überwältigten. »Gebt mir meinen Rucksack«, sagte ich noch einmal.

Die beiden blickten fragend zu ihrem Vater hinüber, der schüttelte den Kopf. Sie machten ein paar Schritte auf mich zu, ich stürzte mich auf sie, holte aus, doch diesmal war Yuri schneller. Er bekam meinen Arm zu fassen, bevor ich zuschlagen konnte, und drehte ihn mir auf den Rücken. Ich schrie vor Schmerz auf und ließ den Hocker fallen.

»Lass mich los, du Schwachkopf«, fauchte ich.

Er drehte noch etwas fester.

»Au! Spinnst du? Du brichst mir den Arm.«

»Lass ihn«, sagte Taro.

Sein Bruder reagierte nicht.

»Lass ihn«, wiederholte Bagura. Yuri gab mir einen Stoß, und ich stürzte auf den Boden vor das Bett.

Mit geballten Fäusten lag ich im Dreck, eine Mischung aus Wut und Verzweiflung trieb mir Tränen in die Augen, ich musste mich beherrschen, nicht loszuschreien. Es war vollkommen sinnlos, ein zweites Mal zu versuchen, mir den Rucksack zurückzuholen, trotzdem wollte ich es probieren. Ich musste nur Kraft schöpfen und den richtigen Moment abwarten.

»Du gibst nicht so schnell auf«, sagte Bagura seufzend und winkte mich zu sich. »Und mutig bist du auch. Komm mal zu mir.«

Ich stand auf. »Erst wenn ich meinen Rucksack kriege.«

Er überlegte kurz, dann nickte er Yuri zu. Widerwillig reichte der mir den Rucksack. Baguras Blick wanderte von mir zu seinen Söhnen und wieder zurück.

Auf einmal wedelte er mit der Hand und bedeutete seinen Söhnen damit offenbar, dass er mit mir allein sein wollte. Über mich fluchend, verließen sie die Hütte.

»Setz dich.«

Misstrauisch hockte ich mich auf die Kante seines Bettes.

»Ich hatte dich gewarnt, und jetzt haben wir ein Problem: Morgen wissen hier alle, dass du mit einem Rucksack voller Geld herumläufst. So etwas spricht sich schnell herum.«

»Na und? Da war ein krankes Kind. Ich dachte, vielleicht können ein Arzt und Tabletten ihm helfen.«

Bagura schüttelte bedächtig den Kopf. »Vielleicht, vielleicht auch nicht. Aber du verstehst es noch nicht: Viele Kinder sind krank, und es gibt nicht für alle Ärzte und Medikamente. So ist die Welt. Hat dir das dein Vater nicht erklärt?«

»Was hat mein Vater damit zu tun?«

»Er ist doch Buddhist. Die glauben, dass sie viel vom Leben verstehen. Du warst doch bestimmt mal Novize.«

Ich nickte.

»Dieses elendige, unwürdige Leben ist unser Karma, glaubst du das etwa nicht?«

»Doch«, erwiderte ich, ohne nachzudenken. »Nein«, berichtigte ich mich. »Oder … ach, ich weiß nicht mehr, was ich glaube.«

»Ich habe dir erzählt, dass ich dem ganzen beschissenen Kastenwesen in Indien entfliehen wollte und zur See gefahren bin. Ich habe viel von der Welt gesehen«, fuhr Bagura fort. »Ich war in Vancouver und in Los Angeles. In Singapur und Hamburg. In Tokyo und Manila. In den sieben Jahren habe ich gelernt, dass Kasten überall existieren. In anderen Ländern nennen sie sie nur anders. Es gibt Arme und Reiche. Manche leben in Villen, andere im Dreck. Für die einen gibt es Ärzte und Medikamente, für die anderen nicht einmal Pflaster. Menschen verhungern, weil sie nichts zu essen haben, andere fressen sich zu Tode. So ist das. So war es schon immer, und es wird auch immer so bleiben. Es gibt Menschen, die leben so weit weg von der Wirklichkeit, dass sie das nicht wissen oder nicht wissen wollen oder es einmal wussten, aber gleich wieder vergessen haben. Auf jeden Fall wirst du es nicht ändern. Egal, wie viel Geld du verteilst.«

»Ich spreche aber nicht von Vancouver oder Hamburg. Ich bin hier. Und für jeden Einzelnen, dem ich hier Geld geben kann, ändert sich etwas«, widersprach ich, überrascht von meiner Entschlossenheit. »Es ist das Einzige, was ich tun kann, deshalb tue ich es.«

»Wenn du ein Herz hast, bringt es dich eines Tages um. Lass dir das gesagt sein. Die einen trifft es früher. Die anderen später.«

»Und wenn du kein Herz hast, lebst du gar nicht.«

Bagura schüttelte den Kopf. »Sag mal, Kleiner, ich frage

mich, wo du eigentlich die ersten achtzehn Jahre deines Lebens verbracht hast?«

»Bei den Benz.«

»Was ist das? Eine Sekte? Ein Kloster? Eine einsame Insel, irgendwo im Golf von Bengalen?«

»Nein. Eine Familie. Warum?«

»Weil ich das Gefühl habe …«, er hielt inne und suchte nach den passenden Worten, »… dass du für einen ›Illegalen‹ eine ziemlich behütete Kindheit hattest.«

Ich erzählte Bagura in wenigen Sätzen von der Arbeit meiner Eltern, der Klosterschule und unserer Zeit bei den Benz. Und dabei wurde mir klar, dass es stimmte, was er sagte. Hinter der hohen Mauer mit dem Stacheldraht und den Kameras hatten wir in einer anderen Welt gelebt. Sie hatten nicht nur die Familie Benz, sondern auch mich und meine Familie geschützt. Wir waren abhängig gewesen und trotzdem privilegiert. Ich hatte nie vor der Polizei fliehen müssen. Ich hatte bis zum Ausbruch des Virus nie in meinem Leben gehungert und niemandem beim Hungern zusehen müssen. Ich hatte nicht unter Brücken geschlafen. Ich hatte nicht auf stinkenden und giftigen Müllhalden gestanden, bis zu den Hüften im Dreck versunken, und den nützlichen Abfall vom unnützen getrennt. Und wenn ich ehrlich war, musste ich zugeben, dass ich mir über die Menschen, die das tun mussten, keine Gedanken gemacht hatte.

Meine alltäglichen Sorgen waren braune Palmenblätter in zehn Meter Höhe gewesen. Zu lange Grashalme. Vertrocknete Blumen. Unkraut.

Mein Ehrgeiz, wenn man es so nennen möchte, hatte daraus bestanden, ein guter Gärtner zu sein.

Ein guter Sohn.

Ein guter Bruder.

»Bist du gern zur Schule gegangen?«

»Ja.«

»Warst du ein guter Schüler?«

»Ja.«

»Warst du nicht enttäuscht, dass du als Kind von ›Illegalen‹ nicht auf eine weiterführende Schule gehen konntest?«

»Natürlich. Aber was sollte ich machen?«

Er wischte sich mit einem schmutzigen Taschentuch den Schweiß von der Stirn und aus dem Nacken. »Genau das ist es, was ich meine, Niri. Du kannst es nicht ändern. Du kannst nicht allen helfen.«

»Mich interessieren nicht ›alle‹, mich interessieren die, denen ich helfen kann.«

Nachdenklich schaute Bagura mich an.

»Versetz dich in die Lage eines Vaters, der ein krankes Kind hat«, fuhr ich fort. »Vor dir steht jemand, der dir sofort helfen könnte. Er tut es aber nicht, weil er sagt, dass es viele andere kranke Kinder gebe und sein Geld nicht für alle reiche. Macht das für dich Sinn? Ist das logisch? Wie würdest du dich fühlen? Wir, du und ich, stehen jetzt vor diesem Vater.«

Baguras Gesicht zuckte. Er schnaufte, seine Nasenflügel blähten sich, er sah aus, als würde er jeden Moment losbrüllen. Meine Worte hatten ihn getroffen, ich war mir nicht sicher, ob er darüber nachdachte oder ob er mich rausschmeißen würde.

»Soll ich das Gold wirklich zurückbringen?«

Bagura schwieg noch immer. Dann sagte er in die Stille hinein: »Weißt du, wie viel so ein Barren wert ist?«

»Nein.«

»Um die sechzigtausend Dollar. Das sind ungefähr sechshunderttausend Leek. Wie viele Barren hast du?«

»Zwei. Und ich weiß, wo noch mehr liegen.«

In seinen Augen sah ich, dass er weiter nachdachte. Es
vergingen Minuten, die mir wie eine Ewigkeit vorkamen.
Ich räusperte mich, knackte mit den Fingern. Bagura
reagierte nicht. In der Hoffnung, es würde ihn umstim-
men, sagte ich in die Stille hinein: »Es wäre auch gut für
dein Karma ...«

»Mein Karma interessiert mich nicht«, erwiderte er
schroff. »Meine Frau ist gläubig, Yuri und Taro sind es
auch. Ich nicht. Hörst du? Ich nicht. Der ganze Zauber«,
er deutete auf die Poster von Ganesha und den anderen
Hindu-Göttern, »hängt ihretwegen hier. Ich glaube nicht
an Hinduismus. Ich glaube nicht an Buddhismus, Taois-
mus, auch nicht an Jesus, Allah, den Messias, was auch
immer. Ich glaube weder an Himmel und Hölle noch an
Wiedergeburt und ewiges Leid. Ich habe mal an Marx
und Mao geglaubt, und das ist lange her. Heute bin ich
ein glühender Anhänger des Pragmatismus, wenn du verstehst, was ich meine.

Und wenn ich dir helfe, haben wir ganz pragmatisch
betrachtet ein Problem. Ich kann die Goldbarren nicht
verkaufen, wir brauchen einen zweiten Mittelsmann. Der
will auch mindestens fünfzehn Prozent. In diesen Zeiten
und unter diesen Umständen bekommen wir höchstens
fünfzigtausend Dollar, umgerechnet rund eine halbe Million Leek, minus dreißig Prozent, bleiben für dich nur
dreißigtausend.«

»Das ist doch viel.«

»Nicht, wenn es eigentlich sechzig sein könnten.«

»Das ist egal. Dreißig sind dreißig.«

Er schüttelte nachdenklich den Kopf. »Du kannst vielleicht rechnen, aber ein Geschäftsmann bist du deshalb noch lange nicht. Hör zu, mein Kleiner, wenn ich dir helfen soll, musst du mir vertrauen, verstehst du?«

Ich nickte.

»Und das ist nicht leicht, ich weiß.«

»Warum sagst du das?«

»Weil ich mir selbst nicht traue.«

»Wie soll ich dir vertrauen, wenn du es selbst nicht tust?«

»Das nennt man Freundschaft. Da gelten andere Gesetze.«

Er fuhr sich mit beiden Händen durch sein öliges Haar. »Wie viel Gold liegt in dem Safe?«

»Vielleicht ein Dutzend Barren.«

»Und wie viel Bargeld?«

»Keine Ahnung. Ich habe es nicht gezählt. Viele Millionen.«

»Nur Leek?«

»Auch Dollar.«

»Amerikanische?«

»Gibt es noch andere?«

Er verdrehte die Augen.

»Die Scheine waren grün, es stand *In God We Trust* drauf.«

»Und das könntest du alles …?« Nachdenklich kratzte er sich zwischen den Beinen. »Ich schlage vor, wir versuchen erst einmal, den Inhalt dieses Rucksacks zu verteilen. Wenn uns das gelingt, gehst du zurück und holst den Rest. Einverstanden?«

»Ja.«

Er schaute mich prüfend an. »Eins muss dir klar sein,

Kleiner: Wenn wir das machen, wird danach nichts mehr so sein wie vorher.«

Ich nickte, auch wenn ich glaubte, dass er maßlos übertrieb. Ich war auf seine Hilfe angewiesen und hätte in dem Moment zu allem genickt, wenn das der Preis für seine Unterstützung gewesen wäre.

»Danach werden wir uns trennen und nicht wiedersehen. Du kannst verschenken, was du willst. Ich behalte meinen Teil und mache mich aus dem Staub.«

»Wohin willst du? Man kommt nicht mal aus der Stadt raus.«

Er lächelte. »Alles ist eine Frage des Geldes. Mit genug Geld schaffst du es auch aus der Stadt raus. Mit genug Geld schaffst du es auch aus dem Land. Ich werde für die Familie irgendwo am Strand eine kleine Hütte kaufen und den Fischern bei der Arbeit zuschauen. Ich bin nicht wie du.«

Er streckte einen Arm aus. »So, und jetzt musst du mir diesen widerlich stinkenden Rucksack geben.«

Er bemerkte mein Zögern. »Mensch, Kleiner. In deinem Gesicht kann man ja lesen wie in einem Buch. Du weißt nicht, ob du mir vertrauen sollst. Du denkst, dass ich mit dem Rucksack einfach abhauen kann. Du würdest mich nie wiedersehen. Alles richtig. Das kannst du nicht ausschließen. Aber sei ehrlich: Hast du eine bessere Idee?« Er streckte einen Arm aus.

Hatte ich nicht.

Bagura griff in den Rucksack, zog ein Bündel feuchter Banknoten heraus und verzog das Gesicht. »Von wegen Geld stinkt nicht.«

»Können wir die noch gebrauchen?«

»Klar. Müssen wir nur säubern und trocknen.« Er verstaute den Rucksack unter dem Bett.

Ich dachte an das Haus in der Loi Lam Tam, an den Garten und den Safe. An das viele Geld. Die im Licht glänzenden Goldbarren. Vor allem aber an Mary. Ihren Körper. Die Palmenborkenhaut. An unser Gespräch auf dem Bett. Mir gingen zu viele Gedanken durch den Kopf.

»Alles in Ordnung?« Bagura hatte den Kopf zur Seite geneigt und schaute mich verwundert an.

»Ja. Was soll sein?«

»Keine Ahnung. Du siehst aus wie jemand, der sich verlaufen hat.«

Nachdenklich ließ ich meinen Blick durch seine Hütte schweifen. »Darf ich dich mal etwas fragen?«

»Alles.«

»Glaubst du, dass Menschen, die sich berühren, sich irgendwann auch wehtun?«

»Was stellst du denn für Fragen?« Er zog seine buschigen Augenbraun hoch und beugte sich zu mir herüber. »Ich bin lange keinem Menschen mehr so nah gekommen, dass sich mir die Frage gestellt hätte. Und du? Was denkst du?«

»Nein, ich glaube das nicht«, antwortete ich entschieden, auch wenn ich nicht wusste, wie ich davon so überzeugt sein konnte.

Er lächelte. »Eine andere Antwort hatte ich von dir auch nicht erwartet.«

14

Zwei Tage später kam Bagura frühmorgens persönlich in unsere Hütte, um mich zu holen. An seinem zufriedenen Grinsen erkannte ich, dass der erste Teil seines Plans geklappt haben musste.

Mein Vater war alles andere als erfreut, ihn zu sehen. Er bot ihm nicht einmal etwas von unserem frisch gebrühten Tee an. Bevor die beiden ein Gespräch beginnen konnten, sprang ich auf, erklärte vage, dass ich Bagura versprochen hatte, ihm bei etwas zu helfen, und wir machten uns auf den Weg.

Vor dem Zaun parkte ein weißer Toyota Minivan, der aussah, als gehörte er dem Roten Kreuz. Am Steuer saß Yuri, sein Bruder stand neben dem Wagen und hielt mir die Tür auf. Beide trugen weiße, frisch gebügelte Uniformen mit einem roten Kreuz auf Brust und Ärmeln und einen Atemschutz. Auf meinem Sitz lagen eine weitere Uniform und eine Maske.

»Das ist für dich«, sagte Bagura. »Anziehen.«

Ich kletterte in das Auto, er zwängte sich auf den Sitz neben mich und deutete auf mehrere graue Kartons in der hintersten Sitzreihe. »Du hast Glück gehabt, der Goldpreis steigt und steigt. Ich habe über sechshunderttausend Leek pro Barren bekommen und die Provision drücken können. Zusammen mit dem Bargeld, das du geklaut hast, liegen dort fast zwei Millionen Leek, den Anteil für den Wagen und unsere Tarnung habe ich schon abgezogen. Außerdem habe ich für jede Familie in unserem Drecksloch tausend Leek zurückgelegt, die verteilen wir heute Abend. Wir werden jetzt in einen Slum fahren und auch dort jeder Familie tausend Leek geben. Wenn alles gut läuft, machen wir morgen an einem anderen Ort weiter. Wenn etwas schiefgeht, packen wir auf mein Kommando sofort ein und verschwinden, verstanden?«

»Ja.«

»Wir werden den Namen eines jeden Geldempfängers auf einer Liste notieren, bei Auszahlung mit kleinen Häkchen versehen und allen einen Stempel auf die Hand drücken, damit sie sich nicht gleich wieder hinten anstellen. Alles muss sehr offiziell aussehen.«

Ich zog die Uniform an. Sie war mir zwei Nummern zu groß. In der Brusttasche steckte ein Ausweis mit einer ID-Nummer und einem fremden Namen, der seinen Besitzer als Angestellten des internationalen Roten Kreuzes identifizierte, Abteilung Soforthilfe und Krisenintervention.

»Keine langen Gespräche mit den Leuten. Keine Fotos. Keine Selfies mit Kindern, falls irgendein Idiot auf die Idee kommt. Sollten Polizisten auftauchen, bleibst du ganz ruhig und machst deine Arbeit weiter, als interessierten sie dich gar nicht. Du lässt mich mit ihnen reden. Kannst du mir folgen?«

»Ich bin ja nicht blöd.«

»Wir dürfen uns keine Fehler erlauben. Wenn wir auffliegen, sind wir dran. Alle vier, aber du besonders. Glaub bloß nicht, dass wir dich schützen können. Sie werden wissen wollen, wo das Geld herkommt, und dabei wirklich so weit gehen wie nötig, um dich zum Reden zu bringen. Du weißt, was mit dem Langen passiert ist. Glaub mir, wenn sie uns verhaften, wirst du deine Eltern und deine Schwester nicht wiedersehen.«

Er schnäuzte sich in ein Taschentuch, stopfte es wieder in seinen Longi und schaute aus dem Fenster. Ich musste zugeben, dass ich viel aufgeregter war, als ich mir und auch den anderen eingestehen wollte. Auch wenn Bagura es mir nicht glaubte, ich wusste sehr wohl, was auf dem Spiel stand.

Wenige Minuten später überquerten wir einen Fluss, bogen gleich hinter der Brücke ab und rollten langsam einen holprigen, unbefestigten Weg hinunter. Am Ufer lag eine Siedlung wie die unsrige, nur größer. Drei-, vielleicht vierhundert Bretterbuden, Holzbaracken und Zelte aus Planen standen zusammengepfercht auf engem Raum zwischen Brückenpfeilern und einem Lagerhaus.

Yuri parkte das Auto auf einem kleinen Platz voller Pfützen. Die beiden Brüder stiegen aus, holten aus dem Kofferraum drei Klapptische und -stühle und bauten sie nebeneinander vor dem Wagen auf. Sie stellten jeweils eine kleine Kiste mit Papier und Stiften, Stempelkissen und Stempel darauf, dazu noch je eine Flasche Wasser. Die Kartons mit dem Geld legten sie hinter die Tische neben die Stühle. Sofort kamen neugierige Kinder angerannt, gefolgt von misstrauisch dreinblickenden Männern und Frauen.

Bagura stieg auf einen der Stühle, der unter seinem Gewicht bedenklich wackelte. Mit seiner tiefen, durchdringenden Stimme erklärte er, dass uns das Rote Kreuz geschickt habe. Dank großzügiger Spenden seien wir in der Lage, jeder Familie eine Soforthilfe von eintausend, er wiederholte: eintausend, Leek in bar auszubezahlen.

Ein Raunen ging durch die stetig wachsende Menge.

Er forderte die Menschen auf, sich in aller Ruhe in Reihen vor den drei Tischen aufzustellen. Eine Person pro Familie! Kinder und Jugendliche, die nicht in Begleitung ihrer Eltern seien, würden kein Bargeld erhalten. Es gebe keinen Grund, sich vorzudrängeln, jeder bekomme die Soforthilfe, die ihm zustehe. Disziplin sei das oberste Gebot. Komme es zu Streit oder gar zu Tumulten, werde die Aktion augenblicklich und ohne vorherige Warnung abgebrochen. Jeder Versuch eines Betruges werde mit Ausschluss von dieser Hilfsaktion bestraft. Das Filmen und Fotografieren mit dem Handy sei strengstens verboten.

Sofort bildeten sich lange Schlangen vor unseren Tischen. Unsicher schaute ich in die Menge. Die so hungrigen wie erwartungsvollen Gesichter machten mich verlegen. Wer war ich, dass ich erwachsenen Menschen Almosen zuteilte? Yuri und Taro begannen mit ihrer Arbeit, als hätten sie nie etwas anderes getan. Ich rührte mich nicht. Die Luft war drückend heiß und feucht, wir saßen in der prallen Sonne, deren grelles Licht mir in den Augen wehtat.

»Setz dich und fang endlich an«, raunte mir Bagura zu.

Ich nahm hinter meinem Tisch Platz, holte umständlich Stempel, Stifte und Papier aus dem Karton.

Mir gegenüber, auf der anderen Seite des Tisches, stand ein Junge im Alter meiner Schwester. Er hatte große dunkle Augen wie sie und sah mich stumm an. Ich nahm Papier und Stift. »Wo sind deine Eltern?«

Schweigen.

»Es tut mir leid, aber Kinder allein dürfen sich nicht anstellen.«

Er rührte sich nicht. Mir wurde die Situation immer unangenehmer. »Na gut, sagst du mir deinen Namen?«

Statt zu antworten schaute mich der Junge nur weiter bittend an.

»Hol deine Eltern. Kinder haben in der Schlange nichts zu suchen«, herrschte Bagura ihn an.

Der Kleine fuhr zusammen.

»Hey, Zwerg, hast du nicht gehört, was ich gesagt habe. Hau ab.«

Er rührte sich noch immer nicht.

»Bist du taub? Mach, dass du wegkommst.«

Bagura wandte sich an die Frau, die als Zweite in der Reihe stand.

»Dein Name?«

Sie schubste den Jungen beiseite, der einfach still neben dem Tisch stehen geblieben war. Auf dem Arm trug sie einen Säugling. Ich fragte noch einmal nach ihrem Namen, ihre Antwort verstand ich nicht. Von hinten drängelten die Leute, manche murrten, jemand stieß sie gegen meinen Tisch.

»Hört auf zu drücken, oder wir fahren wieder«, rief Bagura streng. Sogleich wurde es ruhiger.

Ich schob ihr Papier und Stift über den Tisch, damit sie ihren Namen selbst aufschreiben konnte, doch sie schüttelte den Kopf.

»Wenn das so weitergeht, stehen wir morgen noch hier«, fluchte Bagura. Er nahm Schreiber und Notizblock, kritzelte einen Namen darauf, machte ein Häkchen dahinter, drückte den Stempel, der eine fliegende Taube zeigte, auf ihre linke Hand. Ich zählte fünf Zweihundert-Leek-Scheine ab und gab sie ihr.

Der Junge stand immer noch mit ausgestreckter Hand

neben meinem Tisch. Wortlos hatte er alles beobachtet. Am liebsten hätte ich ihm wenigstens einen Hunderter zugesteckt, doch Bagura ließ mich nicht aus den Augen.

Der Nächste in der Schlange war ein alter Mann, auch seinen Namen verstand ich nicht. Aber ich hatte dazugelernt, schrieb irgendeinen Namen auf, machte ein Häkchen dahinter. Stempelte.

Ihm folgte eine Frau, der ein Auge fehlte. Sie sprach laut und deutlich und hielt bereits die Hand auf, als ich noch ihren Namen notierte.

Name. Häkchen. Stempel. Geld.

Name. Häkchen. Stempel. Geld.

Name. Häkchen. Stempel. Geld.

Allmählich entwickelte ich eine Routine, und die Arbeit ging mir zusehends schneller von der Hand. Irgendwann stand mir ein Mann gegenüber, der, statt sein Geld zu nehmen, die Augen auf etwas hinter mir richtete und sich nicht mehr rührte. Es wurde still auf dem Platz. Ich drehte mich um. Zwei Streifenwagen kamen in zügigem Tempo den Schotterweg heruntergerollt. Bagura ließ einen lauten Furz fahren. Seine Söhne warfen ihm nervöse Blicke zu. Die Wagen hielten, mehrere Männer in Uniformen stiegen aus.

»Setzt eure Schutzmasken auf. Bleibt ruhig, macht einfach weiter«, sagte er und zog seine Maske über Mund und Nase. Mit ruhigen Schritten ging er den Polizisten entgegen.

Meine Hände zitterten vor Angst, als ich den nächsten Namen notieren sollte. Schweiß tropfte von meinem Gesicht auf das Papier. Ich versuchte, mich zu konzentrieren, kam jedoch über die ersten Buchstaben nicht hinaus. Aus den Augenwinkeln beobachtete ich Bagura, der keine zwanzig Meter entfernt stand. Er begrüßte die Männer freundlich und redete ruhig auf sie ein. Deutete auf unser Auto. Zeigte ihnen irgendwelche Papiere. Er begann zu gestikulieren. Seine Stimme wurde lauter und erregter, sie hallte über den Platz, trotzdem verstand ich nicht jedes Wort, das er sagte. Soweit ich erkennen konnte, überwog in den Gesichtern der Polizisten das Misstrauen. Plötzlich kam Bagura auf uns zugeeilt, zog den gefälschten Ausweis aus meiner Brusttasche, holte die Ausweise seiner Söhne und hielt sie den Männern unter die Nase.

»Hier, sehen Sie. Hier steht der Name der Hilfsorganisation, hier die Abteilung, der Name, die ID-Nummer, alles da und alles angemeldet. Ich verstehe wirklich nicht, was Sie von uns wollen.«

Ein Polizist nahm die Papiere und wusste offenbar nicht, was er davon halten sollte. Mit misstrauischem Blick prüfte er sie von beiden Seiten.

»Wir können schließlich nichts dafür, wenn Sie nicht informiert werden, oder?« Bagura schüttelte verständnislos den Kopf. »Na ja, so sind Vorgesetzte eben, das kennen wir schon. Aber wenn es den Behörden lieber ist, können wir die Aktion auch abbrechen. Kein Problem. Unsere internationalen Spender würden sich natürlich wundern.« Bagura machte eine kurze, bedeutungsvolle Pause, atmete tief ein, als sammelte er Kraft. »Aber vorher frage ich Sie: Können Sie sich überhaupt vorstellen, wie schwierig es in diesen Zeiten ist, Spenden zu sammeln? Haben Sie eine Ahnung, wie viel Zeit und Mühen das kostet? Glauben Sie vielleicht, das Geld für solche Aktionen liegt auf der Straße?«, fuhr er die verdutzten Polizisten scharf an.

»Dass es in diesem Land überhaupt Slums gibt, ist doch schon ein Skandal. Ein Versagen der Regierung auf ganzer

Linie, Virus hin oder her. Die Behörden sollten froh sein, dass wenigstens wir uns kümmern, bevor es hier zum Aufstand kommt.« Alle Augen auf dem Platz richteten sich auf ihn, er hatte sich richtig in Rage geredet. »Und dann gelingt es dem Roten Kreuz, in mühseliger Arbeit in Ländern, die weiß Gott ihre eigenen Probleme haben, Millionen zu sammeln, um den Ärmsten der Armen zu helfen, und was machen die Behörden hier? Sie verhindern es!« Bagura warf theatralisch beide Arme in die Luft. »Sie verhindern es! Sie haben nichts Besseres zu tun, als Helfer zu drangsalieren. Großartig. Wirklich großartig.« Er streckte den Polizisten seine Hände entgegen, als forderte er sie auf, ihm Handschellen anzulegen. »Kommen Sie. Machen Sie schon. Ich sehe bereits die Meldung: ›Mitarbeiter des Roten Kreuzes bei Hilfsaktion festgenommen.‹ Um ehrlich zu sein: Ich kann mir keine bessere Werbung für das Image unseres Landes vorstellen. Und Ihre Vorgesetzten, verehrte Herren, bestimmt auch nicht! Sie werden von Ihrem Arbeitseifer begeistert sein.«

Sein Auftritt schien Eindruck zu machen. Nicht nur auf mich. Auf dem Platz begann ein Murmeln und Flüstern, das schnell zu einem lauten Grummeln anschwoll. Die Polizisten schauten überrascht und verunsichert zu ihrem Chef. Der zögerte nicht lange und gab uns unsere Ausweise zurück. Bagura wies uns streng an weiterzuarbeiten, wir hätten schon genug Zeit verloren und schließlich nicht vor, den ganzen Tag hier zu verbringen. Mit energischen Schritten begleitete er die Männer zurück zu ihren Autos. Beim Abschied sah es aus, als stünden sie stramm vor ihm.

»Das war knapp«, flüsterte er mir zu, als die Wagen in die Hauptstraße einbogen und verschwanden. Erschöpft nahm er eine Flasche Wasser, trank sie in zwei Zügen leer, setzte sich in den Schatten unseres Autos und schloss die Augen. Kurz darauf war er eingeschlafen, Speichel rann aus seinem halb geöffneten Mund.

Ich kann nicht erklären, warum – vermutlich war es die Erleichterung, vielleicht auch die Freude in den Gesichtern der Menschen, die ihr Geld bekamen, vielleicht der Gedanke an Mary, vielleicht auch etwas ganz anderes oder eine Mischung aus allem –, aber kurz darauf ergriff mich ein Glücksgefühl, wie ich es noch nicht oft erlebt hatte. Es breitete sich in meinem ganzen Körper aus. Trotz der Hitze fühlte ich mich nun leicht und unbeschwert. Am liebsten hätte ich jeden, der mir gegenübertrat, erst einmal in den Arm genommen, statt seinen Namen zu notieren. Ausgerechnet ich, dem diese Geste eigentlich fremd war.

Den beiden Brüdern musste es ähnlich gehen, selbst in ihren fast immer ernsten, verschlossenen Gesichtern nistete sich ein Grinsen ein, Taro warf mir ab und zu sogar ein verschwörerisches Lächeln zu.

Eine kleine Frau stand vor mir. Sie musste schon sehr alt sein, ihr Oberkörper war nach vorn gebeugt, ihr Gesicht von tiefen Falten durchzogen. Um den Hals trug sie ein kleines Kreuz. Statt mir ihren Namen zu sagen, quälte sie sich mühsam um den Tisch herum.

Mit beiden Händen nahm sie meine Hand, ihre war warm und weich wie die meiner Schwester. »Danke«, sagte sie so leise, dass ich mich nach vorn lehnen musste, um sie zu verstehen. »Sagen Sie Danke an alle Spender. Danke für ihre Großzügigkeit. Danke für ihre Großherzigkeit. Sie retten uns das Leben.«

Der Besuch der Polizei und Baguras Auftritt hatten die

Menschen noch mehr diszipliniert. Sie warteten in langen Schlangen, niemand drängelte sich vor, niemand schimpfte, auch wenn die Auszahlung aus irgendwelchen Gründen einmal länger dauerte. Kein einziges Mal unternahm jemand den Versuch zu betrügen.

Ein Mann stellte sich mit seiner kleinen Tochter neben mich, beide lächelten so dankbar wie schüchtern. Als seine Frau mit ihrem Handy ein Foto von uns machte, brachte ich es nicht übers Herz, Nein zu sagen. Bagura konnte nicht dagegen protestieren, er schlief noch immer im Schatten unseres Minivans.

Der nächste junge Mann grinste breit, legte einen Arm um meine Schultern und deutete mit der anderen Hand ein Victory-Zeichen an, sein Vater fotografierte. Danach standen plötzlich zwei Zwillingsschwestern links und rechts von mir. Sie sangen als Dankeschön ein Lied für mich, ihre Mutter machte ein Video davon.

Auch Yuri und Taro hatten die Warnungen ihres Vaters vergessen und posierten lächelnd für Selfies. Ich war erstaunt, wie viele Leute noch ein Handy besaßen. Es war offenbar das Letzte, was sie verkauften.

Als auch die allerletzte Familie ihre eintausend Leek bekommen hatte, packten wir unsere Sachen und stiegen ins Auto. Ganz langsam bahnte Yuri uns einen Weg durch die lachende und winkende Menschenmenge, die sich allmählich zu einem Spalier formte, das fast bis zur Straße hinaufreichte.

Bagura hatte sein Schläfchen gutgetan, er amüsierte sich über die Polizei und lachte ein glucksendes und gurgelndes Lachen, wie ich es von ihm noch nie gehört hatte. Yuri und Taro lobten sein schauspielerisches Talent, alle drei fanden, dass, alles in allem, die Aktion nicht hätte besser laufen können. Ich blickte aus dem Fenster in die dankbaren Gesichter, dachte an Mary und wünschte, sie wäre jetzt bei mir. Zu gern hätte ich meine Freude mit ihr geteilt.

»Wir brauchen noch ein Foto von dir«, sagte Bagura auf einmal. »Yuri, mach nachher noch ein Bild von Niri.«

»Wozu?«

»Nur so.«

»Nur so?«

»Für unsere nächste Aktion.«

Ich fragte nicht weiter nach, obgleich ich mir sicher war, dass er mir etwas verheimlichte.

15

Vor langer Zeit haben mir meine Eltern einmal erzählt, dass es bei ihrem Stamm, den Koo, früher üblich war, dass Kinder an Geburtstagen keine Geschenke bekamen, sondern welche machten. Weil im Geben die eigentliche Freude lag. Als Kind fand ich das sehr seltsam. Nun verstand ich, wie es gemeint war.

Die dankbaren Gesichter der Menschen, denen wir Geld gegeben hatten, gingen mir nicht mehr aus dem Kopf, und ich wollte unbedingt meinen Eltern davon erzählen. Wenn sie schon bei der Verteilung des Geldes nicht hatten dabei sein können, sollten sie nun wenigstens auf diese Weise daran teilhaben. Aber von meinem Vater befürchtete ich, dass er eher mit Enttäuschung oder Wut reagieren würde als mit Stolz. In meiner Mutter hoffte ich, eine Verbündete zu finden.

Als mein Vater und meine Schwester am Morgen auf dem Weg zum Kanal waren, um Wasser zu holen, konnte ich mich nicht länger zurückhalten. Meine Mutter ruhte sich auf ihrer Matte aus. Ich ging zu ihr, legte mich neben sie und schaute sie an. Auch wenn sie immer noch schneller erschöpft war als vor ihrer Lungenentzündung, ihr ging es viel besser: Sie lachte wieder, sie schimpfte wie eh und je und hatte zugenommen. Ich genoss die wenige Zeit mit ihr. Früher hatte ich ihr manchmal in der Küche der Benz geholfen, Kartoffeln geschält, Reis gewaschen, Gemüse geputzt, und sie hatte uns mit ausgedachten Geschichten die Zeit vertrieben. Heute war es an mir, eine Geschichte zu erzählen.

Ausführlich schilderte ich, wie gut mir meine Rotkreuz-Uniform gestanden hatte, wie wir in dem Slum angekommen waren, erzählte von der langen Schlange der Wartenden und davon, wie viel Dankbarkeit in ihren Gesichtern lag, wenn ich ihnen die eintausend Leek aushändigte.

Mit großen Augen hörte sie mir zu. Hin und wieder entfuhr ihr, wie früher mir bei ihren Erzählungen, ein »Ah« oder »Oh«. Vor Staunen hielt sie sich eine Hand vor den Mund, als ich ihr die mit fast zwei Millionen Leek gefüllten Kartons beschrieb. Sie litt mit dem kleinen Jungen, der neben meinem Tisch aufgetaucht war und um Geld oder Essen gebettelt hatte. Sie lachte und kicherte über Bagura und war beeindruckt davon, mit wie viel Mut und Geschick er die Polizei getäuscht hatte. Ich freute mich über ihre Aufmerksamkeit, die Bewunderung in ihren Augen und hatte das Gefühl, dass sie sehr stolz war auf mich.

Als ich mich dem Ende näherte, schmückte ich es so gut aus wie nur möglich, die Geschichte sollte nicht aufhören. Woher das Geld und Gold stammte und wie Mary mir geholfen hatte, verschwieg ich lieber.

Als ich fertig war, strich mir meine Mutter übers Haar, beugte sich vor und gab mir einen Kuss auf die Stirn. »Ich wusste gar nicht, dass du so gut Geschichten erzählen kannst. Kennt dein Vater sie schon?«

Ich schüttelte den Kopf.

»Besser so. Er würde dich wahrscheinlich für einen

Spinner halten oder am Ende noch denken, dass du tatsächlich solche verrückten Sachen machst. Du kennst ihn ja.«

Ich blickte sie an. »Mama?«

»Ja.«

»Es ist genau so passiert.«

»Ach was, Niri …« Sie rappelte sich hoch, schüttelte langsam den Kopf und sah mich an, als wäre ich nicht ganz bei Sinnen.

»Ich schwöre.«

»Jetzt hör schon auf.« Ihr Ton wurde streng. Ich strapazierte ihre Geduld.

Wir schauten uns an. Im Gesicht meiner Mutter sah ich, dass jeder weitere Versuch, sie von der Wahrheit meiner Geschichte zu überzeugen, sie verärgern würde.

In diesem Moment verstand ich, dass es ihr gar nicht möglich war, mir zu glauben, egal, wie sehr ich beteuerte, versprach oder auf mein Leben schwor, dass sich die Dinge genau so und nicht anders zugetragen hatten. Was ich erlebt hatte, lag außerhalb ihrer Vorstellungskraft. Ich hätte ihr auch erzählen können, Bagura, seine Söhne und ich seien zum Mond und wieder zurück geflogen und hätten auf dem Weg den Buddha getroffen. Innerhalb eines Atemzuges verwandelten sich mein Stolz und meine Freude in tiefe Traurigkeit.

Meine Mutter und ich lagen noch immer nebeneinander, noch immer nur wenige Zentimeter voneinander entfernt, und doch hatte ich plötzlich das Gefühl, uns trennten Welten. Etwas hatte sich still und heimlich zwischen uns geschlichen.

Ich schluckte, sie griff nach meiner Hand. »Niri, weinst du?«

»Nein, alles in Ordnung.«

Ich stand auf und nahm meinen kleinen Rucksack mit Marys Handy darin.

»Wohin gehst du?«

»Ich guck mal, was Thida macht.«

Draußen blendete die Sonne. Ziellos lief ich von einem Ende des Bretterzauns zum anderen. »Beautiful Tuscany« kam mir auf einmal noch kleiner und enger vor.

Meine Schwester rannte mir entgegen und wollte mit mir spielen, ich sagte, sie solle mich in Ruhe lassen, und schickte sie fort. Ich fühlte mich eingesperrt und wollte zu Mary, aber tagsüber konnte ich nicht zu ihr.

Als ich die Enge und die vielen Menschen um mich herum nicht mehr ertrug, zwängte ich mich durch den Bretterzaun hinaus auf die Straße, zog meine Atemmaske bis unter die Augen und ging einfach los.

Mein Weg führte am Kanal vorbei, wo Kinder im Wasser planschten. Ich überquerte breite Straßen, es waren nur wenige Autos unterwegs und kaum Fußgänger. Das Laufen tat mir gut.

Schon bald verdunkelte sich der Himmel, tiefschwarze Wolken legten sich wie eine Decke über die Stadt, ein Monsununwetter kündigte sich an. Trotzdem ging ich weiter, am liebsten wäre ich einfach immer nur geradeaus gegangen, bis über die Grenze der Stadt hinaus, ohne ein Ziel, ohne zu wissen, wohin. Der Donner kam näher und mit ihm der Wind. Als hätte jemand einen großen Ventilator angestellt, fegte er durch die Straßen, trieb Blätter und Plastiktüten vor sich her, rüttelte an Werbetafeln, Stromleitungen und Bäumen.

Mit meinen Gedanken war ich bei Mary. Die ganze Zeit hatte ich mit ihr reden wollen, aber ich telefonierte nicht gern. Die Stimme eines Menschen zu hören, den ich gern sehen wollte, aber nicht konnte, tat mir fast körperlich weh. Vielleicht war ich es einfach nicht gewohnt. Davon abgesehen, sollte niemand in der Siedlung wissen, dass ich ein Telefon besaß.

Wie mochte es ihr gehen? War sie gut nach Hause gekommen? Hatte die Haushälterin ihrer Tante keinen Verdacht geschöpft? Dachte sie an mich? Wir hatten uns drei Tage nicht gesehen, und es war so viel passiert. Ich hatte nicht gewusst, dass man einen Menschen so vermissen konnte. Statt sie anzurufen, schrieb ich ihr eine Nachricht.

Hallo Mary, geht es dir gut?

Nein. Die Antwort kam so schnell, als hätte sie auf ein Zeichen von mir gewartet.

Was ist los?

Ich vermisse dich.

Ich dich auch, schrieb ich, schickte die Nachricht aber nicht ab.

Wo bist du?, textete sie mir gleich darauf.

Unterwegs.

Bei dem Wetter?

Ja.

Wohin?

Nirgendwohin. Und wo bist du?, schrieb ich zurück.

In meinem Zimmer, wo sonst? Dumme Frage

Sorry

Schon okay

Es begann zu regnen. Ich fischte eine Plastiktüte aus dem Rinnstein und wickelte mein Handy darin ein. Lauwarmes Wasser ergoss sich über mich, innerhalb von Sekunden gab es keine Stelle mehr an meinem Körper, die nicht nass war, Longi und T-Shirt klebten an mir wie eine zweite Haut. Blitze erleuchteten den nachtschwarzen Himmel, der Regen prasselte so stark, dass die Tropfen im Gesicht brannten. Die Häuser, Bäume und Büsche um mich herum verschwanden hinter einer grauen Wand aus Wasser. Irgendwann kletterte ich einen Abhang hinunter und suchte Schutz unter einer Straßenbrücke. Auch hier war kein Mensch. Auf einem Stahlbalken über mir hockten ein paar Krähen, die krächzten und mich neugierig beobachteten. Zu spät bemerkte ich, dass ich in einer Senke stand, in die aus mehreren Richtungen das Wasser floss.

Es stieg schnell an.

Wieder summte das Telefon. *Können wir uns sehen?*

Ja, antwortete ich.

Wann?

Morgen?

Bei meiner Tante?

Ich wollte nichts lieber, als sie sehen, aber sie sollte nicht glauben, es ginge mir nur darum, an das Geld und Gold ihrer Tante zu kommen.

Sicher?

Da sind wir allein. Lulu ist weg

Wann?

Um 3. Bring Rucksack oder Tasche mit

Inzwischen hatte der Regen die Straße in einen Fluss verwandelt, es dauerte nicht lange, und das Wasser reichte mir bis zur Hüfte. Ich konnte nicht schwimmen. Plastikflaschen trieben vorbei. Holzstücke. Flip-Flops. Vertrocknete Palmenblätter. Ein alter Fahrradreifen. Ich klammerte mich an ein Brett für den Fall, dass ich bald nicht mehr stehen konnte. Jedes Jahr ertranken viele Menschen bei Überschwemmungen, ein Novize aus dem Kloster war während des Monsuns auf der Straße von einer Welle mitgerissen worden und nicht wieder aufgetaucht.

Der Pegel stieg weiter, trotzdem blieb ich ruhig. Das Brett würde mich nicht lange tragen, es war zu dünn, ich musste möglichst schnell wieder an einen höher gelegenen Ort klettern. Schräg gegenüber der Unterführung lag der Hang, den ich heruntergekommen war, die Zweige seiner Büsche ragten nun aus den Fluten. Wenn ich die Strömung richtig berechnete, würde sie mich genau dort vorbeitreiben, wenn ich mich irrte oder die Äste nicht zu fassen bekam, würde ich auf eine weite Reise gehen.

Ich klemmte mir das Telefon zwischen die Zähne und machte ein paar Schritte. Die Strömung erfasste mich, hob mich an und trieb mich genau in die Richtung der Büsche. Ich hatte mich nicht verschätzt. Mit einer Hand ließ ich das Brett los, griff in die Zweige, nahm die andere Hand zu Hilfe, klammerte mich fest und zog mich langsam aus dem Wasser die Böschung hoch.

16

Bagura brauchte fast eine Woche, um die zehn Barren, die Mary und ich bei unserem zweiten Besuch aus Tante Kates Safe mitgenommen hatten, zu verkaufen. Der Goldpreis war weiter gestiegen. Zusammen mit den umgetauschten US-Dollar und dem Bargeld lagen nun rund fünfzehn Millionen Leek in zwei verschlossenen Metallkisten unter seinem Bett.

Fünfzehn Millionen Leek. Es war unglaublich. Mit ein paar Säcken Reis hatte es angefangen, jetzt saßen wir auf einem Vermögen!

Bagura machte sich einen Spaß daraus auszurechnen, wie lange ich als Gärtner bei den Benz arbeiten müsste, um so viel Geld zu verdienen: Er rechnete dreimal nach, weil er das Ergebnis selbst nicht glaubte. Fast tausendeinhundert Jahre. Etwaige Gehaltserhöhungen inklusive.

Mit dem Geld konnten wir tausendfünfhundert Leek an fast zehntausend Familien geben, hatte er kalkuliert, schlug aber vor, wir sollten lieber je dreitausend Leek an fünftausend Familien ausbezahlen. Damit würden sie ein knappes halbes Jahr auskommen. Eine andere Überlegung war, ihnen auch nur tausendfünfhundert zu geben und vom

Rest Nähmaschinen, Werkzeuge, Motorräder zu kaufen. Damit könnten wir Männern und Frauen dabei helfen, sich in der Zeit nach dem Virus kleine Geschäfte oder Werkstätten aufzubauen. Die Idee gefiel mir gut, doch am Ende verwarfen wir sie. Zu aufwendig und kompliziert. Das Risiko, die Behörden könnten auf uns aufmerksam werden und Fragen stellen, war zu groß.

Wir beschlossen, lieber fünftausend Familien je dreitausend Leek auszubezahlen. Wenn wir im Morgengrauen begannen und zwölf Stunden arbeiteten, wäre die Verteilung an zwei Tagen zu schaffen.

Vor dem Zaun parkte an diesem Morgen wieder ein weißer Toyota Minivan, aber statt eines roten Kreuzes prangte jetzt die Aufschrift *Amita Foundation* auf der Seite des Wagens.

»Heute sind wir im Auftrag einer Stiftung unterwegs«, sagte Bagura. Er war guter Stimmung, dafür machten seine Söhne, ganz besonders Yuri, einen höchst angespannten Eindruck. Sie trugen blaue Mützen, weiße Uniformen und Westen, auf die groß *Amita* gedruckt war. Die Sachen waren ihnen eindeutig zu klein, und sie sahen aus wie Würstchen, die jeden Moment zu platzen drohten. Wahrscheinlich drückte das auf ihre Stimmung. Trotz der unvorteilhaften Kleidung machten sie einen noch offizielleren Eindruck als bei unserem ersten Einsatz.

Im Kofferraum wartete die gleiche Ausstattung auf mich. Außerdem lagen dort noch ein Megafon und mehrere Kartons voller T-Shirts und Baseballmützen, auf denen ebenfalls groß der Name *Amita* prangte.

»Was ist *Amita*?«, wunderte ich mich.

»Eine wohltätige Stiftung, die sich um hungernde Kinder

kümmert«, sagte Bagura in einem scharfen Ton, den ich mir nicht erklären konnte. »Habe ich mir ausgedacht.«

»Wozu die T-Shirts und Mützen?«

»Die verteilen wir. Das sieht professioneller aus.«

Beim ersten Stopp verlief alles wie bei unserer letzten Aktion: Bagura erklärte mit dem Megafon in der Hand die Regeln, wir holten Tische und Stühle aus dem Wagen und begannen mit der Arbeit. Trotzdem war mir unwohl, als ich zum ersten Mal zwei Tausend- und zehn Hundert-Leek-Scheine aus dem Karton zog. Jeder Wartende sah, wie groß der Karton war, und konnte sich ausrechnen, wie viel Geld da drin sein musste. Wir waren unbewaffnet. Es wäre ein Leichtes gewesen, ein Messer zu ziehen und sich das Geld zu nehmen. Doch die Menschen verhielten sich auch diesmal ruhig und diszipliniert. Niemand drängelte oder fluchte, wenn es mal etwas länger dauerte, und niemand versuchte, sich ein zweites Mal in die Schlange einzureihen.

Yuri, Taro und ich arbeiteten schnell, konzentriert und ohne Pausen. Nach sechs Stunden hatte ich Rückenschmerzen und einen lahmen Arm vom vielen Stempeln und Notieren der Namen. Bagura trieb uns an, nicht zu trödeln. Vollkommen erschöpft, aber erleichtert kehrte ich am Abend in unsere Siedlung zurück. Der erste Tag war ohne Zwischenfall verlaufen.

Am nächsten Morgen war Bagura krank. Er hatte die ganze Nacht mit Durchfall und Krämpfen wach gelegen und sah elend und ermattet aus. Yuri und Taro meinten, unter diesen Umständen wäre es besser, unsere Aktion abzublasen, aber davon wollte Bagura nichts wissen. Alles sei vorbereitet, sagte er, und wir hätten am Tag zuvor bewiesen, dass wir ein eingespieltes Team seien und das auch ohne ihn könnten.

Widerwillig fügten sich seine Söhne.

Unser Wohltätigkeitseinsatz hatte sich unter den Slumbewohnern der Stadt herumgesprochen. Bei jedem Stopp begrüßten uns nun Dutzende, manchmal Hunderte von Menschen. Sobald Yuri den Motor abstellte, umringten sie das Auto, drückten ihre Gesichter gegen die Scheiben und starrten uns neugierig an. Eine Schutzmaske trug, wie auch in unserer Siedlung, niemand von ihnen.

Yuri und Taro weigerten sich, die Ansagen zu machen. Ich hatte keine andere Wahl, als das Megafon zu nehmen und auf das Dach des Minivans zu klettern. Mehr als hundert Menschen blickten erwartungsvoll zu mir herauf. Als ich meine Stimme erhob, begann sie zu bröckeln, ich machte eine Pause, fing noch einmal von vorn an, und nach den ersten Sätzen fand sie Halt. Ich war selber erstaunt, wie fest und entschlossen sie, verstärkt von dem Gerät, klang. Wie Bagura verkündete ich, woher wir kamen, was wir taten, erklärte die Verhaltensregeln, ermahnte alle, sich daran zu erhalten und nicht zu filmen oder zu fotografieren.

Yuri gefiel die Begeisterung, mit der wir empfangen wurden, gar nicht. Seine Stimmung verfinsterte sich mit jedem Stopp. »Wir sind doch kein Wanderzirkus«, argwöhnte er. »Zu viel Aufmerksamkeit ist nicht gut.«

Während unseres letzten Stopps bemerkte ich einen Mann in Baguras Alter, der etwas abseits der Tische stand und sich fortwährend Notizen machte. Gelegentlich sprach er Menschen an, denen wir gerade Geld gegeben hatten, und schrieb auf, was sie sagten. Er trug ein weißes, durchgeschwitztes Hemd und Schuhe statt Flip-Flops, die Atemschutzmaske saß nachlässig unter seiner Nase. Hin und wieder wechselte er ein paar Worte mit einem jüngeren Mann, dem zwei Fotoapparate um den Hals hingen. Er dirigierte ihn an bestimmte Orte, um Bilder zu machen. Mir waren die beiden nicht geheuer, auch Yuri und Taro blickten unsicher zu ihnen hinüber.

»Verdammte Scheiße!«, hörte ich Yuri sagen. »Ich glaube, die Presse ist da.« Wäre es nach ihm gegangen, hätten wir unsere Aktion sofort abgebrochen. Doch die Schlangen waren noch lang, und wir durften keinen Tumult riskieren. Es bestand die Gefahr, dass die Menschen uns nicht mehr wegfahren ließen und alles mit einem Einsatz der Polizei endete.

Während ich überlegte, was wir tun sollten, kam der Mann geradewegs auf mich zu.

»Entschuldigung, ich bin Marc Fowler, Reporter für AP.«

Fragend schaute ich ihn an und erhob mich.

»Associated Press.«

Das sagte mir zwar auch nichts, doch ich tat so, als wüsste ich, wovon er redete.

»Darf ich dir ein paar Fragen stellen?«

Starr vor Schreck nickte ich vorsichtig.

»Wie heißt du?«

»Niri.«

»Wie alt bist du?«

Ich räusperte mich. »Achtzehn.«

»Wo kommst du her?«

»Von hier«, antwortete ich höflich, auch wenn ich nicht verstand, was er mit diesen belanglosen Informationen anfangen wollte.

Er notierte sich alles und machte dabei ein so bedeutsames Gesicht, als hätte ich ihm etwas Wichtiges anvertraut. Er war mir nicht unsympathisch, seine ruhige Stimme gefiel mir genauso wie seine Art, bei jeder Frage den Kopf ein wenig zur Seite zu neigen. Der Reporter deutete mit seinem Stift auf mein T-Shirt. »Und ihr seid im Auftrag dieser *Amita Foundation* unterwegs?«

»Das ist richtig.«

»Was ist das für eine Stiftung? Noch nie davon gehört.«

Auf die Frage wusste ich keine Antwort.

Er wartete geduldig.

»Das ist eine Stiftung, die den Ärmsten der Armen hilft.« Es waren Baguras Worte, die mich in diesem Moment retteten. »Sie brauchen uns, weil die korrupte Regierung nichts unternimmt.«

Er nickte und blickte auf die Männer, Frauen und Kinder, die uns umringten und das Gespräch neugierig verfolgten.

»Es gibt viele Orte wie diesen in der Stadt. Dass Menschen so leben müssen, ist doch ...«, ich suchte nach dem richtigen Wort, »... ist doch nicht gerecht. Niemand sollte so leben müssen.«

Yuri gab mir im Hintergrund hektische Zeichen, ich solle aufhören zu reden. Der Reporter schrieb weiter alles auf. Seine Aufmerksamkeit, die Ernsthaftigkeit, mit der er zuhörte, und das Nicken der Umstehenden ermunterten mich weiterzusprechen.

»Für diesen Virus sind doch alle Menschen gleich, aber Ärzte und Medikamente gibt es nur für die Reichen. Menschen verhungern, weil sie nichts zu essen haben, andere fallen tot um, weil sie zu fett sind.« Ich machte eine kurze

Pause, um Luft zu holen. »Wenn die, die etwas haben, nicht denen helfen, die nichts haben, dann ist das … ein Verbrechen. Und das darf nicht so bleiben. Wir können das ändern. Natürlich können wir nicht allen auf einmal helfen. Aber das ist keine Rechtfertigung dafür, nichts zu tun.«

Der Journalist schrieb weiter, und ich fühlte mich mit jedem Satz sicherer – und wichtiger.

»Was bedeutet *Amita*?«

Ich überlegte und nahm mir ein Beispiel an Baguras Fantasie. »Das Wort stammt aus der Sprache der Koo. Es hat zwei Bedeutungen. Zum einen: nicht aufgeben; zum anderen heißt es so viel wie: einen Anfang machen.«

»Weißt du, wer die Stiftung finanziert?«

»Spenden aus dem In- und Ausland.«

»Eine persönliche Frage noch: Du bist sehr jung. Was sagen deine Eltern zu dem, was du hier tust?«

»Sie sind sehr stolz auf mich. Sie unterstützen mich, wo sie nur können.«

»Das freut mich. Hast du keine Angst, dich mit dem Virus anzustecken? Niemand trägt hier eine Maske.«

»Nein. Woher sollen die Leute auch eine Maske haben, wenn sie sich noch nicht einmal etwas zu essen kaufen können? Sie werden eher verhungern, als dass der Virus sie tötet.«

Ich dachte an die Nacht, in der Santosh starb. Und wieder stieg diese unheimliche Wut in mir auf. »Wer sich wehrt, wird ermordet«, sagte ich, ohne nachzudenken.

Der Reporter blickte von seinen Notizen hoch. »Was meinst du damit?«

»Ich habe gesehen, wie ein Mann im Müll nach Essen suchte, und deshalb von Soldaten erschossen wurde. Von hinten!«

»Wo war das?«

»Auf dem Parkplatz eines Supermarktes.«

»Wann?«

»Vor ein paar Tagen. Die Regierung lässt Hungernde erschießen, statt ihnen zu helfen.«

Auf der Stirn des Reporters bildeten sich tiefe Falten. »Du bist ein mutiger junger Mann. Gibst du mir deine Nummer, damit ich dich anrufen kann, falls ich später noch Fragen habe? Ich muss diese Sache recherchieren.«

»Ich … also … das ist nicht erlaubt. Datenschutz. Da macht die Stiftung keine Ausnahme.«

»Verstehe.« Er schrieb stirnrunzelnd etwas auf einen Zettel und reichte ihn mir. »Hier ist meine Nummer. Du kannst es dir ja überlegen.«

Als wir endlich fertig waren, konnte es Yuri und Taro nicht schnell genug gehen. Immer wieder riefen sie mir zu, wir sollten uns beim Zusammenpacken beeilen. Nachdem Tische, Stühle, Leiter und die leeren Kartons im Wagen verstaut waren, fiel ich in meinen Sitz und konnte vor Aufregung nicht still sitzen. Wie meine Schwester wippte ich mit dem Oberkörper vor und zurück.

Kaum waren wir losgefahren, drehte sich Yuri um und schrie mich an: »Du Wichtigtuer hattest nichts Besseres zu tun, als diesem Idioten ein Interview zu geben.«

»Ich habe nur seine Fragen beantwortet«, rechtfertigte ich mich. »Alles andere wäre ja wohl unhöflich und verdächtig gewesen.«

»Es geht hier nicht um Höflichkeit.«

»Was sollte er denn machen? Der Mann hat ihn ange-sprochen«, versuchte Taro zu schlichten.

»Jetzt fängst du auch noch an, du Vollidiot«, fauchte Yuri. »Niri hätte ihn mit drei Sätzen abspeisen müssen. Stattdessen hält er eine Rede und ist auch noch so dumm, ihm von Santosh zu erzählen. Hast du den Verstand ver-loren?«

»Santosh wurde ermordet«, beharrte ich.

»Was redest du da für dummes Zeug«, rief Yuri von vorn. »Es herrscht Ausgangssperre. Santosh war zu leicht-sinnig. Er war selber schuld. Und jetzt weiß in spätestens zwei Tagen die ganze Welt von ihm – und uns. Die Poli-zei wird die Geschichte über unsere Aktion in der Zei-tung lesen und sich fragen, was da eigentlich los ist. Es gibt Fotos. Es ist nur eine Frage der Zeit, bis sie uns finden.«

»Aber es ist doch nicht verboten, Geld zu verschenken.«

Meine Frage machte Yuri nur noch wütender. »Sag mal, stellst du dich jetzt mit Absicht dumm?« Er schlug mit der Faust aufs Lenkrad. »Oder glaubst du wirklich, du kannst der Polizei überzeugend erklären, woher jemand wie du plötzlich fünfzehn Millionen Leek hat?« Er schnaufte vor Erregung, und sein Unterkinn schwabbelte dabei wie Mangopudding. »Die Polizei wird Drogen vermuten und ein Geschäft wittern. Der Bürgermeister wird unsere Aktion für ein politisches Komplott oder das verfrühte Wahlgeschenk der Opposition halten. Verstehst du, was ich meine?«

»Nein.« Je mehr er sich aufregte, desto ruhiger wurde ich. »Sollte dieser Reporter wirklich etwas schreiben, kann ich mir nicht vorstellen, dass das jemand liest. Seit wann interessieren sich die Leute in der Hauptstadt dafür, was in den Slums passiert?«

Yuri starrte mit finsterer Miene aus dem Fenster und schwieg, Taro warf mir einen verstohlenen Blick zu.

17

Am nächsten Tag ging es Bagura wieder besser, und es sah aus, als sollte ich recht behalten. Die Polizei ließ uns in Ruhe. Dank unserer Spende von tausend Leek an jede Familie herrschte in der Siedlung eine geradezu ausgelassene Stimmung. Fast alle Kinder liefen in neuen T-Shirts der *Amita Foundation* herum, Männer schleppten Reissäcke in ihre Hütten, am Abend drang das Geklapper von Geschirr aus den Verschlägen und Baracken.

Am folgenden Nachmittag spielte ich mit Thida und zwei ihrer Freundinnen Murmeln, als ein kleiner Junge atemlos angerannt kam. Ich sollte zu Bagura kommen. Sofort.

Yuri steckte gerade mehrere prall gefüllte Umschläge in eine Tasche, als ich durch die Tür trat. Bagura saß am Tisch, hinter ihm auf dem Bett ruhte seine Frau und atmete schwer. Alle Regale in der Hütte waren ausgeräumt, die Poster von den Wänden verschwunden, neben der Eingangstür standen vier vollgepackte Plastiktaschen. Es musste etwas Schlimmes passiert sein, Yuris Miene nach zu urteilen, war ich der Schuldige.

»Was ist los?«

»Du wirst gesucht«, sagte Bagura. »Die Polizei glaubt, dass du hinter den Einbrüchen in Noro-Hill steckst.«

»Ich? Wie kommen die denn darauf?«

Bagura schob mir sein Telefon über den Tisch zu, auf dem Bildschirm leuchtete die Website der *Daily Post*. »Da ist ein Artikel über dich.«

»Weil die korrupte Regierung nichts tut!«, stand dort als Überschrift in großen Buchstaben. »Mysteriöse Stiftung verteilt Millionen in bar.«

Ich überflog die Geschichte. Der Reporter hatte unsere Aktion genau beschrieben, das Gespräch mit mir in ganzen Absätzen zitiert und dann über die *Amita Foundation* spekuliert. Da sie eine offensichtliche Erfindung war, stellte er verschiedene Theorien auf, wer dahinterstecken und woher das viele Geld kommen könnte. Eine Vermutung lautete, dass es aus den Einbrüchen in die Villen der Reichen stammte und wir einen Teil der Beute an die Armen verschenkten. Entweder, um unser Gewissen zu beruhigen, unser Karma zu verbessern oder um uns in Zeiten der Pandemie als eine Art Nachfahren von Robin Hood zu inszenieren. Auch schloss er ein politisches Komplott nicht aus, denn unsere Aktion sei eine Demütigung der Stadtverwaltung und ihres ehrgeizigen Bürgermeisters, ja, eine Lektion für die ganze herrschende Klasse des Landes.

»Jetzt weißt du, wie die draufkommen«, sagte Bagura düster. »Sogar ein Kopfgeld ist auf dich ausgesetzt. Hunderttausend Leek.«

Ich sank auf einen Hocker. »Und jetzt?«

»Idiot«, fauchte Yuri. »Wichtigtuer …«

Bagura brachte seinen Sohn mit einer Handbewegung zum Schweigen. »Meine Frau, Yuri und Taro verschwinden und werden in einer halben Stunde abgeholt. Wenn du willst, kannst du mit.«

»Nein«, sagte ich sofort.

Bagura nickte, als hätte er diese Antwort erwartet.

»Du gehst nicht?«, fragte ich.

»Ich bleibe noch hier. Hab noch ein paar Dinge zu erledigen.« Er wedelte mit der Hand, als wären seine Pläne ohne große Bedeutung. »In ein paar Tagen fahre ich hinterher. Aber du brauchst ein Versteck.«

Ich war zu verwirrt, um in Ruhe nachzudenken. In der Siedlung konnte ich nicht bleiben, so viel war klar. Die Einzige, mit der ich jetzt sprechen wollte, war Mary. Ich stand so hastig auf, dass Bagura erschrak und der Hocker umfiel. »Ich muss los.«

»Warte. Ich hab noch was für dich«, rief er mir hinterher, aber ich war in Gedanken schon woanders.

Es dämmerte, als ich das Haus der Benz erreichte. Auch wenn ich noch einige Stunden warten musste, bevor ich Mary sehen konnte, war ich schon froh, in ihrer Nähe zu sein. Ich kroch unter ein geparktes Auto, dessen schmutzige Windschutzscheibe mir verriet, dass es länger nicht gefahren worden war, und wartete auf die Nacht.

Unter dem Wagen roch es nach Öl und modrigen Blättern. Ein Tausendfüßler lief mir über den Arm. Hin und wieder ging ein Paar Flip-Flops an mir vorüber. Je länger ich unter dem Wagen lag, desto klarer wurden meine Gedanken. Wie eine Nudelbrühe, in der sich Kräuter und Gewürze langsam zu Boden senkten.

Meine Eltern konnten mir nicht helfen.

Ich bezweifelte, dass Bagura noch etwas für mich tun konnte.

Mary könnte mich vielleicht für ein paar Tage im Keller des Hauses verstecken, eine Lösung war das nicht.

Ich war allein. Zum ersten Mal in meinem Leben.

Am besten wäre es, für eine Weile zu verschwinden, an die Küste oder in die Berge im Norden.

Für den Notfall hatte ich mir zehntausend Leek von unserer Beute genommen. Das würde nicht ewig reichen, aber für die erste Zeit.

In der Garage der Benz stand das Motorrad, das meine Mutter und ich immer zum Einkaufen benutzt hatten. Ich wusste, wo der Schlüssel war.

Als sich die Nacht über die Stadt gelegt hatte, krabbelte ich unter dem Auto hervor, schlich um das Anwesen und schlüpfte unter der Mauer hindurch auf das Grundstück.

Mary saß am Fenster, als hätte sie mich erwartet.

Im Keller sprachen wir nicht viel. Sie wollte, dass ich in ihr Zimmer komme, um mir dort etwas ganz Besonderes zu zeigen.

»Ich wusste gar nicht, dass du berühmt bist«, grinste sie, kaum dass wir die Tür hinter uns geschlossen hatten. »In der Zeitung ist eine große Geschichte über eure Aktion. Sogar mit Fotos!«

»Ich bin nicht berühmt, ich bin berüchtigt. Ein Verbrecher. Die Polizei sucht mich.«

Mary hörte nicht, was ich sagte, oder sie verstand nicht, was das bedeutete. Sie tippte etwas in ihr Handy, kurz darauf zeigte sie mir auf der Website der Tageszeitung den Artikel, den ich schon kannte. Auf einem Bild darunter saßen Yuri, Taro und ich hinter unseren Tischen, davor waren die langen Schlangen der Wartenden zu sehen. Ein zweites Bild zeigte mich, wie ich ernst in die Kamera schaute.

»›Für diesen Virus sind doch alle Menschen gleich‹«, las Mary vor, »›aber Ärzte und Medikamente gibt es nur für die Reichen. Menschen verhungern, weil sie nichts zu essen haben, andere fallen tot um, weil sie zu fett sind. Wenn die, die etwas haben, nicht denen helfen, die nichts haben, dann ist das ein Verbrechen.‹ Hast du das wirklich so gesagt?«

»Ich glaube schon«, erwiderte ich.

»Wow. Dafür wirst du gefeiert. Aber so richtig.«

»Gefeiert?«

»Ja, in den Kommentaren auf Facebook. Auf YouTube. Instagram. Überall!«

Sie setzte sich aufs Bett, klappte ihren Laptop auf, ich setzte mich neben sie. Sekunden später sah ich das erste Video unserer Aktion. Es war verwackelt, doch Yuri, Taro und ich waren deutlich zu erkennen. Wie wir Männern und Frauen Geldscheine in die Hand drücken, umringt von lachenden Menschen. Ein zweites Video zeigte einen Mann, der ein *Amita*-T-Shirt trug, neben dem Minivan stand und Geldscheine küsste.

Es dauerte nur wenige Klicks, und ich sah mich mit Yuri und Taro in der Uniform des Roten Kreuzes. »Schau mal, da bist du auch«, rief Mary. »Erzähl mir, was passiert ist.«

Und so berichtete ich ihr von Baguras Idee mit der *Amita Foundation*, schilderte in allen Einzelheiten, wie wir die Aktion vorbereitet hatten und wie sie abgelaufen war, wie Bagura die Polizei getäuscht hatte. Ich erzählte ihr, wie sehr sich die Menschen gefreut hatten und wie ich mit dem Megafon in der Hand auf dem Wagen gestanden war, wie aufgeregt ich gewesen war. Je mehr ich erzählte, umso mehr wuchs ihre Begeisterung.

Als ich fertig war, las sie mir die Kommentare unter den vielen Fotos und Videos vor.

Klasse Aktion. Mehr davon!

Niri for president.

Krasser Typ. So sehen Helden aus.

Fuck den Bürgermeister.

Dreitausend Leek!!!! Wann kommt Niri in unseren Slum?

Statt mich zu freuen, verbarg ich mein Gesicht in den Händen und ließ mich auf ihr Bett fallen.

»Was ist? Freust du dich nicht?«

»Du verstehst es nicht: Ich werde gesucht. Für manche bin ich vielleicht ein Held, aber wer mich verrät, bekommt eine fette Belohnung. Hunderttausend Leek! Ich muss weg. Und ich weiß nicht, wohin. Ich weiß nicht, wann wir uns wiedersehen. Worüber soll ich mich freuen?«

»Wenn du abhauen musst, komme ich mit«, sagte sie sofort.

»Mit mir?«

Sie beugte sich über mich, ihr Gesicht bekam harte Züge. »Warum nicht? Weil ich nicht gut laufen kann?«

»Aber ich weiß gar nicht …«

»Willst du nicht, dass ich mitkomme, weil du denkst, ich könnte eine Last sein?«, unterbrach sie mich.

Ich richtete mich wütend auf. »Hör auf. Was redest du da?«

»Ich hab keine Angst.«

»Mary, das ist kein Abenteuer.«

»Glaubst du, das weiß ich nicht? Glaubst du, ich hab dir nur aus Abenteuerlust geholfen?«, rief sie aufgebracht.

»Nein, natürlich nicht. Aber wenn du mit mir abhaust, kannst du nicht so einfach zurück.«

»Das ist mir klar.«

»Du kannst vielleicht gar nicht mehr zurück.«

»Ich will auch nicht zurück.«

»Du willst deine Familie verlassen?«

Sie nickte.

»Deine Eltern?«

Sie nickte noch einmal.

»Warum?«

»Weil!«

»Weil?«

»Weil! muss reichen.« Sie überlegte. »Und wie kommen wir weg?«

»Mit eurem Motorrad.«

Mary nickte. »Wohin?«

»Erst mal nach Süden an die Küste«, antwortete ich ohne zu zögern. »An den Strand. Auf eine Insel. Dorthin, wo uns niemand findet. Bist du dir ganz sicher?«, fragte ich noch einmal und fürchtete gleichzeitig, sie könnte es sich anders überlegt haben.

Statt zu antworten, humpelte sie zum Schrank, zog aus dem untersten Regal eine Reisetasche, holte aus verschiedenen Schubladen Sachen zum Anziehen, ein Ladegerät für ihr Handy, ein paar Schachteln Tabletten und warf alles in die Tasche. Nachdenklich schaute sie sich in ihrem Zimmer um. »Und wir brauchen Geld, oder? Warte hier auf mich.«

Ich hockte mich auf ihr Bett, und anstatt aufgeregter, nervöser, angespannter zu werden, wurde ich ruhiger. Ich hatte mich getäuscht: Ich war nicht allein.

Kurz darauf kehrte sie mit einem Stoffbeutel und einer Papiertüte zurück und stopfte sie zu den Sachen in die Reisetasche. Ich hörte es in dem Beutel klimpern. Sie schaltete ihr Handy aus, riss einen Zettel von einem Block, schrieb ein paar Zeilen darauf und legte ihn auf ihr Bett. »Fertig. Wir können los.«

Ich schulterte die Tasche, und wir schlichen durch das Haus in den Garten und im Schutz der Büsche hinunter bis zur Garage. Das Motorrad stand an seinem Platz, auf der Sitzbank lagen noch die zwei Helme, der Schlüssel hing wie immer in dem kleinen Kasten neben der Tür. Ich schob es in die Einfahrt hinaus, Mary öffnete die Pforte zur Straße. Seit wir aus ihrem Zimmer geschlichen waren, hatten wir kein Wort gewechselt und uns nur mit Blicken verständigt.

Es war kurz nach sechs und dämmerte bereits. Ich schnallte ihre Reisetasche auf den Gepäckträger und stieg auf. Mary hatte einige Mühe, auf das Motorrad zu kommen. Ich hörte, wie sie fluchte und vor Schmerzen kurz aufstöhnte.

»Geht das so?«, fragte ich, als sie schließlich saß.

»Ja. Wohin fahren wir?«

»Zuerst zu unserer Siedlung. Ich muss mich noch verabschieden.«

Ich parkte das Motorrad vor dem Zaun und bat Mary zu warten.

Eilig hastete ich durch die Gänge. Die ersten Männer und Frauen schleppten Eimer voll Wasser herbei, ein paar müde Kinder hockten vor ihren Hütten, sie alle grüßten mich freundlich.

Meine Mutter und meine Schwester schliefen noch,

mein Vater war nicht da. Ich hoffte, dass er nicht nach mir suchte. Es gab weder Papier noch Stift, um ihnen eine Nachricht zu hinterlassen. Ich zögerte, ob ich sie nicht doch wecken sollte, ließ es dann aber bleiben. Was hätte ich ihnen sagen sollen? Stattdessen kniete ich mich neben sie und gab beiden einen sanften Kuss auf die Stirn.

Ich machte mich auf den Weg zu Bagura, nach wenigen Schritten kam mein Vater mir entgegen. Abrupt blieb ich stehen.

»Da bist du ja«, rief er erleichtert. »Ich hab dich überall gesucht. Wo warst du?«

»Ich kann jetzt nicht, Papa. Ich erzähle dir alles später.«

»Mama und ich haben uns große Sorgen gemacht.«

»Das tut mir leid. Aber ich hab keine Zeit. Ich muss wirklich los.«

»Keine Zeit?« Ich sah, wie sich in seiner Miene der Ausdruck von Sorge in Ärger verwandelte. »Jetzt komm erst einmal mit.«

»Nein, ich muss weg.«

»Niri«, sagte er streng. »Wie sprichst du mit mir?«

Ich wollte mir von ihm keine Vorwürfe mehr anhören. Nicht nach allem, was ich erlebt hatte. »Damit du es endlich verstehst!«

»Was soll ich verstehen?« Mein Vater starrte mich so entgeistert an, als stünde ein Fremder vor ihm.

»Dass ich nicht dabei zusehen kann, wie wir alle verhungern! Dass vom Meditieren niemand satt wird. Dass sich nichts ändert, wenn wir nur Bananen vor einen Altar legen und Kerzen anzünden.«

»Der Buddha sagt …«, hob mein Vater an.

»Der Buddha sagt, der Buddha sagt … Der Buddha sagt nicht, dass die Welt so bleiben muss, wie sie ist. Er sagt, dass jeder Mensch die Verantwortung trägt für das, was er tut. Aber wir sind auch verantwortlich für das, was wir nicht tun. Schweigen, Wegschauen, Nichtstun hat auch Konsequenzen. Wenn Mama stirbt, weil ich sie nicht zum Arzt bringe, bin ich schuld. Wenn Thida verhungert, weil ich ihr nichts zu essen besorge, bin ich schuld.«

»Nein, das bist du nicht«, widersprach mein Vater zornig. »Du sollst ihr ja helfen, aber nicht so!«

»Wie denn?«, rief ich wütend. »Du warst bei Mister Benz und wolltest ihn um Hilfe bitten. Was hast du erreicht? Sag es mir.«

Mein Vater mahlte vor Erregung mit dem Kiefer, erwiderte aber nichts.

»Er hat nicht einmal mit dir gesprochen.« Meine Stimme überschlug sich fast. »Ich war auch bei Mister Benz. Ich habe mir genommen, was wir brauchen, ohne zu fragen. Es geht nur so.«

»Nein, Niri, da täuschst du dich.«

»Doch. Wäre es dir lieber gewesen, ich hätte nichts unternommen und auf Almosen gewartet, bis Mama und Thida tot sind?«

»Wie kannst du das sagen! Aber du hast gestohlen, und dafür wirst du irgendwann bestraft werden … So oder so … Es ist nicht richtig …«

»Mein Karma interessiert mich nicht.«

Wir sprachen so laut, dass die Türen der umliegenden Hütten aufgingen, heraus lugten neugierige Köpfe und blickten uns überrascht an. Aber auch das war mir jetzt egal.

»Es tut mir leid, Papa. Ich muss jetzt los.«

Er hob seine Arme und machte einen Schritt auf mich zu. Für einen Moment sah es aus, als wollte er mich festhalten. Ich wich zurück, und sein Körper erschlaffte.

»Irgendwann erkläre ich dir alles.« Wir sahen uns in die Augen. Ich hielt seinem Blick stand, nickte ihm zu, ging an ihm vorbei und eilte den schmalen Gang entlang in Richtung Baguras Hütte.

Einmal drehte ich mich um und sah, wie er, umgeben von einer Gruppe kleiner Kinder, noch immer reglos zwischen den Hütten stand und mir nachschaute.

Das waren die letzten Worte, die wir miteinander sprachen, die letzten Blicke, die wir wechselten. Denke ich daran, ist mir jedes Mal zum Weinen zumute. Niemand sollte sich von einem geliebten Menschen im Streit trennen. Wie viel würde es mir bedeuten, wenn mein Vater verstehen könnte, warum ich getan habe, was ich getan habe.

Bagura saß in der Morgendämmerung vor seiner Hütte, als hätte er mich erwartet. Auf dem Kopf trug er eine Mütze der *Amita Foundation*, über seinem großen Bauch spannte ein T-Shirt mit demselben Schriftzug.

»Wo warst du?«, sagte er matt. »Ich habe noch etwas für dich.« Er erhob sich mühsam und gab mir ein Zeichen, ihm in die Hütte zu folgen. Mit den leeren Regalen und Wänden machte sie einen traurigen, verlassenen Eindruck. Nur das Schwarz-Weiß-Foto von dem kleinen Mädchen mit den großen Augen hatten sie zurückgelassen. Es lag auf Baguras Bett.

Er holte zwei Umschläge aus seiner Umhängetasche. Aus einem zog er einen roten Reisepass und einen Stapel Papiere.

»Was ist das?«

»Schau nach.«

Der Pass war auf einen mir unbekannten Mann in meinem Alter ausgestellt, mit einem mir unbekannten Geburtsdatum und -ort versehen, zeigte aber *mein* Foto. Ich blickte ihn fragend an.

»Das ist dein Pass. Damit kannst du das Land verlassen. Den haben Profis gemacht, keine Sorge. Und die anderen Papiere bestätigen, dass du in vier Wochen als Küchenjunge auf der ›MSC Europa‹ anheuerst. Das ist ein Containerschiff, es fährt meistens zwischen Asien und Europa.«

Auf Baguras Gesicht legte sich jetzt ein Lächeln, er war sichtlich stolz auf seine gelungene Überraschung.

Sprachlos hielt ich den Pass und die Papiere in der Hand.

»Ich glaube, es ist am besten, wenn du für eine Zeit das Land verlässt. Hier ist es im Moment zu gefährlich für dich. Und zur See wolltest du doch sowieso fahren, oder nicht?«

Noch immer bekam ich kein Wort heraus.

»Danke«, stammelte ich irgendwann und wollte ihm die Papiere zurückgeben. »Das kann ich nicht annehmen.«

Bagura wedelte mit der Hand. »Das *musst* du sogar annehmen. Ist doch sowieso von deinem Geld bezahlt. Ich habe nur ein paar alte Kontakte bemüht. Nicht der Rede wert.«

»Nein, wirklich …«

»Das ist deine Lebensversicherung. Steck sie ein und pass gut darauf auf. Eine zweite bekommst du nicht.«

Er gab mir den anderen, säuberlich gefalteten und zugeklebten Umschlag.

»Und hier drin ist die Adresse und Telefonnummer von einem Freund, der dir bis zur Abfahrt der ›Europa‹ vielleicht helfen kann. Und ein altes Handy plus zehn SIM-Karten«, sagte er. »Du darfst jede nur einmal benutzen und musst sie danach sofort wegschmeißen. Es könnte sein, dass sie mein Telefon überwachen, um zu sehen, ob du dich meldest. Es ist nicht schwer, einen Anruf zurückzuverfolgen. Am besten, du rufst nur an, wenn du gleich danach den Aufenthaltsort wechselst. Und fass dich kurz. Je kürzer der Anruf, desto sicherer für dich. Und für mich. Für den Fall, dass du mich nicht erreichst, steht hier noch die Nummer meiner Frau.«

Ich steckte alles in meinen Rucksack. »Danke«, wiederholte ich und merkte, wie mir Tränen in die Augen stiegen. »Warum bist du überhaupt noch hier?«

»Wo sollte ich sonst sein?«

»In einer Hütte am Strand. Du wolltest den Fischern bei der Arbeit zuschauen.«

»Das kommt schon noch.«

»Wann?«

»Du stellst zu viele Fragen.«

»Du hast gar kein Geld genommen, stimmt doch, oder? Beim Verkauf des Goldes blieb so viel übrig, weil du auf deine Provision verzichtet hast.«

»Du täuschst dich. Wovon hätte ich sonst die Flucht meiner Frau und der Jungs bezahlen sollen? Ich bin kein Samariter, wirklich nicht. Außerdem hätte Yuri das niemals zugelassen. Taro vielleicht. Yuri nie.«

»Von Yuri lässt du dir nichts sagen«, widersprach ich.

»Du machst dir zu viele Sorgen um mich, Kleiner. Lass das mein Problem sein. Wir müssen uns jetzt überlegen, wo du dich in den nächsten vier Wochen verstecken kannst. Ich wette, die Polizei taucht noch heute hier auf.«

»Ich habe ein Motorrad.«

Der überraschte Ausdruck in seinem Gesicht gefiel mir. »Geklaut?«

»So ähnlich.«

»Wo steht es?«

»Auf der Straße, vor dem Zaun.«

»Weißt du, wohin du willst?«

»An die Küste nach Süden.«

»Vielleicht hab ich dich unterschätzt«, sagte er anerkennend und schubste mich unsanft aus der Hütte. »Du musst jetzt los. Warst du bei deinen Eltern?«

»Ja, meine Mutter und Thida haben noch geschlafen, und mein Vater war nicht da.« Vom Streit mit ihm wollte ich Bagura nichts erzählen. »Tust du mir einen Gefallen?«

»Noch einen?«, fragte er und stieß einen übertriebenen Seufzer aus.

»Gehst du bitte zu ihnen und sagst, dass ich … dass ich …« Mir fielen die passenden Worte nicht ein.

»Dass du plötzlich wegmusstest; dass du an sie denkst; dass sie sich keine Sorgen machen müssen; dass du sie sehr lieb hast; dass du bald wieder da bist, richtig?«

Ich nickte erleichtert. »Genau. Und dass ich sie um Verzeihung bitte für all die Sorgen, die ich ihnen bereite. Hast du noch Geld?«

»Nicht mehr viel. Warum?«

»Ich möchte ihnen zwanzigtausend Leek dalassen. Hast du noch so viel?«

»Ja. Aber das wird dein Vater nicht annehmen.«

»Aber meine Mutter vielleicht. Gib es ihr, bitte.«

Er nickte. »Mach ich. Jetzt bring ich dich zur Straße«, sagte er mit einem traurigen Ausdruck im Gesicht.

Bagura blieb abrupt stehen, als er das Motorrad und Mary im gelben Schein der Straßenlaternen sah. Zögerlich humpelte sie ein paar Schritte in unsere Richtung und hielt dann inne.

»Wer ist das?«

»Mary.«

»Wer ist Mary?«

»Meine Quelle.«

Fassungslos musterte er sie. Mary starrte zurück, trat unsicher von einem Bein aufs andere, kam aber nicht mehr näher.

»Ist sie ein Krüppel?«

»Nein. Ihr fällt nur das Laufen etwas schwer.«

»Dann ist sie ein Krüppel«, sagte er. »Und du willst sie mitnehmen?«

»Natürlich. Wir gehören zusammen.«

Sein Blick wanderte einige Male zwischen Mary und mir hin und her. »Du bist völlig verrückt. Mit einem Krüppel kommst du nicht weit.« Er seufzte. »Ich hatte dich gewarnt, Kleiner: Nichts im Leben ist umsonst.«

Wir schauten uns ein letztes Mal wortlos an. Er biss sich auf die Unterlippe, ballte eine Faust, knuffte mir ungelenk in den Oberarm, drehte sich um, ging mit schnellen Schritten und noch immer kopfschüttelnd zum Zaun und verschwand im Loch zwischen den Brettern, ohne sich noch einmal umzudrehen.

Ich schluckte mehrmals trocken.

»Wer war das?«

»Bagura.«

Ich stieg auf das Motorrad, und Mary setzte sich hinter mich. Mit einem kräftigen Tritt ließ ich die Maschine an.

»Wohin jetzt?«, fragte sie und hielt sich an mir fest.

»Ans Meer.«

18

Ich drehte den Gaszug bis zum Anschlag auf, unsere Körper erzitterten von den Vibrationen des Motors. Der heiße Wind drückte mit Wucht gegen meine Brust. Wir fuhren auf die Autobahn, der Weg Richtung Meer war gut ausgeschildert. Hinter mir rutschte Mary unruhig hin und her, nach einer Stunde gab sie mir ein Zeichen, dass ich anhalten sollte. Ich fuhr auf den Seitenstreifen, stoppte im Schatten einer großen Reklametafel, nahm meinen Helm ab und wartete, dass Mary abstieg, doch sie rührte sich nicht. »Was ist?«, fragte ich und drehte mich um.

Sie hatte geweint. Ich stieg ab und half ihr vom Motorrad. Schweigend blickte sie den vorbeifahrenden Autos hinterher.

»Was hat dein Freund gesagt?«

»Er hat uns viel Glück gewünscht.«

»Du lügst.«

»Nein.«

»Sag mir die Wahrheit.«

Ich wandte mich ab.

»Sag mir die Wahrheit«, wiederholte sie in einem scharfen Ton.

»Er hat gesagt, dass es zu zweit schwerer wird als allein.«

»Weil ich ein Krüppel bin.«

»Du bist kein Krüppel.«

»Was denn sonst?«, fuhr sie mich an. »Tu doch nicht so blöd.«

»Mary, hör auf damit. Ich kann mich jetzt nicht streiten.«

»Und ich kann nicht einmal eine Stunde auf so einem beschissenen Motorrad sitzen.« Wieder liefen ihr Tränen die Wangen hinunter. »Es tut einfach scheißweh.« Sie wandte sich ab, ich hörte, wie sie schluchzte, und versuchte, sie in den Arm zu nehmen, doch sie schüttelte sich.

»Lass uns weiterfahren.«

Ein Auto bremste scharf ab, setzte zurück. Der Fahrer ließ das Seitenfenster herunter. »Braucht ihr Hilfe? Benzin?«

»Nein«, antwortete ich erschrocken. »Wir machen nur eine Pause.«

»Schlechter Platz. Lasst euch nicht erwischen.« Er schloss das Fenster und fuhr weiter.

Mary schaute ihm nach. »Ich will nach Hause.«

»Jetzt? Das ist nicht dein Ernst.«

»Doch. Bring mich zurück.«

Für einen Moment stand ich regungslos vor ihr, zu überrascht, um noch etwas zu sagen. Dann stieg Wut in mir hoch. Am liebsten hätte ich laut losgeschrien, einen Stock genommen und damit auf die Leitplanken oder das Motorrad eingeschlagen. Warum tat sie mir das an?

»Dann steig auf.«

Sie wollte etwas sagen, schwieg, setzte den Helm auf und mühte sich auf ihren Sitz.

Mit aller Kraft trat ich die Maschine an, beim Anfahren

quietschte der Hinterreifen auf dem heißen Asphalt. Mary musste sich fest an mich klammern, um nicht hinten runterzufallen. Ein Schild zeigte die nächste Ausfahrt zum Wenden an. Sie war zehn Kilometer entfernt. Ich gab Gas und fuhr viel schneller als erlaubt. Auf den ersten Kilometern war mir alles egal. Sollte uns die Polizei doch anhalten. Sollte sie uns verhaften. Aber das Gefühl verflog schnell wieder.

Noch fünf Kilometer bis zur Abfahrt. Nein, ich wollte Mary nicht nach Hause bringen. Ich hatte sie schon einmal vier Jahre lang nicht gesehen und meine Sehnsucht nach ihr zwischen Palmen und Büschen vergraben. Das wollte ich nicht noch einmal tun müssen.

Noch drei Kilometer.

Noch zwei. Meine Wut war verschwunden.

Noch einen.

Statt abzubremsen, beschleunigte ich. Es ging nicht anders.

»Wohin fährst du?«, brüllte Mary von hinten.

»Ans Meer.«

Knapp zwei Stunden und einen Tankstopp später rollten wir auf einer schmalen Landstraße einen Hügel zum Strand hinunter. Wir waren vom Highway abgefahren und irgendwann nur noch handgeschriebenen Schildern Richtung »Beach« gefolgt. Der Weg endete auf einem kleinen sandigen Platz, auf dem zwei Autos und einige Mopeds parkten. Ich hielt im Schatten dreier Palmen, stellte den Motor aus, nahm den Helm ab und wartete, dass Mary von der Maschine stieg. Aber sie blieb sitzen. Mir dröhnten die Ohren vom Fahrtwind und dem Brummen des Motors.

Ich hängte meinen Helm an den Lenker und streckte mich. »Soll ich dir helfen?«

»Wenn ich Hilfe brauche, sag ich das.« Sie versuchte, vom Motorrad zu steigen, es bereitete ihr große Mühe, die Beine zu heben. Sie versuchte erst das eine, dann das andere und ächzte vor Schmerzen. Es fiel mir schwer, nichts zu tun, also wandte ich mich dem Meer zu. Vor uns lag ein feiner, fast menschenleerer Sandstrand, dahinter erstreckte sich zunächst türkisfarbenes, dann tiefblaues Wasser bis zum Horizont. Unter aufgespannten Sonnenschirmen lagen vereinzelt Menschen, zwei Kinder spielten in den Wellen mit einem Ball.

Das Dröhnen in meinen Ohren ließ allmählich nach, und ich bemerkte, wie still es war. In der Luft lag nichts außer dem leisen Rauschen einer leichten Brandung, dem Lärm der Zikaden und Vogelgezwitscher.

Irgendwann stand Mary auf wackeligen Beinen neben dem Motorrad. Ich stieg ab, klappte den Seitenständer aus und hielt sie am Arm fest.

»Danke.«

Mit kleinen Schritten gingen wir in Richtung einer Allee aus Nadelbäumen, unter denen Holzhütten mit überdachten Terrassen standen. Marys vorsichtige, ungelenke Bewegungen sahen aus wie die eines kleinen Kindes, das gerade laufen lernte.

Die Buden gehörten zu Restaurants, bis auf den »Ocean View Grill« waren alle geschlossen. Wir setzten uns gleich auf die erste Bank.

Ich hatte Durst und holte für jeden von uns eine Cola, sie kramte eine Packung Tabletten aus der Tasche und nahm zwei davon.

Stumm blickten wir aufs Meer.

Ich fühlte mich unwohl und befangen. Entgegen ihrem Wunsch, hatte ich sie nicht nach Hause gefahren und wusste nicht, wie es ihr jetzt ging. In den vergangenen Tagen hatte ich mir nichts mehr gewünscht, als mit Mary zusammen zu sein, nun waren wir endlich zu zweit, und ich hatte keine Vorstellung davon, was wir miteinander anfangen sollten. Nach unserem Streit und allein mit ihr am Strand war sie mir weniger vertraut als im Vorratskeller, ihrem Zimmer oder dem Haus von Tante Kate.

»Bist du sauer auf mich, weil ich nicht umgedreht bin?«

»Vergiss, was ich gesagt habe.«

»Das sagt sich so einfach.«

»Es tut mir leid, aber ich halte diese Schmerzen manchmal einfach nicht aus. Du weißt nicht, wie das ist. Es tut so weh, dass ich schreien könnte, und dann sage ich Sachen, die ich nicht so meine.«

Ich rutschte näher an sie heran und nahm sie in den Arm. Wir schwiegen, und ich hatte das Gefühl, mit jedem Wort, das wir nicht sagten, kamen wir uns wieder näher.

»Wollen wir ins Wasser?«, fragte sie irgendwann.

»Kannst du schwimmen?«

»Sicher. Du nicht?«

»Nein.«

»Dann zeige ich es dir. Wir müssen ja nicht tief rein.«

Sie stand mühsam auf, ich bot ihr an, sie bis zum Wasser zu tragen, doch sie umfasste meinen Arm und wollte selbst laufen. Der Sand war heiß und brannte unter den Füßen.

Als das Wasser unsere Knöchel umspülte, schloss sie die Augen und lächelte. »Ich liebe das Meer.«

Sie ließ mich los, humpelte in die Wellen hinein, bis sie mit der Hüfte im Wasser stand, ließ sich fallen, tauchte unter und wieder auf. »Nun komm schon.«

Das Meer war mir unheimlich. Nach ein paar Schritten blieb ich stehen. Mary schwamm auf mich zu und reichte mir die Hand. »Trau dich.«

»Ich weiß nicht ...«

»Nun komm schon.«

Ihr zuliebe ging ich weiter hinein, als ich wollte, viel weiter. Das Wasser reichte mir bis über den Bauchnabel. Ängstlich schaute ich mich um, als fürchtete ich, jeden Moment von einem Fisch oder einer Qualle angegriffen zu werden.

Eine leichte Welle hob mich an, und ich stieß einen kurzen Schrei aus, doch ich spürte gleich wieder Boden unter meinen Füßen.

»Wenn du tief einatmest, die Luft anhältst und dich auf dem Wasser treiben lässt wie ein Stück Holz, gehst du nicht unter. Versprochen. Versuch es mal.«

Mir war meine Angst anzumerken, sie war das Gegenteil von der Leichtigkeit, mit der Mary sich bewegte. »Leg dich hin«, sagte sie und breitete ihre Arme aus.

Ich tat es, Mary schob langsam ihre Hände unter meinen Rücken, und ich spürte, wie ich zu schwimmen begann.

»Vertrau mir.«

Ich begann, mich zu entspannen, und mit der Zeit erfüllte mich eine angenehme Schwerelosigkeit.

»Siehst du«, rief sie und freute sich mindestens so wie ich. »Halt dich fest.« Sie ging noch ein paar Schritte weiter hinaus. Ich schlang meine Arme um ihren Hals.

Vom Wasser aus betrachtet, besaß unsere Bucht die Form eines U, war etwa eineinhalb Kilometer breit und an beiden Seiten von steil ins Meer ragenden Felsen geschützt. Den Strand säumten Palmen, die Landseite erhob sich wie eine grüne Wand, so dicht bewachsen war der Hügel, an dessen Fuß sich die Bucht verbarg. An ihrem Ende lag ein Dorf, dessen Hütten auf Stelzen ins Meer gebaut waren, davor dümpelten Boote im Wasser.

Wir ließen uns von den Wellen wieder an den Strand spülen und setzten uns in den Schatten einer Palme. Der Wind und unsere nassen Kleider brachten eine angenehme Abkühlung.

»Jetzt habe ich Hunger«, sagte sie. »Meinst du, es gibt frischen Fisch?«

»Ich frag mal.«

»Geld ist in der Reisetasche.«

Der Junge hinter dem Tresen der kleinen Strandbar war etwas jünger als wir, er hatte Mary und mich zunächst neugierig beobachtet, nun war er wieder mit seinem Mobiltelefon beschäftigt.

Tatsächlich hatte er eine erstaunliche Auswahl anzubieten: Gegrillten Fisch mit Reis. Gegrilltes Huhn. Papayasalat. Glasnudelsalat. Grünes Curry. Mango mit süßem Reis als Nachspeise. Ich bestellte zweimal den Fisch, einmal Mango und zwei Flaschen Wasser.

Er stellte alles auf ein Tablett und rechnete. »Mit den beiden Cola von vorhin macht das fünfundvierzig Leek.«

Ich reichte ihm einen neuen Tausend-Leek-Schein. Er blickte mich an, als wäre ich verrückt geworden.

»Kleiner hab ich's leider nicht.«

»Ich kann das nicht wechseln.«

Ganz offensichtlich empfand er das als mein Problem und nicht als seines.

»Können wir anschreiben?«

Er schüttelte den Kopf, irritiert von meiner Frage.

»Wir bleiben ein paar Tage.«

»Egal. Meine Eltern wollen das nicht.«

»Dann nimm das Geld als Guthaben und schreib auf, was wir essen und trinken.«

Seine Verwunderung wandelte sich in Misstrauen. Schließlich nahm er das Geld und holte Zettel und Stift aus einer Schublade. »Wie heißt du?«

»Niri«, antwortete ich, ohne nachzudenken.

Er schrieb meinen Namen auf und darunter die Zahl fünfundvierzig. »Wie lange bleibt ihr?«

»Weiß nicht. Kann man hier eine Hütte mieten?«

»Nein. Ihr könnt am Strand schlafen oder wenn es regnet auf der Terrasse. Hier ist ja im Moment nichts los. Der Virus. Morgen bin ich nicht da, aber meine Eltern. Ich sag ihnen Bescheid.«

»Danke.« Ich nahm das Tablett und ging zurück zu Mary.

Den größten Teil des Nachmittags verbrachten wir im Wasser. Dort taten ihr die Beine weniger weh, sagte Mary. Sie hatte sich vorgenommen, mir das Schwimmen beizubringen, und war eine geduldige Lehrerin. Immer wieder zeigte sie mir, wie ich Beine und Arme bewegen sollte, stützte mich mit ihren Händen unter meinem Bauch und lobte mich, auch wenn ich nur wie ein junger Hund strampelte oder wild um mich schlug. Mit der Zeit verstand ich, was sie von mir wollte, und konnte immerhin ein paar Züge machen, bevor ich unterging.

Als ich müde zum Strand zurückpaddelte, schwamm sie so weit hinaus, dass ich anfing, mir Sorgen zu machen. Ihr Kopf verschwand zwischen den Wellen, der Gedanke, ihr nicht helfen zu können, falls sie in Not geraten sollte, war schrecklich.

Erschöpft, aber mit einem Strahlen im Gesicht, kam sie irgendwann wieder aus dem Wasser und setzte sich neben mich in den Sand. »War das schön.« Mary atmete ein paarmal tief ein und aus. »So möchte ich sterben. Einfach aufs Meer hinausschwimmen, immer weiter, und nicht wiederkommen.«

»Ertrinken stelle ich mir schrecklich vor.«

»Wenn du es willst, ist es das vielleicht gar nicht.«

Verwundert schaute ich Mary an.

»Was guckst du so? Hast du noch nie daran gedacht, dich umzubringen?«

»Nein.«

»Wirklich nicht?«

»Nein«, wiederholte ich. »Du?«

»Oft.« Sie machte eine kurze Pause. »Ich habe es auch schon einmal versucht.«

»Wann?«

Sie nahm sich viel Zeit für ihre Antwort. »Der Sturz vom Pferd war kein Unfall.«

»Du hast dich mit Absicht …?«

Sie nickte. »Meine Eltern hatten entschieden, mich auf ein Internat nach England zu schicken. Ich wollte nicht weg von dir.«

Ich brauchte einige Sekunden, bis ich verstand, was sie mir gerade gesagt hatte. »Du wolltest dich wegen mir umbringen?«

»Nein, natürlich nicht. Es war ein kindischer, dummer

Versuch. Wer stirbt schon beim Sturz von einem Pferd? Aber seitdem habe ich häufig darüber nachgedacht, es noch einmal zu versuchen.«

»Aber warum?«, entfuhr es mir.

»Du verstehst es nicht, oder?«

»Nein.«

»Du glaubst, ich habe alles, was ich brauche.«

»Ja. Vielleicht nicht alles, aber ...«

»Wie kommst du darauf?«, unterbrach sie mich. »Weil ich in einer großen Villa lebe? Weil ich ein eigenes Pferd hatte und schon in Paris, Rom und New York gewesen bin? Weil ich nicht selbst kochen muss, nicht selbst meine Wäsche machen, nicht selbst einkaufen gehen muss? Hat ein Mensch dann alles, was er braucht?«

»Er hat alles, was er zum Überleben braucht.«

»Ich rede nicht vom Überleben. Ich rede vom Leben-Wollen.«

»Warum willst du nicht mehr leben?«

»Will ich ja, sonst säßen wir jetzt nicht hier. Aber es ist schwer.«

»Warum?«

»Weil ich ständig Schmerzen habe, die nie mehr weggehen werden. Weil ich mich fremd fühle in meiner Haut. Einsam. Geht dir das nie so?«

Ich schüttelte den Kopf.

Mary sah mich nachdenklich an. »Manchmal glaube ich, nicht das Kind meiner Eltern zu sein, nicht die Schwester meines Bruders, so anders sind sie. Kennst du das auch nicht?«

»Nein. Warum sollte ich denken, dass ich nicht das Kind meiner Eltern bin?«

»Weil sie sich nicht für dich interessieren. Weil sie dich

nicht fragen, wie es dir geht, und dir nicht zuhören, falls du es ihnen trotzdem erzählst. Und weil sie, sollten sie dir ausnahmsweise doch einmal zuhören, überhaupt nicht verstehen, wovon du sprichst. Weil alles, was sie sagen, klingt, als käme es aus einer anderen Welt. Niemand in meiner Familie hat sich jemals meine Bilder so angeschaut wie du. Keiner hat je auch nur ein Wort über sie gesagt. Ich könnte dir noch tausend andere Gründe aufzählen.«

Wenn ich ehrlich war, hatte ich mich noch nie gefragt, ob sich meine Eltern für mich interessierten. Warum sollten sie mich fragen, wie es mir geht? Das bekamen sie auch so mit. In unserer Familie sprachen wir nicht so viel miteinander. Das störte mich nicht. Meine Mutter hatte geglaubt, dass mein Bericht von unserer Aktion eine Erfindung war, das hatte mich traurig gemacht. Trotzdem wäre ich niemals auf die Idee gekommen, nicht ihr Kind zu sein. Meine Eltern waren da. Sie liebten mich. Das genügte mir.

Mary schaute mich an, als erwartete sie eine Erwiderung.

»Bist du deshalb als Kind so oft bei uns gewesen?«

»Ja. Und deinetwegen. Ich habe mich schon als kleines Mädchen mit dir wohler gefühlt als mit anderen Menschen. Keine Ahnung, warum.«

Sie legte ihren Kopf auf meine Brust und schwieg. Ich streichelte sie, meine Hand glitt über ihre Beine, hoch zu den Narben. Zur Palmenborkenhaut.

»Ist es eklig?«

»Nichts an dir ist eklig.«

»Schwörst du?«

»Ich schwöre. Wie kommst du überhaupt darauf?«

»Weil aus meiner Familie nie jemand die Narben berührt. Höchstens mal meine Mutter. Weißt du, wer sie früher meistens mit einer Salbe eingerieben hat, wenn sie wehtaten? Deine Mutter.«

Bevor der »Ocean View Grill« zumachte, besorgte ich uns noch eine Kerze, zwei grüne Currys mit einer großen Portion Reis und Wasser. Unser Nachtlager schlugen wir im Sand unter der Palme auf. Es war windstill, wir aßen bei Kerzenschein die Currys, ich dachte über unser Gespräch nach. Ihre Worte gingen mir nicht aus dem Kopf.

»Hast du mir geholfen, weil du deinen Eltern etwas heimzahlen willst?«

»Nein. Ich habe dir geholfen, weil ich dich sehr mag. Und weil ich mich nicht mag.«

»Was hat das eine mit dem anderen zu tun?«

»Vielleicht habe ich gehofft, dass du mich etwas mehr magst, wenn ich dir helfe.«

»Ich mag dich doch auch so«, widersprach ich. »Ich mag dich mehr als jeden anderen Menschen auf der Welt.«

»Das nützt mir nicht viel.«

»Ist es dir egal?«

»Nein. Aber es fällt mir schwer, das zu glauben, wenn ich mich selber nicht mag. Vielleicht«, fuhr sie fort, »dachte ich, dass ich mich ein wenig besser leiden kann, wenn ich meinen Eltern und meiner Tante etwas wegnehme, von dem sie genug haben, damit du es Menschen geben kannst, die es dringend brauchen. Wenn ich endlich mal etwas Sinnvolles tue, anstatt in meinem Zimmer zu sitzen und Bilder zu malen, die sich keiner anschaut. Und weißt du was: Als ich die Videos gesehen habe, in denen du das Geld, das wir geklaut haben, an die Armen verteilst, ging es mir so gut wie lange nicht mehr. Ich fühlte mich auf einmal lebendig und voller Kraft, als wäre ich selbst dabei gewesen.«

Sie rutschte noch näher an mich heran. Wir lagen fast Nasenspitze an Nasenspitze. Zärtlich strich sie mir über den Kopf, streichelte meinen Nacken und schloss die Augen.

Nach einigen Minuten war sie eingeschlafen, ich hingegen machte lange kein Auge zu. Dunkle Wolken hingen über dem Meer, am Horizont blitzte und donnerte es. Später brach die Bewölkung auf, und weißes Mondlicht schimmerte auf dem schwarzen Wasser. Das gleichmäßige Rauschen der Brandung beruhigte mich, gleichzeitig fürchtete ich, eine große Welle könnte kommen, uns im Schlaf überraschen und mitreißen.

Ich hatte nicht alles verstanden, was sie mir erzählt hatte, aber vielleicht war das auch gar nicht so wichtig. Mary war ein Mensch, den ich liebte, und keine Rechenaufgabe, die gelöst werden wollte.

Ich wollte für sie da sein. Ich wollte sie beschützen. Ich wollte ihr etwas von ihrer Traurigkeit und ihren Schmerzen abnehmen, auch wenn ich ahnte, dass das unmöglich war.

Kurz bevor ich einschlief, dachte ich an den Jungen im Restaurant. Bestimmt ahnte er, dass das nicht der einzige Tausend-Leek-Schein in Marys Reisetasche war. Sein Blick, die Art, wie er uns beobachtet hatte. Auch wenn ich nicht glaubte, dass er im Internet Zeitungen las und mich erkennen würde, hatte ich ein ungutes Gefühl. Zweimal schreckte ich auf, weil ich glaubte, Schritte und Stimmen zu hören, und vergewisserte ich mich, dass die Tasche noch neben unseren Köpfen lag. Wie seltsam, dachte ich, plötzlich hatte ausgerechnet ich Angst, überfallen und ausgeraubt zu werden.

19

Die folgenden Tage verbrachten wir entweder im Wasser, im Restaurant oder am Fuße unserer Palme.
Mary behauptete, ich würde beim Schwimmen schnell
Fortschritte machen. Tatsächlich verlor ich allmählich die
Angst, atmete ruhiger und rhythmischer, beherrschte die
Bewegungen besser und gewann Zutrauen, dass ich mich
irgendwann länger als ein paar Sekunden über Wasser
halten würde. Aus zehn geschwommenen Metern wurden
zwanzig, wurden dreißig.

Die Besitzer des Restaurants hatten sich an unsere
Anwesenheit gewöhnt. Sie stellten keine Fragen, sondern
freuten sich, dass sie wenigstens zwei Kunden hatten; an
den meisten Tagen blieben wir die einzigen Gäste. Sie
boten uns sogar an, das Motorrad in einem Schuppen
hinter ihrer Küche abzustellen. Sicherheitshalber.

Am Abend des zweiten Tages liebten wir uns zum ersten
Mal. Zu behaupten, es wäre das schönste Erlebnis meines
Lebens gewesen, wäre gelogen. Wir wussten beide nicht,
was wir taten. Zwei Nichtschwimmer in der Weite des
Meeres.

Der Körper des anderen und der eigene, nichts war auf-
regender, nichts war fremder.

Wir waren erregt, und wir hatten Angst.

Unsere Bewegungen waren voller Lust und Leidenschaft, aber weder geschickt noch ausdauernd. Wir ahnten, was wir wollten, aber nicht, wie wir es bekamen. Wir folgten unseren Sinnen. Wohin sie uns führten, war jedoch nicht der Ort, nach dem wir uns gesehnt hatten.

Es war schneller vorbei, als wir gedacht hatten.

Mary behauptete, es habe nicht wehgetan, aber das konnte auch an den zwei extra Schmerztabletten liegen, die sie kurz zuvor genommen hatte.

Am nächsten Abend waren wir geduldiger miteinander. Die Lust nahm noch zu, die Erwartungen wurden weniger. Das war eine gute Kombination. Wir begannen, uns zu erkunden, unsere Körper nahmen sich die Zeit, die sie brauchten.

Am fünften Tag konnten wir es kaum abwarten, bis die Dunkelheit hereinbrach und wir den Strand für uns allein hatten.

Danach wusste ich, dass ich keinen Tag meines Lebens mehr ohne Mary verbringen wollte.

Tagsüber lagen wir stundenlang aneinandergeschmiegt im Sand oder machten kurze Spaziergänge am Strand. Wenn ich mich nicht täuschte, fiel Mary das Gehen von Mal zu Mal ein wenig leichter.

Einmal lief eine Ameise über ihre Hand, Mary hob den Arm und ließ das Tier nicht aus den Augen. Sie beobachtete es voller Staunen und so genau, als hätte sie noch nie eine Ameise gesehen.

»Was findest du so bemerkenswert an ihr?«, wunderte ich mich.

»Dass sie sechs Beine hat und wie schnell sie damit läuft, ohne zu stolpern.«

Sie legte ihren Arm in den Sand, die Ameise verschwand unter einem welken Blatt.

Marys Blick wanderte über den Strand. »In dieser Bucht findet uns niemand. Warum bleiben wir nicht einfach für immer hier? Vielleicht ist dahinten im Dorf noch ein Haus frei, das wir mieten können. Oder wir bauen uns eins. Geld genug haben wir.«

Die Idee gefiel mir. »Ich könnte den Fischern helfen.«

»Brauchst du nicht. Unser Geld reicht für eine Weile. Wenn wir sparsam sind, müssen wir gar nicht mehr arbeiten.«

Ich dachte an den misstrauischen Blick des Jungen, als ich unser Essen mit dem Tausend-Leek-Schein bezahlte. »Ich glaube nicht, dass wir dann hier willkommen wären.«

Mary lachte. »Du hast recht. Ich habe dir ja gesagt, ich bin eine verwöhnte Tochter aus reichem Hause. Also, du wirst Fischer, und ich flicke die Netze.«

Sie legte sich auf den Rücken, verschränkte die Hände unter ihrem Kopf und schaute in den wolkenlosen Himmel. Ich sah ihr an, dass sie über etwas nachdachte.

»Ich habe das Geheimnis des Glücks entdeckt«, erklärte sie plötzlich. »Ich werde ein Buch schreiben und es *Die Glücksformel* nennen. Das wird der Hammer.«

Ich lachte. »Das freut mich zu hören. Ausgerechnet du.«

Sie verzog ihr Gesicht zu einem Grinsen. »Wirklich! Du glaubst mir nicht?«

»Doch. Verrätst du sie mir?«

»Nicht an morgen denken. Und nicht an gestern.«

»Das ist zu einfach.«

»Das ist überhaupt nicht einfach. Das ist ja genau mein Punkt. Versuch es mal. Setz dich neben mich.«

205

Ich richtete mich auf.

»Mach die Augen zu und denk an nichts.«

Ich schloss die Augen, und sofort gingen mir Bilder durch den Kopf: Wie ich in Marys Armen im Wasser schwebe. Das ratlose, traurige Gesicht meines Vaters, als wir uns im Streit trennen. Wie ich meine Mutter im Krankenhaus über den Flur schiebe. Wie Mary im Keller plötzlich vor mir steht. Wie wir uns am Strand lieben.

Genau so hatten sich die vielen vergeblichen Meditationsversuche mit meinem Vater und in der Klosterschule angefühlt.

»Siehst du«, sagte Mary, als hätte sie meine Gedanken gelesen. »Es ist nicht einfach.«

»Vielleicht will ich es gar nicht. Ich denke gerne an gestern, als du mir Schwimmen beigebracht hast. Ich freue mich auf morgen, weil ich neben dir aufwache.«

»Das unterscheidet uns. Denke ich an die Vergangenheit, werde ich traurig, die Zukunft macht mir Angst.«

Wir schafften es genau eine Woche lang, Marys Glücksformel zu befolgen. Wir vergaßen die Welt. Es gab nur sie und mich, das Meer und den Strand, vereinzelte Besucher und die Bewohner der Bucht, die sich nicht für uns interessierten. Es gab nur Marys weiche Haut, ihre zärtlichen Finger, ihr Beben und Zittern, wenn ich sie berühren durfte. Es gab nur ihre Stimme, ihr Flüstern, ihr Lachen. Was irgendwo sonst im Land geschah, existierte nicht für uns. Die Polizei, der Virus, die Slums, Bagura, selbst Marys Familie, meine Eltern und Thida waren nur noch eine ferne Erinnerung. Mary rührte ihr Handy nicht an, nicht einmal, um auf Facebook oder WhatsApp nach Nachrichten zu schauen.

Wir genügten uns selbst.

Als ich im »Ocean View Grill« einen älteren Mann mit dickem Bauch, weißem Bart und langen Haaren Betelnüsse kauen sah, musste ich an Bagura denken. Wie es ihm wohl ging? War er noch in unserer Siedlung oder bei seiner Familie? War er in Sicherheit? Ich überlegte, ihn anzurufen, fürchtete mich jedoch vor schlechten Nachrichten und verschob den Anruf auf einen anderen Tag. Doch einen Gedanken, den ich einmal gedacht habe, bekomme ich nicht mehr so leicht aus dem Kopf. Meine Neugierde wuchs, und als Mary im Meer schwamm, öffnete ich den Umschlag mit Baguras altem Handy, den SIM-Karten und dem Zettel mit seiner Telefonnummer und der seines Freundes. Ich schob eine Karte in das Telefon und drückte seine Nummer. Es klingelte, bis das Besetztzeichen ertönte.

Ich versuchte es bei seiner Frau. Gleich beim zweiten Mal ging jemand ran.

»Hallo?«

»Hier ist Niri. Kann ich mit Bagura sprechen?«

»Du Hurensohn«, brüllte sie los. »Du widerlicher Schlammigel. Du hässliche Warze auf dem Arsch meines fetten Onkels ...«

»Entschuldigung, ich will doch nur ...«

»Bagura ist verhaftet worden«, schrie sie. »Yuri und Taro sind verhaftet worden. Ich weiß nicht, wo sie sind!« Sie brach in einen wütenden Weinkrampf aus. »Es ist alles deine Schuld, du Scheusal, du elender Bastard. Wo steckst du? Komm sofort zurück und sag der Polizei, dass Bagura, dass meine Söhne unschuldig sind, hörst du? Es war dein Geld, sie haben nichts ...«

Ich drückte sie weg und versuchte, so zu tun, als hätte

das Gespräch nicht stattgefunden. Hastig nahm ich die SIM-Karte heraus, steckte Handy und Zettel zurück in den Umschlag und bemerkte dabei noch ein zweites, mehrmals gefaltetes Blatt Papier. Eine Nachricht von Bagura an mich.

Hallo Kleiner,
hoffentlich bist du jetzt, wo du diese Zeilen liest, an Deck der ›Europa‹ oder in deiner Koje, auf dem Weg nach Rotterdam, Singapur oder Los Angeles. Egal, Hauptsache in Sicherheit. Solltest du mich vorher anrufen müssen und mich nicht erreichen, weil ich verhaftet bin, unternimmst du nichts. Hast du mich verstanden? <u>NICHTS!</u> Das wird dir schwerfallen, ich kenne dich doch. Aber du kannst nichts für mich tun, du würdest dich nur selber in Gefahr bringen. Mach dir keine Sorgen um mich, okay? Ich komme schon zurecht.
Du bist ein guter Junge, das weiß ich, weil ich auch mal einer war. Irgendwann ist mir das Leben in die Quere gekommen. Du wirst es besser machen. Ich bin dankbar dafür, dass ich dir helfen konnte.
Übrigens habe ich viel über deine Frage nachgedacht, ob sich alle Menschen, die sich berühren, irgendwann auch wehtun. Meine Antwort lautet: Ja, und das muss so sein. Niemand kann kochen, ohne Feuer zu machen, und wer Feuer macht, wird sich irgendwann auch mal verbrennen.
Das Leben ist so. Es will gelebt werden. Mach was draus.
Bagura

PS: Noch etwas: Amita ist übrigens ein Mädchenname.
Es heißt die Grenzenlose. Grenzenlos: Wie das Glück.
Wie die Liebe. Wie die Trauer.

Ich las die Zeilen ein zweites Mal.

Mary kehrte vom Baden zurück und sah sofort, dass etwas mit mir nicht stimmte.

»Bagura ist verhaftet«, sagte ich und erzählte von dem kurzen Telefongespräch.

Sie holte ihr Handy aus der Tasche, verband es mit dem WLAN des Restaurants und reichte es mir. »Vielleicht steht etwas in der Zeitung.«

Auf dem Display ihres Smartphones baute sich in nur wenigen Sekunden die Website der *Daily Post* auf. Die obersten Schlagzeilen handelten vom Virus, der Wirtschaftskrise, Spannungen zwischen China und den USA. Weiter unten fand ich die Inlandsnachrichten, gleich an zweiter Stelle stand: »Keine Spur von entführter Millionärstochter«, daneben ein Foto von Mary. Sie sah mein entsetztes Gesicht, nahm mir das Telefon aus der Hand und las die Meldung. »Nach mir wird im ganzen Land gesucht. Meine Eltern behaupten, ich sei entführt worden.« Wütend warf sie das Handy in meinen Schoß. »Ich habe ihnen eine Nachricht hinterlassen und geschrieben, dass ich freiwillig gehe und sie nicht nach mir suchen sollen. Warum glauben sie mir nicht?«

Sie nahm ihr Telefon, stand auf, ging ein paar Schritte Richtung Meer, stellte sich so hin, dass sie das Wasser im Rücken hatte, band sich die Haare zu einem Pferdeschwanz und blickte freundlich in die Kamera.

»Was machst du?«

»Ich nehme ein Video auf und stelle das auf meine

Facebook-Seite. Dann können alle sehen, wie gut es mir geht«, sagte sie und begann, sich zu filmen.

»Hallo, hier ist Mary. Dies ist eine Nachricht für meine Familie, meine Freunde und die Polizei. Ich bin von niemandem entführt worden. Wer das behauptet, lügt. Ich bin freiwillig von zu Hause weggegangen. Mir geht es sehr gut. Überzeugt euch selber.« Sie schwenkte mit dem Handy einmal langsam über die Bucht und dann zurück zu sich. »Bitte sucht nicht weiter nach mir. Ich wiederhole: Sucht nicht nach mir. Ich bin achtzehn Jahre alt und erwachsen. Ich kann tun und lassen, was ich will, und habe mich für ein anderes Leben entschieden.« Sie machte eine Pause und holte tief Luft. »Meinen Eltern möchte ich sagen, dass ich euch keine Sorgen bereiten wollte. Ich weiß, dass ich euch enttäusche, aber es geht nicht anders. Wir werden uns nicht wiedersehen.«

Sie ließ ihren Arm sinken. »Gut? Überzeugend?«

»Ja, sehr«, rief ich.

Sie kam zurück zu mir, setzte sich, tippte hektisch auf dem Telefon herum, wartete, tippte weiter. Nach einigen Minuten tönten ihre Stimme und das Rauschen des Meeres aus dem Handy, ein zufriedenes Lächeln legte sich auf ihr Gesicht. »Hat geklappt«, sagte sie erleichtert und schaltete es wieder aus. »Nun sehen alle, dass es mir gut geht. Ich hoffe, sie lassen uns jetzt in Ruhe.«

Mary und ich waren im Wasser, als ich einen Polizeiwagen auf den Parkplatz fahren sah. Zwei Männer in Uniform stiegen aus dem Auto, blickten zu uns, gingen zum Restaurant und begannen mit dem Sohn der Besitzer ein Gespräch. Kurz darauf kamen seine Eltern dazu. Immer wieder schauten sie zu uns herüber.

Ich hielt Mary auf den Armen und bewegte mich mit langsamen Schritten weiter ins Meer hinaus, mittlerweile schwamm ich gut genug, um mich an Stellen zu wagen, an denen ich nicht mehr stehen konnte, doch egal, wie weit ich gehen würde, es gab im Wasser kein Versteck für uns. Wenn sie mit uns sprechen wollten, brauchten sie nur zu warten, irgendwann würden wir wieder an Land müssen.

»Was ist los?«, fragte Mary, ohne ihren Kopf von meiner Schulter zu heben. Sie spürte meine Anspannung.

»Nichts.«

»Dann ist gut«, sagte sie und summte leise vor sich hin.

Nach ein paar Minuten schauten sich die Polizisten bei den geschlossenen Restaurants um, inspizierten den Strand, kehrten zu ihrem Wagen zurück und fuhren davon.

Mary und ich blieben noch eine Weile im Wasser. Irgendwann bekam sie Durst, wir gingen zu unserem Lager, und ich holte uns etwas zu trinken.

Der Junge hockte hinter dem Tresen, und ich sah ihm an, dass er kaum erwarten konnte, mir zu berichten, was geschehen war. Er reichte mir zwei Cola und notierte eine Zehn auf unserer langen Rechnung. »Die Polizei war hier«, sagte er.

»Hab ich gesehen«, sagte ich möglichst desinteressiert.

»Sie suchen einen jungen Mann und eine junge Frau.« Er lächelte mich verschwörerisch an. »Der Mann soll in der Hauptstadt in Villen eingebrochen sein, wahrscheinlich hat er auch die Frau entführt. Sie ist die Tochter einer stinkreichen Familie. Er fordert angeblich zehn Millionen Leek Lösegeld.«

Mir wurde übel.

»Sie haben sich nach euch erkundigt.« Er machte eine Pause, als wollte er den folgenden Worten mehr Bedeutung verleihen. »Wollten wissen, wer ihr seid, wie ihr heißt, wo ihr herkommt.«

»Was hast du ihnen gesagt?«

»Dass du sie Sara nennst und sie dich Chaka und dass ihr hier aus der Gegend seid.« Er grinste.

Ich versuchte gar nicht erst, meine Erleichterung zu verbergen. »Danke. Meinst du, sie kommen wieder?«

»Wahrscheinlich.« Er überlegte. »Sie suchen euch überall. Ich habe es sogar im Fernsehen gesehen.«

»Scheiße«, rutschte es mir heraus.

Seine Eltern kamen aus der Küche hinzu, sie musterten mich, doch ich konnte ihre Blicke nicht deuten. Ich vermutete irgendetwas zwischen Neugierde und Misstrauen.

»Du bist Niri, oder?«, fragte ihr Sohn.

»Wer?«

»Der Typ, der mit seinen Freunden das Geld in den Slums verteilt hat.«

»Wie kommst du darauf?«

Mary schaute ungeduldig zu uns herüber. »Was ist los?«, rief sie. »Bringst du mir bitte gleich zwei mit? Ich habe so Durst.«

»Ich komme gleich«, rief ich zurück.

»Die Videos laufen überall. Du bist ein Held, Mann.« Er nahm sein Handy, tippte etwas ein, gleich darauf öffnete sich eine Facebook-Seite unter dem Namen *Niri*. »Du hast fünfzehn Millionen Follower. Irre. Gestern waren es noch dreizehn. Hier: Das neueste Video gefällt achtzehn Millionen Leuten.«

»Das ...«, stammelte ich, »das bin ich nicht, das ist nicht meine Sei...«

Statt mich ausreden zu lassen, klickte er auf eines der letzten Videos. Es zeigte mich mit ernstem Gesicht und ohne Maske im Gespräch mit dem AP-Reporter. »Für diesen Virus sind doch alle Menschen gleich, aber Ärzte und Medikamente gibt es nur für die Reichen«, hörte ich mich sagen. »Menschen verhungern, weil sie nichts zu essen haben, andere fallen tot um, weil sie zu fett sind.« Einer der Umstehenden hatte mein Interview mit Marc Fowler gefilmt und das Video auf Facebook hochgeladen.

Ich starrte erst das Handy an, dann den Jungen, dann seine Eltern. Sie lachten. Alle drei freuten sich, als hätte ich gerade jedem von ihnen zehntausend Leek ausgezahlt. Die Mutter streckte beide Daumen in die Höhe, der Vater ballte eine Faust und warf mir einen ermutigenden Blick zu. »Mega«, sagte der Junge, in seiner Stimme lag nun Ehrfurcht.

Dann suchte er etwas auf seinem Telefon und zeigte mir einen Facebook-Post der Polizei. Für Hinweise, die zu meiner Verhaftung führen, hatte sie tatsächlich die Belohnung von hunderttausend Leek auf eine Million erhöht. Ich wurde misstrauisch. Weshalb hatten die drei mich nicht verraten?

Mary nippte nachdenklich an ihrer zweiten Cola, als ich ihr erzählte, was geschehen war.

»Wir sind hier nicht mehr sicher, oder?«

»Ich weiß es nicht. Wenn es der Familie um die Belohnung gehen würde, hätten sie uns längst verraten. Die Polizei war vor einer halben Stunde hier.«

»Aber sie könnten es sich jeden Moment anders überlegen.«

»Wohin sollen wir? Eine andere Bucht in der Nähe suchen?«

»Schwierig.« Sie dachte nach. »Wir müssen weg aus der Gegend. Sie werden alle Strände nach uns absuchen.«

Angst kroch in mir hoch. Vielleicht verstand ich zum ersten Mal, dass unsere Flucht irgendwo enden wird. Ich holte den Umschlag mit der Adresse von Baguras Freund aus meinem Rucksack und reichte ihn ihr. »Weißt du, wo das ist?«

Sie lächelte überrascht. »Auf der Haifischinsel.«

»Haifischinsel?«

»Sie hat die Form einer Haifischflosse. Da war ich früher ein paarmal in den Ferien. Die Eltern einer Freundin haben dort ein Haus. Die Insel wäre ein gutes Versteck. Kennst du den Freund deines Freundes?«

»Nein, noch nicht.«

Nach dem zweiten Klingelton meldete sich eine tiefe Männerstimme. Kaum hatte ich gesagt, wer ich war und dass ich die Nummer von Bagura hatte, wusste er Bescheid.

»Ihr könnt kommen, aber nicht später als acht«, sagte er und legte auf.

Zweifelnd blickte ich zu Mary.

»Können wir ihm trauen?«, fragte sie.

»Hast du eine andere Idee?«

»Nein.«

Wir loggten uns noch einmal in das WLAN des Restaurants ein und schauten auf Google Maps nach, wo die

Insel lag und wie wir dorthin kamen. Zwei Stunden südlich gab es einen Hafen, von dem dreimal am Tag eine
kleine Fähre abfuhr. Wir beschlossen, früh am nächsten
Morgen aufzubrechen.

In der Nacht fanden wir beide keinen Schlaf. Wir gingen erst ins Wasser und liebten uns danach so innig, als
fürchteten wir, es könnte das letzte Mal sein.

20

Am Morgen verabschiedeten uns der Junge und seine Eltern, als gehörten wir zur Familie. Sie packten zwei eisgekühlte Dosen Cola, Frühlingsrollen und gegrillte Hühnerkeulen ein und hätten uns vermutlich Essen für eine ganze Woche mitgegeben, wenn auf dem Motorrad genug Platz dafür gewesen wäre. Nur mit Mühe konnten wir sie dazu bringen, das Restgeld unseres Guthabens für sich zu behalten.

Auf ihren Rat hin nahmen wir einen schmalen, einspurigen Küstenweg durch kleine Dörfer, vorbei an Reisfeldern und Wiesen, auf denen Wasserbüffel grasten. Hin und wieder spielten Kinder am Straßenrand, die uns zuwinkten, wenn wir an ihnen vorbeifuhren. Es ging Hügel hinauf, von denen aus wir weite Blicke über das Meer hatten. Der Wind setzte den Wellen weiße Schaumkronen auf, Fischerboote zogen ihre einsamen Bahnen. Mary umklammerte mich mit beiden Armen, schob ihre Hände unter mein T-Shirt und streichelte meinen Bauch. Ihre Berührungen taten mir gut und beruhigten mich. Der Abschied aus unserer Bucht war mir schwerer gefallen als ihr. Mich erfüllte die dunkle Ahnung, dass wir nie wieder so allein und ungestört sein würden wie dort.

Das grelle Licht blendete, und die Sonne brannte auf

meinen Armen. Gleich in den ersten Minuten unserer Fahrt flog mir ein Insekt in den Mund, und für die nächsten Kilometer hatte ich das unangenehme Gefühl, es summte in meinem Magen.

Nach einer Stunde bemerkte ich, dass mit dem Motor etwas nicht stimmte. Er lief unruhig, begann zu stottern und nahm nicht mehr richtig Gas an. Wir wurden langsamer und rollten an den Straßenrand. Ich stellte den Motor aus.

»Was ist los?«, fragte Mary besorgt.

»Ich weiß es nicht. Irgendetwas stimmt nicht.«

Mary stieg ab. Ich öffnete den Tankdeckel und bewegte das Motorrad ein wenig, sodass das Benzin hin und her schwappte. Der Tank war noch zu einem Viertel voll.

»Verstehst du etwas von Motoren?«

»Nicht viel.« Früher hatte sich mein Vater um das Motorrad gekümmert, ich hatte bei seinen Reparaturen zugeschaut und ihm das Werkzeug gereicht. Er hatte mir dabei zwar erklärt, was er gerade auseinandernahm oder zusammensetzte, welche Störung welche Ursache haben konnte und wie man sie behob, doch ich hatte immer nur mit halbem Ohr zugehört. Zu seinem Bedauern gehörte ich zu den wenigen Jungen, die sich nicht für Motoren interessierten.

»Vielleicht ist er einfach zu heiß geworden?«

»Glaub ich nicht.« Weil ich keine Ahnung hatte, was ich sonst machen sollte, prüfte ich, ob der Zündkerzenstecker richtig saß, ob der Gaszug nicht klemmte und genug Spiel hatte.

Die Maschine sprang erst beim fünften Versuch wieder an, wir würden nicht mehr weit kommen. Mit stotterndem Motor erklommen wir im Schritttempo die nächste

Steigung und hatten Glück im Unglück: Hinter dem Hügel lag ein größeres, weitverzweigtes Dorf. Kaum fuhren wir wieder bergab, ging der Motor aus. Im Leerlauf rollten wir den Weg hinunter, die letzten zwei-, dreihundert Meter musste ich schieben.

Eine belebte zweispurige Straße teilte den Ort, wir kamen an einem Teehaus vorbei, einer Bäckerei, einem Supermarkt, mehreren Geschäften, die Obst und Reis verkauften, und fanden eine kleine Tankstelle mit Werkstatt. Unter einem Sonnenschirm saßen eine Mutter und ihre Tochter, die Benzin aus einer Tonne in Plastikflaschen füllten und verkauften, sie hatten noch weniger Ahnung von kaputten Motoren als ich. In der Werkstatt hockten lebhaft diskutierend fünf junge Männer mit ölverschmierten Händen um eine halb zerlegte Royal Enfield herum.

Ich schilderte unser Problem, das sie jedoch nicht sonderlich interessierte. Ohne aufzublicken, erklärte der Älteste unter ihnen, dass wir uns eine Weile gedulden müssten, und begann wieder, an dem Motorrad herumzuschrauben.

Mary hockte sich auf einen Stapel alter Autoreifen, ich stand ein wenig verloren in dem Schuppen herum und fragte mich, was ich sagen sollte, damit sie sich ein wenig beeilten.

Sie schenkten uns wenig Beachtung, bis einer der Jungen aufstand, um etwas zu holen. Unsere Blicke trafen sich, ich lächelte, er stutzte, musterte mich plötzlich genauer, holte sein Telefon aus der Tasche, schaute etwas nach und zeigte es einem anderen Mechaniker. Die beiden flüsterten einem dritten etwas zu, richteten sich auf und sahen uns plötzlich neugierig an. »Du bist Niri«, sagte einer von ihnen.

Ich tat, als wüsste ich nicht, wovon er sprach.

»Natürlich bist du das«, sagte ein anderer.

Ich schüttelte abwehrend den Kopf. Die drei kamen zu mir und zeigten eines der Videos, auf denen ich deutlich zu erkennen war. Es wäre lächerlich gewesen zu behaupten, ich sei jemand anders.

»Stimmt, er ist Niri«, rief Mary plötzlich. Für einen Moment herrschte in der Werkstatt eine überraschte Stille, dann überschlugen sich die Stimmen. Die Männer lachten, sie freuten sich und streckten mir ihre Daumen entgegen. Der Älteste wischte seine schmutzigen Finger mit einem Tuch sauber, legte die Hände vor der Brust zusammen und deutete eine Verbeugung an. »Danke«, sagte er. »Danke. Endlich hilft uns Armen jemand.« Er versprach, das Motorrad sofort zu reparieren. Nach meiner Beschreibung zu urteilen, sei vermutlich nur der Vergaser verschmutzt, den hätten sie in einer, höchstens zwei Stunden ausgebaut, gereinigt und wieder eingebaut. Sie schoben das Motorrad in die Garage und begannen mit der Arbeit. Mein Angebot, ihnen zu helfen, lehnten sie lachend ab.

Die Nachricht von unserer Anwesenheit im Dorf verbreitete sich schnell, nach wenigen Minuten stand vor der Werkstatt schon eine kleine Menschenmenge. Sie riefen meinen Namen, und als Mary und ich hinaustraten, klatschten und jubelten sie, als wären wir Schauspieler aus einem Bollywood-Film. Die Menge wuchs. Baguras Worte klangen mir beunruhigend im Ohr: »Zu viel Aufmerksamkeit ist gefährlich.« Für viele mochte ich ein Held sein, aber wer mich erkannte, wusste mit Sicherheit auch von der Belohnung, die auf mich ausgesetzt war. Auf Marys Gesicht lag ein ebenso ungläubiges wie beglücktes Lächeln. Die Menge führte uns über die Straße zu einem

Teehaus. Ich bot Mary meinen Arm an, doch sie lehnte ab. Wir machten kleine Schritte, sie humpelte, doch seit ihrem Unfall hatte ich sie noch nicht so gut ohne Hilfe laufen sehen. Durch das Gedränge schob sich ein Mann und sagte, wir sollten uns setzen, es sei ihm eine Ehre, uns in seinem Geschäft bewirten zu dürfen. Im Nu standen Tee und ein großer Teller voller Gebäck vor uns.

»Ich glaub das alles nicht«, flüsterte Mary mir zu. Fortwährend hielt uns jemand sein Handy ins Gesicht, wurden wir fotografiert und gefilmt. Hin und wieder reichte uns jemand einen Stift und ein Stück Papier und bat um unsere Unterschriften. »Danke«, war das Wort, das ich immer wieder hörte.

Eine Frau trat vor, streckte uns eine Hand entgegen, sagte etwas von einer kranken Tochter und bat um Geld. Bevor ich etwas erwidern konnte, begannen die Umstehenden, sie zurechtzuweisen. Was ihr einfalle. Sie solle uns nicht belästigen. Sie sei nicht die Einzige in Not, aber wir seien nicht hier, um Geld zu verteilen, das sehe sie doch. Mit Sicherheit würden wir das bald wieder machen, aber nicht jetzt, nicht heute, nicht an sie. Verärgert und enttäuscht verschwand sie wieder in der Menge.

Auf einmal verwandelten sich die lauten Rufe und Stimmen in ein Gemurmel, das ebenso langsam wie sicher erstarb. Eine unheimliche Stille breitete sich aus. Direkt vor uns bildete sich ein Korridor, durch den zwei große, kräftige Männer in Uniform auf uns zukamen. Mir zog sich der Magen zusammen.

Die Polizisten glotzten uns überrascht an, vermutlich konnten sie nicht glauben, dass wir beide die Ursache dieses Menschenauflaufs waren.

»Was ist hier los?«, rief der Ältere.

Niemand sagte ein Wort.

Er warf uns einen strengen Blick zu. »Wer seid ihr?«

Auch Mary und ich schwiegen.

»Steht auf und antwortet, wenn ich mit euch rede.« Er packte mich am Arm und zog mich unsanft von meinem Hocker. Ein Raunen ging durch die Menge. »Wie heißt du?«

»Lassen Sie mich bitte los«, erklärte ich ruhig und bestimmt.

Der Polizist war einen Kopf größer als ich und mindestens doppelt so breit. Er schaute mich überrascht an und drückte fester zu.

»Wenn hier einer Befehle erteilt, bin ich das«, rief er wütend. »Wie heißt du?«

»Niri«, rief eine Frauenstimme, die sofort von lautem Zischen und Schimpfen übertönt wurde.

»Niri?« Es dauerte einige Sekunden, bevor der Polizist verstand, was der Name bedeutete. »Niri«, wiederholte er voller Freude.

Regungslos saßen Mary und ich auf dem Rücksitz des Polizeiwagens. Bisher hatten wir zu allen Fragen geschwiegen. Sie hatten uns zu ihrem Auto gezerrt, und trotz ihrer Flüche und Drohungen hatten die Menschen nur widerwillig ein schmales Spalier gebildet. Für den kurzen Weg von unserem Tisch auf die Straße brauchten wir mehrere Minuten.

Mary schob vorsichtig eine Hand zu mir herüber, ich hielt sie fest und spürte ihre Anspannung. Unsere Flucht würde hier zu Ende sein. Es gab keine Chance, aus dem Wagen zu entkommen. Die Polizisten waren nicht gerufen worden, sondern durch Zufall vorbeigekommen. Sie wollten uns auf ihre Wache in der nächsten Stadt bringen, »um den Sachverhalt zu klären«, wie sie sagten. Ich hatte keine Zweifel, was dort geschehen würde: Mary und ich kämen in getrennte Zellen, und wir würden uns nie wiedersehen.

Und zu klären gab es nicht mehr viel: Sie wussten, wer wir waren, sie wussten, dass wir gesucht wurden. Das Polizeiauto war von Menschen umstellt, die keine Anstalten machten, zur Seite zu gehen. Es sah aus, als wäre das ganze Dorf auf den Beinen. Alte und Junge, Männer und Frauen, die mit neugierigen, aber auch wütenden Gesichtern durch die Fenster in den Wagen starrten. Ein lauter Chor, der immer weiter anschwoll, schallte über die Straße: »Lasst sie frei. Lasst sie frei.«

Der jüngere Polizist saß am Lenkrad, dicke Schweißperlen standen ihm auf der Stirn. Er hatte die Türen verriegelt, hupte mehrmals, ließ den Motor im Leerlauf laut aufheulen, nichts davon machte Eindruck auf die Umstehenden. Es ging weder vor noch zurück, würde er trotzdem versuchen, durch diese lebende Wand zu kommen, müsste er mindestens ein Dutzend Männer, Frauen und Kinder überfahren. Ich bezweifelte, dass er überhaupt vom Fleck kommen würde, so dicht gedrängt standen die Menschen.

Der Ältere schlug vor Wut mit der Faust auf das Armaturenbrett, stieß dabei fortwährend Flüche und Verwünschungen aus, schließlich kurbelte er das Fenster herunter und beschimpfte die Menge als faules Pack, Idioten und Schwachköpfe, die auf der Stelle Platz machen sollten. Statt auf ihn zu hören, begannen die Ersten, auf den Kofferraum und den Kühler zu drücken, der Wagen fing an zu schaukeln wie ein kleines Boot.

»Hört sofort auf damit«, schrie der Polizist.

Als der Wagen immer heftiger wackelte, zog er seine Pistole, streckte einen Arm aus dem Fenster und schoss in die Luft.

Ich weiß nicht, was schließlich das nun folgende Geschehen ausgelöst hatte. War es der Schuss, war es eine bestimmte seiner Beleidigungen, war es die Summe der Ereignisse oder eine lang angestaute Wut, die sich ihre Bahn brach? Jedenfalls schnellten aus der Menge auf einmal mehrere Hände hervor, ergriffen den Arm mit der Waffe, schlugen ihn mit solcher Gewalt gegen das Autodach, dass der Polizist vor Schmerz aufschrie und die Pistole fallen ließ.

Sekunden später war die Waffe auf ihn gerichtet.

»Macht den Motor aus«, rief jemand mit erregter Stimme.

Der Jüngere machte den Motor aus.

»Aussteigen«, befahl der Mann, der nun die Waffe hielt.

Mary und ich wagten nicht, uns zu bewegen. Für ein paar endlos scheinende Atemzüge rührten sich auch die beiden Polizisten nicht. Schließlich nickte der Ältere seinem Kollegen zu. Mit ganz vorsichtigen Bewegungen öffneten sie die Türen und stiegen mit erhobenen Händen aus. Sofort nahm ein anderer Mann dem zweiten Polizisten seine Waffe ab.

Die Menge war verstummt. Vielleicht waren die Menschen selbst erschrocken über ihren Mut und ihre Macht, vielleicht bedurfte ihre Entschlossenheit jetzt keiner lauten Bestätigung mehr, ich wusste es nicht.

»Zieht die Uniformen aus.«

Zögernd begannen die beiden Polizisten, ihre Uniform

aufzuknöpfen und sich bis auf die Unterhosen zu entkleiden. Flinke Finger rissen die Klamotten an sich und ließen sie im Getümmel verschwinden.

Mary öffnete ihre Tür, fremde Hände halfen ihr aus dem Wagen. Auch ich stieg aus. Ein kräftiges Zischen ertönte, jemand hatte ein Messer in einen Hinterreifen des Autos gestochen. Gleich darauf zischte es ein zweites und ein drittes Mal. Nachdem die Reifen platt waren, herrschte weiter eine angespannte Stille. Viele Blicke richteten sich auf mich, als müsste ich wissen, was nun zu tun war.

»Danke«, sagte ich laut. »Danke für eure Hilfe!«

»Haut ab, fahrt weiter«, rief mir der Mann mit der Waffe zu. Kaum hatte er das gesagt, öffnete sich der Menschenkreis, und ein Junge aus der Werkstatt schob ein Motorrad durch die Menge. Es war nicht unsere Maschine, sondern eine 250-ccm-Honda, doch am Lenker hing mein Rucksack, auf den Gepäckträger war Marys Reisetasche geschnallt. Er reichte mir den Zündschlüssel. »Nehmt die. Bis eure fertig ist, dauert es zu lange.«

Für den Rest der Fahrt rutschte Mary näher an mich heran. Ihr Kopf lag erschöpft auf meinem Rücken. Ich konzentrierte mich ganz aufs Fahren, auf einem so schnellen Motorrad hatte ich noch nicht gesessen. Weil wir fürchteten, die Fähre zu verpassen, nahmen wir die Hauptstraße und fuhren ohne Pause.

Das Boot zur Haifischinsel lag noch am Kai, als wir den kleinen Hafen erreichten. Mehr als zwei Dutzend Passagiere saßen an Deck, manche hatten Hühner dabei, Schweine, Körbe mit Obst und Gemüse. Ich zögerte, an Bord zu fahren. Bei dem Gedanken, drei Stunden mit so vielen Fremden auf einem Schiff zu verbringen, war mir nicht wohl. Die Angst, erkannt zu werden, der Schreck über unsere kurzzeitige Festnahme saßen zu tief.

Keine hundert Meter entfernt dümpelten Longtailboote verlassen an einem Steg. Neben dem Pier versprach ein Schild in ausgebleichter Schrift Touristen unvergessliche Touren in einsame, menschenleere Buchten.

Auf einem davon lagen zwei Männer im Schatten und dösten. Sie wunderten sich, warum wir nicht die Fähre nahmen, dann organisierten sie zwei Bretter, schoben das Motorrad über die Planken an Bord und zurrten es fest. Es fehlte noch an Benzin, und sie baten uns um etwas Geduld. Wir stiegen auf das schwankende Boot und setzten uns eng nebeneinander ans Bugende.

»Ich hatte solche Angst vorhin«, sagte Mary leise.

»Ich auch.«

»Hättest du damit gerechnet, dass die Leute uns befreien?« Ohne meine Antwort abzuwarten, sprach sie weiter, es klang, als redete sie mit sich selbst: »Es war ... dass sie das für uns getan haben ... sie kennen uns doch gar nicht ... nicht persönlich, meine ich ... dieses Risiko ... uns das Motorrad zu geben, einfach so, ohne Geld ... was haben sie davon?« Ihr Redefluss verebbte, und sie blickte nachdenklich auf das Wasser.

»Was machen sie jetzt mit den Polizisten?«, fragte sie nach einer Weile.

»Keine Ahnung.«

»Meinst du, sie bringen sie um?«

»Nein. Ein Mord ist etwas anderes, als uns bei der Flucht zu helfen.«

»Bist du auch so müde?«

»Es geht«, sagte ich, obgleich mir vor Erschöpfung fast die Augen zufielen.

Mary legte ihren Kopf an meine Schulter, ich streichelte ihr den Nacken.

»Du zitterst ja immer noch.«

Sie nahm wortlos meine Hand, schob sie unter ihr Gesicht und drückte sie lange und fest.

Aufmerksam beobachtete ich den Pier. Ein Teil von mir wollte nur schlafen, der andere war hellwach. Insgeheim fürchtete ich, die beiden Männer könnten uns erkannt haben und jetzt nicht Benzin, sondern die Polizei holen.

Minuten vergingen.

Die Fähre zur Insel machte die Leinen los. Sie tutete dreimal, ich bildete mir ein, irgendwo Sirenen zu hören.

Könnte ich ablegen und unser Boot steuern, wenn jetzt Polizisten auftauchten? Wir würden nicht weit kommen. Gerade als ich aufstehen und nach den beiden schauen wollte, sah ich sie mit einem schweren Kanister den Kai entlanghasten. Sie entschuldigten sich für die lange Wartezeit, hievten den Tank an Bord und baten uns höflich, den Fahrpreis von achthundert Leek vor der Abfahrt zu zahlen.

Mary griff in ihre Tasche, wühlte durch ihre Wäsche, einmal, zweimal.

»Das Geld ist weg«, raunte sie mir zu.

»Bist du sicher?«

»Das Kuvert mit den drei Goldmünzen ist noch da, das mit dem Bargeld fehlt.«

Jemand in der Werkstatt hatte wohl ihre Sachen durchsucht und der Versuchung nicht widerstehen können. »So eine Gemeinheit«, sagte sie und klang dabei mehr enttäuscht als wütend. »Tun so, als würden sie uns helfen … «

»Sie haben uns geholfen«, unterbrach ich sie. »Schon vergessen? Wie viel Geld war es?«

»Fünfzigtausend? Vielleicht etwas mehr.«

Ich nahm meinen Rucksack, der scheinbar nicht durchwühlt worden war. Jedenfalls steckte die Tüte mit den zehn Tausend-Leek-Scheinen zum Glück noch darin, ich holte einen heraus und gab ihm den Bootsführer. Kurz darauf bugsierte er das Boot mit großem Geschick aus dem engen Hafen und nahm Kurs auf das offene Meer.

Der Seegang war stärker, als es vom Land aus den Anschein gehabt hatte. Wir schaukelten und schlingerten kräftig, immer wieder schlugen Wellen gegen die Holzplanken und ließen das ganze Boot erzittern. Wir verstauten unsere Sachen unter einer Plane, Gischt fegte über uns hinweg, nach wenigen Minuten waren wir klitschnass. Ich leckte mir die Tropfen von den Lippen, die Abkühlung und das salzige Wasser taten gut.

Als vor uns die Insel auftauchte, bat ich Mary, mir aus meinem Rucksack das Kuvert mit der Adresse und Telefonnummer zu geben. Sie beugte sich zu unserem Gepäck, holte aus meinem Rucksack den anderen Umschlag hervor, zog Papiere und meinen Reisepass heraus. »Was ist das denn?«, wunderte sie sich.

Erschrocken griff ich danach. »Das ist der falsche Umschlag. Gib ihn mir.«

Sie zog ihre Hand zurück. »Aber was ist das?« Neugierig blickte Mary auf den roten Pass. »Ist das deiner?«

»Ja«, sagte ich verlegen. »Bagura hat ihn mir besorgt.«

Als hätte sie mich nicht gehört, blätterte sie in dem Pass, las den Namen laut vor, schaute auf das Foto. »Das bist du. Ohne Zweifel. Aber ein falscher Name.« Sie legte den Pass zur Seite und überflog die Unterlagen, die mich als zukünftigen Küchenjungen auf der »MSC Europa« auswiesen. Es waren keine drei Wochen mehr bis zur Abfahrt.

Irgendwann ließ sie ihre Arme sinken, ihr standen Tränen in den Augen. Sie schaute mich direkt an. In ihrem Blick lagen Enttäuschung und noch etwas Schlimmeres: Misstrauen.

»Mary, es ist nicht, wie du denkst.«

»Wie denke ich denn, wie es ist?«

»Dass … dass ich dich in drei Wochen verlasse, um auf einem Schiff anzuheuern.«

»So steht es hier.«

»Das ist falsch.«

»So steht es hier«, wiederholte sie fast tonlos. »Warum hast du mir nichts gesagt?«

»Weil ich nicht mehr an die Papiere gedacht habe. Weil sie mir nicht mehr wichtig waren.« Ich sah, wie Mary sich beherrschen musste, mir nicht gleich ins Wort zu fallen.

»Hast du«, fragte sie in einem bemüht ruhigen Ton, »schon einmal einen echten Pass besessen?«

»Nein, natürlich nicht.«

Sie holte tief Luft. »Du besitzt also jetzt einen Pass, der dich in Sicherheit bringt, und auch noch Papiere für einen Job, den du schon immer machen wolltest, und willst mir erklären, du hättest beides vergessen?«

»Ja.« Ich hörte selbst, wie unwahrscheinlich das klang. Aber es war die Wahrheit.

»Das glaube ich nicht.«

»Es ist aber so«, erwiderte ich trotzig.

»Glaube ich trotzdem nicht.« Ihre Stimme bebte.

»Warum nicht?«

»Weil es keinen Sinn macht.«

»Woher weißt du, was für mich Sinn macht?«

Sie schüttelte den Kopf, als wäre meine Frage keine Antwort wert.

»Es war Baguras Idee. Er hat alles organisiert und mir den Umschlag gegeben, als ich mich von ihm verabschiedete. Er konnte ja nicht wissen, dass wir zusammen fliehen würden. Bagura wollte mich in Sicherheit bringen. Er hat es gut gemeint, er wusste nichts von dir. Ich schwöre es.«

Mary wendete sich ab und blickte stumm aufs Meer.

Ich konnte nur ahnen, was in ihr vorging. Wenn sie wenigstens schreien würde, dachte ich. Mich beschimpfen. Spucken. Schlagen. Ihr plötzliches Schweigen war schwerer zu ertragen als jeder Wutausbruch.

»Ich will dich nicht verlassen. Niemals. Nie.«

»Wenn du die Papiere nicht brauchst, warum hast du sie dann nicht weggeworfen?«

Was sollte ich darauf antworten? Sie hatten keine Bedeutung mehr für mich. In der vergangenen Woche hatte ich nicht an sie gedacht. Weshalb hatte ich sie trotzdem behalten? Aus Gedankenlosigkeit? Nachlässigkeit? Weil sie im Zweifel nicht schaden konnten? Als Lebensversicherung für den Fall, dass Mary es sich anders überlegte und doch nach Hause wollte? Jeder Versuch, ihr zu erklären, was ich selbst nicht verstand, würde alles noch viel schlimmer machen. »Das weiß ich nicht.«

Sie rührte sich nicht.

»Mary, hörst du mich?«

Sie sah mich ernst an, ihre Augen funkelten vor Wut. »Ohne mich hättest du deiner Familie nicht helfen können, richtig?«

Ich nickte.

»Ohne mich hätte deine Schwester weiter gehungert. Hätte deine Mutter keinen Arzt gefunden. Hättest du kein Geld verteilen können. Ohne mich hätte dein Freund Bagura nicht seine Prozente bekommen, auch richtig?«

Ich nickte noch einmal.

»Wenn es dir nur darum ging und du alleine weiterwillst, sag es hier und jetzt. Dann fahre ich mit den Männern zurück aufs Festland.«

Ich wollte ihrem Blick nicht ausweichen und konnte ihm doch kaum standhalten. Ich schluckte. Hatte ich die Papiere unbewusst behalten, weil *ich* mir die Möglichkeit der Trennung offenlassen wollte? Selbst wenn, so hatte ich jetzt nicht den geringsten Zweifel mehr. Ich liebte Mary, ich brauchte sie. Vielleicht noch mehr als sie mich.

Wie schwer es ist, die richtigen Worte zu finden, dachte ich. Einfache Worte, die nicht anklagen. Die keine Vorwürfe machen, die nicht verteidigen. Worte, die keinen Schuldigen und keine Ausreden suchen und keine falschen Behauptungen aufstellen. Worte, die sagen, wie es ist, die verzeihen und verstehen.

Mary schaute mich noch immer an und wartete.

»Nein. Niemals. Ich will nicht ohne dich sein«, sagte ich. »Ich liebe dich.«

»Und was ist mit dem hier?« Sie hielt die Papiere hoch.

Ich nahm sie ihr aus der Hand und warf den Umschlag samt Pass in hohem Bogen ins Wasser.

21

Das Haus von Baguras Freund lag in einer Allee voller schattenspendender Bäume. Kleine Häuser aus
Holz, manche bunt bemalt, vereinzelt sogar aus Stein,
säumten den Weg, sie hatten Metalldächer, richtige Türen
und Fenster und sahen auch sonst sehr gepflegt aus. In
den Einfahrten standen Motorräder, hin und wieder ein
Auto.

Wir hielten vor der Hausnummer zwanzig, über dem
Eingang hing ein Schild, von dem die Farbe abblätterte
wie Borke von einem Eukalyptusbaum. Wenn ich die ver-
bliebenen Buchstaben richtig ergänzte, stand dort: »Hancock's Repair Shop«. Der Rasen davor war übersät von
Rohren aus Metall und Plastik, Kabeltrommeln, verroste-
ten Werkzeugen. Mittendrin parkte ein zerschrammter
und verbeulter Toyota Pick-up.

Mary folgte mir auf eine Veranda mit einem großen
Fenster, dessen Vorhänge zugezogen waren. Die Tür stand
einen Spaltbreit offen, ich klopfte.

»Wer ist da?«

»Wir«, antwortete ich.

»Wer ist wir?«

»Die Freunde von Bagura.«

»Kommt rein.«

Wir traten in ein Zimmer, das gleichzeitig Küche, Schlaf- und Wohnraum war. Dahinter befanden sich, durch einen halb geöffneten Vorhang schemenhaft zu erkennen, eine Werkstatt und ein Lager. Es roch nach kaltem Rauch, nach angebranntem Essen und Alkohol.

An einer Spüle lehnte ein Mann, ein paar Jahre älter als Bagura. Er trug seine weißen Haare säuberlich gescheitelt, war mindestens einen Kopf größer als ich, hager. Tiefe Falten durchzogen Wangen und Stirn, seine kleinen Augen versteckten sich weit in ihren Höhlen, die ungewöhnlich große, lange Nase verlieh seinem schmalen Gesicht etwas Hartes und Fremdes.

Er begrüßte uns mit einem freundlichen, einladenden Lächeln, das nicht zu seinen strengen, verschlossenen Zügen passte.

»Bagura hat mich vor einer Woche angerufen und mir erzählt, worum es geht«, sagte er. »Setzt euch.«

Der einzige freie Platz war ein Holzstuhl. Ich überließ ihn Mary, die sichtbar Schmerzen hatte nach den Stunden auf dem Motorrad und dem Boot, und hockte mich auf den Boden zu ihren Füßen. Zwei Sessel und das Bett waren übersät mit alten Zeitungen, leeren Dosen, Tellern und Flaschen. Auf dem Tisch stand eine Pfanne mit Resten von gebratenem Reis, auf dem ein Dutzend Fliegen herumkrochen. Daneben lagen Eierschalen, vertrocknete Zwiebelscheiben, Knoblauchstücke. Baguras Freund zündete sich eine Zigarette an, musterte uns und sah plötzlich besorgt aus.

»Ihr seht erschöpft aus. Vor allem du.« Er deutete auf Mary. »Willst du was essen?«

Sie schüttelte den Kopf.

»Trinken?«

»Etwas Wasser wäre gut.«

Er holte eine Flasche Wasser aus dem Kühlschrank und gab sie ihr. Mary kramte zwei Tabletten hervor und schluckte sie.

»Nennt mich Hancock, das machen alle so.«

Er zog an seiner Zigarette und schwieg.

»Hat Bagura dir gesagt, dass wir ein Versteck brauchen?«

Er nickte. »Für wie lange?«

Mary tauschte einen Blick mit mir. »Das wissen wir noch nicht genau.«

»Egal«, sagte er. »Bei mir könnt ihr bleiben, solange ihr wollt. Wenn wir vorsichtig sind, findet euch hier niemand. Am besten, ihr stellt das Motorrad in die Garage hinter dem Haus. Tagsüber würde ich an eurer Stelle nicht auf die Straße gehen, alle Nachbarn sind neugierig. Sobald es dunkel wird, könnt ihr mal an den Strand, der ist keine fünf Minuten von hier. Wenn ihr schwimmen geht, seid vorsichtig, während des Monsuns ist die Strömung stark.« Er überlegte. »Noch etwas: Tagsüber gehört das Haus euch. Am Abend brauche ich meine Ruhe. Nach acht Uhr will ich nicht mehr gestört werden. Verstanden?«

Mary und ich nickten.

»Jetzt ruht euch aus.« Hancock kramte aus einer Kiste zwei alte Decken voller Löcher hervor und wollte mit uns in die Werkstatt, als er bemerkte, wie ungelenk Mary sich bewegte.

»Was ist mit dir? Warum gehst du so komisch?«

»Mein Bein tut weh.«

»Motorradunfall?«

»Nein. Ich bin vom Pferd gefallen.«

Hancock musterte sie überrascht. »Du reitest?«

»Nicht mehr.«

»Brauchst du Krücken? Ich hab hier irgendwo noch welche.«

»Es geht schon, danke.«

Kopfschüttelnd ging Hancock mit uns in die hinterste Ecke seines Lagers. Überall stapelten sich alte Radios, Toaster, Fernseher, Küchenmaschinen, an einer Wand standen mehrere Kühlschränke, an denen zwei Motorräder lehnten. Hier hinten roch es nach Öl und altem Fett.

Mit vereinten Kräften zogen wir zwei Wandschränke, gefüllt mit Kisten voller Schrauben, Dichtungen und Drähten, vor, dahinter sollten wir uns unsere Schlafplätze herrichten. In diesem Teil seines Hauses sei außer ihm noch nie ein Mensch gewesen, sagte er, wir bräuchten keine Angst haben, entdeckt zu werden. Bei ihm könnten wir uns die nächsten hundert Jahre sicher fühlen.

Mary legte sich hin, fast hatte ich das Gefühl, sie sei ohnmächtig geworden, so schnell sank sie auf unser Lager. Ich legte mich zu ihr und spürte nun auch, wie lang der Tag gewesen war, wie viel Kraft er gekostet hatte.

Sie starrte an die Decke. Es war nicht viel Platz, trotzdem berührten wir uns nicht. Seit ich den Pass und die Papiere über Bord geschmissen hatte, war zwischen uns kaum mehr ein Wort gefallen.

»Mary?«, flüsterte ich.

Schweigen.

»Ist es weich genug?«

»Ja.«

Ich hörte, dass das nicht die Wahrheit war, faltete meine Decke und schob sie unter ihre. Ich war es gewöhnt, hart zu liegen, auf dem Holzboden zu schlafen machte mir nichts aus. Einschlafen konnte ich sowieso nicht.

Mary fielen die Augen zu, ihr Körper zuckte einige Male,

bald darauf atmete sie ruhig und gleichmäßig. Sobald ich die Augen schloss, sah ich die beiden Polizisten vor uns stehen. Ihr breites Grinsen, als sie wussten, wer wir waren. Mary und mich in ihrem Auto.

An Schlaf war nicht zu denken.

Irgendwann bekam ich Durst und stand auf. Es war still im Haus, aus dem Wohnraum fiel Licht durch den Vorhang in die Werkstatt. Ich lugte durch einen schmalen Spalt, Hancock saß mit dem Rücken zu mir in einem der Sessel, starrte aus dem Fenster und rauchte. Neben ihm standen eine Flasche SomSom-Rum und ein Glas, die Haustür war offen.

»Was ist?«, fragte er plötzlich, als hätte er Augen am Hinterkopf. Er sprach langsamer, seine Stimme klang schwerer und tiefer als am Tage. »Kannst du nicht schlafen?«

»Entschuldigung, ich wollte nicht stören.«

»Du störst. Aber heute machen wir eine Ausnahme.« Er war nicht leicht zu verstehen, seine Zunge gehorchte ihm nicht mehr richtig.

»Ich habe Durst.«

»Dann komm her.«

Ich ging um ihn herum und hockte mich auf die Sofakante gegenüber. Im kalten Schein der Neonröhre sah sein hagerer Körper noch hagerer aus, seine weißen Haare noch weißer. Er goss sein Glas halb voll, trank einen kräftigen Schluck und stellte es ab. »Willst du auch etwas? Da drüben sind Gläser.«

»Nein danke. Ich trinke keinen Alkohol.«

Sein Blick glitt an mir vorbei durch das Fenster auf die Straße, ich war mir nicht sicher, ob er meine Antwort überhaupt gehört hatte. Nach einer Weile nahm er sein Glas, leerte es in einem Zug und schenkte nach, bis nur noch ein kleiner Rest aus der Flasche tröpfelte. Er wirkte so in Gedanken versunken, dass ich mich nicht traute, nach Wasser zu fragen.

Durch die offene Tür drang das Schaben der Zikaden, irgendwo quakten Frösche.

»Freunde von Bagura«, sagte er halblaut. Es klang, als ob er mit sich selbst sprechen und von mir auch keine Antwort erwarten würde. Trotzdem sagte ich vorsichtshalber »Ja«.

»Er hat nicht viele Freunde.« Sein Ton klang überrascht, nicht misstrauisch. »Nie gehabt.«

Ich schaute ihm schweigend beim Trinken zu. Er nahm in kurzen Abständen kleine Schlückchen, nach denen er jedes Mal kräftig und laut aufstieß, seine Bewegungen wurden langsamer und schwerer. Bald nach dem letzten Schluck erschlaffte sein Körper, die Schultern sackten nach unten, die Arme rutschten von den Lehnen, der Kopf fiel auf die Rückenlehne. Mit halb geöffnetem Mund begann er leise zu schnarchen. Um ihn nicht zu wecken, wartete ich eine Weile, stand auf, nahm mir eine Flasche Wasser, schloss die Tür, löschte das Licht und legte mich wieder zu Mary.

Kurz darauf schlief auch ich ein.

Am nächsten Morgen erwachte ich von ein paar kurzen, kräftigen Hammerschlägen. Hancock arbeitete in der Werkstatt. Er zersägte etwas, schraubte, hämmerte noch einmal. Auch Mary erwachte. Sie schaute mich verschlafen an, ich wollte ihre Hand nehmen, doch sie zog sie zurück.

Nach einer Weile hörten wir jemanden eine Tür öffnen und wieder schließen, kurz darauf fuhr ein Auto davon.

Ich half Mary beim Aufstehen. An den Schränken vor unserem Lager lehnten zwei selbst gebaute Krücken. Ich reichte sie ihr, sie schüttelte nur entschieden den Kopf.

Hancock hatte aufgeräumt. Die leeren Flaschen und Dosen waren verschwunden, das Geschirr und die Pfanne abgewaschen, die Zeitungen in eine Papiertüte gestopft, der Tisch sauber abgewischt. Auf dem Küchentresen stand eine Schale mit Bananen, Mangos und Papaya.

Hinter einem Kühlschrank lag eine Tür, die mir gestern nicht aufgefallen war, dahinter verbarg sich ein kleiner Raum mit Waschbecken und einer Toilette mit Spülung, über der ein Duschkopf angebracht war. Hancock konnte beim Scheißen duschen.

Mary hinkte zum Kühlschrank, er war gefüllt mit Bierflaschen und ein paar Saucen in Gläsern, im untersten Fach lagen ein Bund vertrockneter Frühlingszwiebeln und eine Packung Eier.

In einem Schrank fanden wir eine Stange Zigaretten und drei Kartons mit Fertignudelsuppen in Bechern. Ich nahm zwei heraus, machte Wasser heiß, goss ein.

Stumm löffelten wir unsere Suppen, wir hatten den ganzen Morgen noch kein Wort gewechselt. Mary schaute aus dem Fenster. Sie war noch immer wütend auf mich, das spürte ich.

»Hier sind wir erst einmal in Sicherheit, meinst du nicht?«, sagte ich in der Hoffnung, mit ihr ins Gespräch zu kommen.

Sie aß weiter, als hätte sie meine Frage nicht gehört.

Wenn sie wirklich glaubte, dass ich ihr von dem Pass und den Papieren absichtlich nichts gesagt hatte, war ich für sie ein undankbarer, mieser kleiner Verräter.

Ein ganz gemeiner Schuft. Dann musste meine Gegenwart für sie kaum zu ertragen sein.

Als ich die Stille zwischen uns nicht mehr ertrug, fragte ich: »Willst du nach Hause?«

Sie zuckte kurz, dann drehte sie sich zu mir. »Niri«, schrie sie so laut, dass ich Angst bekam, die Nachbarn könnten uns hören. »Du verstehst es immer noch nicht: Mein Zuhause ist bei dir. Ein anderes habe ich nicht mehr.« Und dann fing Mary an zu weinen, wie ich noch nie einen Menschen hatte weinen sehen. Selbst meine Eltern nicht, nachdem Mayari gestorben war. Ihr ganzer Körper bebte, es brach mit einer solchen Wucht aus ihr heraus, als könnte die Trauer sie, wie eine große Welle, jeden Moment anheben und fortreißen.

Ich stand auf, setzte mich zu ihr und nahm sie in den Arm, was sie nicht tröstete, sondern nur noch mehr weinen ließ.

»Mary«, sagte ich. »Ich bin da. Ich gehe nicht weg.«

Sie stieß mich grob fort, nur um mich im nächsten Moment wieder an sich zu ziehen.

Nach einigen Minuten wurde das Schluchzen weniger.

»Es tut mir wirklich leid«, sagte ich leise. »Bitte, bitte glaub mir. In der Woche am Strand habe …«

Statt mir weiter zuzuhören, nahm Mary meinen Kopf in ihre Hände und küsste mich. Nicht zärtlich, sondern mit einer Begierde und Leidenschaft, als hinge von diesem Kuss ihr Leben ab. »Liebe mich«, flüsterte sie. »Liebe mich.«

Ich trug sie zu unserem Versteck, zog mich aus, sie streifte ihre Bluse und ihre Hose ab, und wir begannen, uns zu lieben. Mary bewegte sich anders als am Strand. Ihre Hände streichelten mich weniger, als dass sie mich schlugen, ihre Finger krallten sich in meine Haut, bis es wehtat und blutete. Ich war mir nicht sicher, ob aus Lust, Wut oder Verzweiflung oder einer Mischung aus allem. Am Ende lagen wir schweißnass ineinander verkeilt.

Hancock kehrte erst in der frühen Abenddämmerung zurück. Er hatte eingekauft und schleppte einen Sack Reis und einen Karton mit Öl, Gemüse, Dosenthunfisch, Eiern und Keksen ins Haus.

Mein Angebot zu kochen nahm er gerne an, auf seinen Wunsch bereitete ich gebratenen Reis zu. Mary half mir beim Schneiden des Gemüses, Hancock holte sich eine Flasche Bier aus dem Kühlschrank, öffnete eine Dose Thunfisch und setzte sich zu uns. Er war viel gesprächiger als am Tag zuvor.

»Wisst ihr, warum man mich Hancock nennt?«, sagte er und beantwortete seine Frage gleich selbst. »Natürlich nicht. Woher auch. Nach dem Superhelden.«

Mary und ich mussten ihn ziemlich dumm angeschaut haben, jedenfalls lachte er laut.

»Kennt ihr den Film mit Will Smith nicht?«

»Nein.«

»Egal. Hancock ist einer dieser Superhelden, unverwundbar und mit übermenschlichen Kräften. Mein ältester Sohn hat mir den Spitznamen gegeben.« Er trank einen Schluck Bier, und für einen Moment sah es aus, als wollte er nicht weitererzählen. »Ich habe einen seiner Freunde aus dem Meer gefischt«, fuhr er dann doch fort. »Sie haben am Strand gespielt, ich kam zufällig vorbei. Es war eine tückische Brandung, eine große Welle hat ihn umgerissen und rausgezogen. Der Junge konnte nicht gut schwimmen und wäre ersoffen. War verdammt knapp, ich wäre fast selber dabei draufgegangen. Seitdem nennen mich alle Hancock. Passt doch, oder?«

Es war eine Eigenart von ihm, viele Sätze mit einer Frage zu beenden, auf die er keine Antwort haben wollte.

»Ihr steckt ja ziemlich in der Scheiße«, sagte er, aß eine Gabel von dem Fisch und trank dazu einen Schluck Bier. »Habe heute Morgen im Internet geschaut, was so los ist. Sie suchen die ganze Küste und die Inseln nach euch ab. Ich hoffe, eure Fährleute halten dicht.« Er lachte. »Ihr müsst eine Menge Doppelgänger haben.«

»Wieso?«, fragte ich verwundert.

»Weil Leute im Süden behaupten, euch gesehen zu haben. Und im Norden. Und im Westen. Und ihr seid praktisch schon auf jeder Insel gewesen. Entweder sie sind alle scharf auf die Belohnung oder sie behaupten es, um die Polizei heillos zu verwirren und euch zu schützen. Vermutlich Ersteres.«

Ich dachte daran, wie das halbe Dorf uns vor den Polizisten gerettet hatte, und war überzeugt, dass er sich täuschte.

»Die Polizei kommt gar nicht hinterher, alle Hinweise zu prüfen, und bittet schon darum, bis auf Weiteres keine neuen zu geben. Das ist doch ziemlich komisch, oder?«

Er musste wieder lachen, ein lautes, ansteckendes Lachen, und jetzt stimmten Mary und ich mit ein.

Eine halbe Stunde später stand das Essen auf dem Tisch, Hancock nahm nur eine kleine Portion und aß die nicht einmal auf.

»Schmeckt es nicht?«, fragte ich ein wenig enttäuscht.

»Doch, sehr. Bist ein guter Koch. Abends habe ich nur keinen großen Hunger, da musst du dich dran gewöhnen. Oder sehe ich etwa aus wie jemand, der viel isst?«

»Nein.«

Nach dem dritten Bier holte er eine Flasche Rum aus einem Schrank in der Werkstatt, in dem noch mindestens ein Dutzend standen. Für das erste Glas brauchte er eine halbe Stunde, es machte ihn stiller. Nach dem zweiten wollte er allein sein.

Auch am nächsten Morgen hörte ich ihn wieder früh in der Werkstatt arbeiten. Mary schlief noch fest, ich stand auf und bot ihm meine Hilfe an.

Hancock machte ein Gesicht, als freute er sich, mich zu sehen. »Verstehst du etwas von Motoren?«

Ich schüttelte den Kopf.

»Von elektrischen Geräten?«

»Ein wenig«, schwindelte ich. »Mehr von Pflanzen. Ich habe als Gärtner gearbeitet.«

Er reichte mir eine Wasserpumpe. »Nimm die mal auseinander.«

Ich suchte in einem Werkzeugkasten nach den passenden Schraubenziehern und wollte mit der Arbeit beginnen, doch der eine war zu groß, der andere zu klein. Es dauerte eine Weile, bis ich die richtigen fand. Nach kurzer Zeit nahm er mir die Pumpe wieder weg. »Du hast zwei linke Hände. Wie Bagura. Mach uns lieber einen Tee.«

Wir setzten uns auf die Veranda. Hancock meinte, in den Morgenstunden seien die Nachbarn so beschäftigt, dass sie mich gar nicht bemerken würden.

Er hatte noch immer keinen Hunger, stattdessen rauchte er genussvoll eine Zigarette, ich aß die kalten Reste des gebratenen Reises. Wir nippten schweigend an unseren Teetassen. Vögel zwitscherten. Geckos huschten über das Holz. Sonnenstrahlen fielen durch das dichte Laubwerk eines Banyanbaums, es war warm, aber noch nicht zu heiß. In der Ferne hörte ich das Meer rauschen.

»Wann geht dein Schiff?«, fragte Hancock plötzlich.

Ich fuhr zusammen.

»Bagura hat mir von deinem Fluchtplan erzählt. Weiß deine Freundin Bescheid?«

»Ich fahre nicht«, erwiderte ich knapp, ohne ihn anzuschauen.

Er nickte, als hätte er die Antwort erwartet. »Das hatte sich Bagura gedacht. Er hat mir aufgetragen, dich umzustimmen.«

»Keine Chance. Warum ist ihm das so wichtig?«

»Vielleicht, weil er dich mag und er sich Sorgen macht.« Hancock blickte mich von der Seite an. »Du erinnerst mich an ihn.«

»An Bagura?« Ich glaubte, er mache einen Scherz, und lachte kurz auf.

»Natürlich nicht an den von heute. Als er in deinem Alter war. Bagura war ein ruhiger Junge, sehr ernsthaft, Technik interessierte ihn nicht, genau wie sie dich nicht interessiert. Du siehst ihm sogar ein wenig ähnlich. Hat er das nie gesagt?«

»Nein.«

»Wenn du mich anschaust und den Kopf neigst, sehe ich den zwanzigjährigen Bagura vor mir. Du könntest sein kleiner Bruder sein. Vielleicht ist er dir deshalb so zugetan.«

»Kennst du ihn schon so lange?«

»Wir kommen aus demselben Dorf. Unsere Familien waren Nachbarn, wir haben als Kinder zusammen gespielt.«

»Bist du auch Dalit?«

»Ja. Bagura ist zwei Jahre älter, ich weiß, das sieht man nicht. Er war für mich wie ein großer Bruder. Als er Lehrer werden wollte, wollte ich es auch, und meine Eltern haben mich für diese Träumereien genauso geschlagen wie seine ihn. Als er nach Bombay zog, bin ich ihm gefolgt. Wir haben auf der Straße geschlafen und als Tagelöhner gearbeitet. Wir waren in dieselben Mädchen verliebt. Zuerst in die Tochter des Lumpensammlers, dann in die des Scherenschleifers. Beide haben sich für keinen von uns interessiert.« Hancock grinste bei der Erinnerung. »Bagura wurde zum Koch, ich zum Bastler. Als er zu Versammlungen der Kommunistischen Partei ging, ging ich mit. Gemeinsam heuerten wir auf einem Schiff an. Sieben Jahre sind wir um die Welt gefahren, er in der Kombüse, ich im Maschinenraum. Als er abheuerte, blieb ich noch drei Jahre an Bord. Bei einem Besuch bei Bagura verliebte ich mich, heiratete und ließ mich mit meiner Frau hier nieder. Jemand, der sich mit Schiffsmotoren auskennt, ist auf einer Insel gern gesehen. Er wollte nachkommen und ein Restaurant eröffnen. Daraus ist nie etwas geworden. Schade. Abgesehen von meiner Frau und meinen Söhnen gibt es keinen Menschen, der mir mehr bedeutet.« Hancock machte eine Pause, ließ seinen Blick in Ruhe über die leere Straße und die alten Geräte in seinem Vorgarten streifen. »Warum willst du nicht an Bord gehen? Das ist eine große Chance, rauszukommen aus dem Elend. Du wärst in Sicherheit.«

»Nicht ohne Mary.«

»Zusammen habt ihr keine Chance.«

Als ich nichts erwiderte, fuhr er fort: »Wenn ihr euch trennt, könnte Mary zurück zu ihren Eltern, ich bin sicher, sie vergeben ihr. Nur für eine Weile natürlich. Du fährst zur See, und wenn die Geschichte in ein paar Jahren in Vergessenheit geraten ist, kommst du zu ihr zurück.«

Ich schüttelte den Kopf.

Er seufzte und spuckte ein Teeblatt auf die Veranda. »Versteh mich nicht falsch: Ihr könnt bei mir wohnen, solange ihr mögt, aber wie lange wollt ihr auf dem Fußboden hinter zwei Schränken leben? Das ist keine Lösung. Euch woanders zu verstecken wird schwierig. Dafür seid ihr viel zu bekannt. Falsche Papiere kann ich euch nicht besorgen. Das geht nur in der Hauptstadt, und ich habe nicht die Kontakte, die Bagura hat. Niri«, sagte er eindringlich, »überleg es dir gut.«

»Wenn du uns hier nicht haben willst, dann gehen wir wieder.«

»So habe ich das nicht gemeint. Aber wenn sie euch verhaften, seht ihr euch nie wieder. Du wirst es wahrscheinlich gar nicht überleben.«

»Sie verhaften uns nicht.«

Hancock und ich drehten uns überrascht um. In der Tür stand Mary. Wir hatten sie nicht kommen hören. Das warme Licht der Morgensonne schien ihr ins Gesicht, sie sah schöner aus denn je.

»Wir werden uns nicht verhaften lassen«, sagte Mary langsam, dabei jedes Wort betonend. Sie kam auf die Terrasse gehumpelt und stellte sich neben mich. Hancock schaute uns lange an, er lächelte, wollte etwas erwidern und schwieg dann doch.

Heute glaube ich, dass er in Marys Worten, in der Entschlossenheit ihres Tons hörte, was ich nicht sofort verstanden hatte: eine Absolutheit, die keinen Widerspruch duldete. Die Bedingungslosigkeit einer Liebe, die keine Grenzen akzeptiert. Was Mary mit dem Satz sagte, war in

seiner Konsequenz von einer so einfachen wie ungeheuer-
lichen Schönheit: Wenn wir nicht zusammen leben, werden wir zusammen sterben. Keine Macht der Welt wird
uns trennen können. Es gibt uns nur zu zweit oder gar
nicht.

Hancock lehnte sich zurück, legte die Stirn in Falten,
fuhr sich mit den Händen übers Gesicht. In seinem Blick
lag eine Wehmut, die ich mir erst im Nachhinein erklären
konnte. Es entfuhr ihm ein zweiter tiefer Seufzer, er stand
auf und bot Mary seinen Stuhl an. »Vielleicht habt ihr
recht. Vielleicht würde ich es an eurer Stelle genauso
machen«, sagte er und ging ins Haus. Gleich darauf kam er
mit einer Werkzeugtasche zurück, stieg in seinen Wagen,
winkte und fuhr davon.

Mary setzte sich und blickte ihm nach. Dann wandte
sie sich mir zu. »Sie verhaften uns nicht«, erklärte sie noch
einmal, und so, wie sie es jetzt sagte, klang der Satz nicht
mehr ganz so sicher, nicht mehr ganz so überzeugt, sondern zart und zerbrechlich. »Oder?«

»Nein.«

Sie nahm meine Hand und bedeckte sie mit Küssen. Ich
glitt vom Stuhl, kniete mich vor sie und legte meinen Kopf
in ihren Schoß. Zärtlich streichelte sie meinen Nacken.
Lange verharrten wir so, und für einen nicht enden wol-
lenden Augenblick war ich mir gewiss, dass sie recht hatte.
Die Polizei konnte uns gar nicht verhaften. Niemand
konnte das. Und selbst wenn: In diesem Moment machte
mir der Gedanke daran nichts aus. Was immer sie mit uns
anstellten, das Wesentliche würde ihnen entkommen. Es
gab etwas zwischen uns, das stärker war als Angst oder
rohe Gewalt.

Mary und ich lernten schnell, dass Hancock einen fest-
gelegten Tagesablauf hatte, nach dem wir uns richten
mussten. Er stand kurz nach Sonnenaufgang auf, arbeitete bis in den Vormittag in der Werkstatt, fuhr für einige
Stunden fort, kehrte irgendwann am Nachmittag zurück,
arbeitete weiter in der Werkstatt. Begegneten wir uns am
Morgen, war er nicht sehr gesprächig, ein kurzer Gruß,
ein Nicken war alles, was wir bekamen.

Um Punkt achtzehn Uhr legte er beiseite, was immer er
in den Händen hielt, öffnete ein Bier und begann zu trinken. Dem ersten Bier folgte ein zweites, oft auch ein drittes, anschließend eine halbe Flasche Rum, manchmal auch
eine ganze. In der ersten Stunde machte ihn der Alkohol
redselig, er genoss es, wenn wir ihm Gesellschaft leisteten
und Fragen stellten. Er lachte viel, machte Witze, erzählte
ausgelassen von seiner Arbeit in den Villen der Reichen.
Sobald er das erste Bier getrunken hatte, wirkte es, als
wäre sein jüngerer, fröhlicher Bruder zu Besuch.

Mary und ich kochten, er kaufte ein, wobei sich die
Mahlzeiten oft auf gebratenen Reis mit Eiern und Thunfisch und Mais aus der Dose beschränkten. Hancock
hatte keine großen Ansprüche, und weder Mary noch ich
waren geübte Köche.

Auf Marys Bitte hin besorgte er ihr Papier und ein paar
Bleistifte. Sie begann wieder zu zeichnen und bat mich,
den kleinen Spiegel aus dem Bad zu holen, weil sie sich
selbst zeichnen wollte. Dann sollte ich ihr Modell sitzen.
Ohne mich zu bewegen hockte ich auf dem Sofa gegenüber und genoss die konzentrierte Art, mit der sie mich
anschaute.

Erst als sie fertig war, durfte ich die Zeichnung sehen.

Sie zeigte Mary und mich auf einem Pferd ohne Sattel. Unsere Haare flattern im Wind, wir blicken beide konzentriert, aber nicht besorgt oder verängstigt, geradeaus. Das Tier setzt zu einem gewaltigen Sprung an, doch ist nicht zu erkennen, mit welchem Ziel. Bei genauerem Hinsehen entdeckte ich am unteren Bildrand winzige Häuser und Bäumchen. Es sah aus, als flögen oder schwebten wir durch die Luft. Wie bei jeder ihrer Zeichnungen beeindruckte mich, wie naturgetreu sie aussah.

Am Abend saßen wir mit Hancock beim Essen. Er trank sein zweites Bier und war entsprechend gesprächig.

Mary deutete auf den Platz vor dem Haus. »Wozu brauchst du so viele von diesen alten Geräten?«

»Als Ersatzteillager. Ich repariere alles. Küchengeräte. Wasserpumpen. Kühlaggregate. Motoren. Das Schöne ist: Je mehr die Leute besitzen, desto schneller gehen ihnen Dinge kaputt. Wisst ihr, warum?«

»Das Gesetz der Wahrscheinlichkeit«, mutmaßte Mary.

»Falsch. Weil die Leute auf ihre Sachen nicht mehr achten, wenn sie zu viel davon haben. Sobald Menschen von etwas mehr besitzen, als sie brauchen, beginnen sie, es zu vergeuden. So einfach ist das. Und das ärgert mich. Denn diese Dinge«, Hancock zeigte auf einen Wasserkocher, sein Handy, die Lampe über dem Tisch, »haben zwar keine Seele, aber sie haben einen Wert. Versteht ihr? Und ich meine nicht den Wert, den man in Leek, Dollar oder Euro beziffern kann.« Er nahm sein Telefon und hielt es uns entgegen. »Schaut es euch genau an. Damit dieses Ding gut funktioniert, haben sich ein paar kluge Programmierer und Ingenieure ziemlich viele Gedanken gemacht. Um es zu produzieren, stehen Menschen von morgens bis abends in Fabriken und schrauben die Einzelteile zusammen. Vorher mussten die nötigen Rohstoffe gewonnen werden. Kupfer. Aluminium. Eisen. Zinn. Kobalt. Die liegen ja nicht auf der Straße oder wachsen auf Bäumen. Die Erde gibt sie uns nicht freiwillig, wir müssen sie uns holen, sie dem Boden entreißen, und das ist eine miese Drecksarbeit. Kinder kriechen durch Kobaltminen und riskieren ihr Leben, damit wir mit diesem Ding telefonieren können.

Wissen die Menschen das zu schätzen? Gehen sie damit sorgsam um? Nein. Was machen sie mit ihrem Handy, wenn es nicht mehr richtig funktioniert oder der Akku nicht mehr lädt: Sie schmeißen es weg und kaufen ein neues. Genau wie den Toaster. Den Fernseher. Den Kühlschrank. Das Radio. Sie missachten ihren Wert. Ich gebe ihn den Dingen zurück, indem ich versuche, sie zu reparieren, und verkaufe sie dann auf dem Festland weiter. Das ist das Mindeste, was ich tun kann. Kapiert?«

Er leerte in einem großen Zug die Flasche und wischte sich den Mund mit dem Ärmel ab.

»Ich gehe in den Villen der Reichen ein und aus«, fuhr er fort. »Sie vertrauen mir, weil sie mich lange kennen und wissen, dass ich ein harmloser alter Trinker bin. Ich will nicht mehr reich werden. Ich will nicht in ihren Häusern wohnen. Ich will nicht ihre teuren Autos fahren, nicht von ihrem Wein trinken und nicht von ihren kostbaren Tellern essen. Geld bedeutet mir nichts, solange ich genug habe, um mir jeden Tag eine Flasche Rum zu kaufen, mehr brauche ich nicht. Ich neide ihnen ihren Reichtum nicht, er ist mir gleichgültig, auch wenn ich den Überfluss, in dem sie leben, manchmal abstoßend finde.«

Er holte sich ein drittes Bier aus dem Kühlschrank und prostete uns zu.

Mary und ich schwiegen. Irgendwann stand ich auf, räumte das Geschirr ab und wollte spülen.

»Lass das«, sagte Hancock. »Mache ich morgen früh. Verrate mir lieber, ob Bagura dir erzählt hat, dass er ein begnadeter Koch ist und mal eine Garküche besaß?«

Ich nickte.

»Und dass neidische Nachbarn sie gleich zweimal angezündet haben?«

Ich nickte noch einmal.

»Und dass beim zweiten Mal seine Frau dabei gestorben ist und seine Tochter auch fast verbrannt wäre?«

Ich starrte ihn ungläubig an. »Seine Frau lebt ...«, stammelte ich.

»Das habe ich mir gedacht.« Er schüttelte den Kopf und stieß einen lauten Seufzer aus, gefolgt von einem noch lauteren Rülpser. »Das ist seine zweite Frau. Eine Witwe mit zwei Söhnen, wie heißen sie noch?«

»Yuri und Taro«, sagte ich tonlos.

»Stimmt.«

»Was ist mit seiner Tochter?«

»Sie hieß Amita und war drei Jahre alt.«

Ich schloss die Augen. *Amita ist übrigens ein Mädchenname. Es heißt die Grenzenlose.* Warum hatte Bagura mir nicht vorher von ihr erzählt? »Was ist mit ihr?«, fragte ich, auch wenn ich die Antwort bereits ahnte.

»Sie ist tot. Ich dachte, das wüsstest du.«

Es wurde so still, dass ich den Wasserhahn tropfen hörte.

»Schon lange?«, fragte Mary vorsichtig.

Hancock trank einen kräftigen Schluck. »Ja. Sie starb drei Monate nach dem Feuer. Ich glaube, Bagura ist bis heute überzeugt, sie sei verhungert. Seine Frau war tot, er konnte wegen seiner Brandwunden nicht arbeiten. Sie schliefen auf der Straße und hatten kaum etwas zu essen. Amita wurde krank, und sie konnten nicht zum Arzt, ohne Geld sowieso nicht, ihr wisst ja, wie es ist für ›Illegale‹. Niemand half ihnen.« Er schaute mich mit durchdringendem Blick an. »Kein Niri weit und breit. Sonst wäre sie vielleicht noch am Leben. Eines Morgens ist sie nicht wieder aufgewacht. Danach war er ein anderer.«

»Yuri und Taro sind gar nicht seine Kinder?«

»Jedenfalls nicht von ihm gezeugt. Früher kamen sie nicht gut miteinander aus. Aber das mag sich geändert haben.«

Jetzt ergaben all die Dinge Sinn, die ich vorher nicht verstanden hatte.

Jeden Nachmittag, sobald Hancock nach Hause kam, nahm Mary sein Handy und schaute im Internet, was es Neues über uns gab. Auf YouTube und Facebook waren ein Dutzend Videos von unserer Festnahme und unserer Befreiung durch die Dorfbewohner zu sehen. Die nackten Polizisten waren zum Gespött des ganzen Landes geworden.

Marys Familie behauptete, ich hätte ihre Tochter entführt, die Polizei äußerte sich dazu nicht öffentlich. Sie war bei ihren Ermittlungen auf den leer geräumten Safe von Tante Kate gestoßen und wusste, dass Mary meine Komplizin war. Seit bekannt war, dass über fünfzehn Millionen Leek bei der »Ex-Frau von King Khao« erbeutet worden waren und es mutmaßlich Mary war, die den Dieb (mich) ins Haus gelassen hatte, nannten uns die Zeitungen wahlweise »Niri & Mary«, »Robin & Robina« oder auch »Bonnie & Clyde«, für sie gab es keine Zweifel, dass wir als Paar unterwegs waren. Täglich berichteten sie, mal in knappen Meldungen, mal in längeren Artikeln, von der vergeblichen Suche nach uns und unserer Popularität in den Armenvierteln des Landes. Sie spekulierten, ob uns die Flucht ins Ausland gelungen sei, wer unsere Helfer gewesen sein könnten oder ob wir uns noch im Land versteckten und wann wir das nächste Mal zuschlagen würden. Eine angebliche Expertin analysierte in Artikeln unsere Beziehung. Sie glaubte, dass ich entweder die Tochter aus reichem Haus verführt hatte und sie von mir abhängig war oder dass ihr Reichtum mich reizte und ich ihr hörig war.

In der indischen Provinz Kerala gab es erste Nachahmer. Zwei Räuber hatten eine Bank überfallen, »Niri« an die Wand gemalt und einen Teil der Beute auf der Flucht aus dem Fenster ihres Autos auf die Straße geworfen, wo es zu Tumulten kam, weil sich Dutzende von Passanten um das herumliegende Geld prügelten. Die beiden wurden wenig später gefasst. Hancock verschluckte sich vor Lachen an seinem Bier, als Mary die Geschichte vorlas.

Irgendwo in Europa, in einem Ort namens Palermo, hatten Einbrecher nachts einen Supermarkt ausgeräumt und alles auf einen Marktplatz getragen, wo sich am nächsten Morgen die Passanten bedienten, bis die Polizei kam. Auf das Pflaster vor dem Geschäft hatten sie groß »Niri« gesprüht. Von ihnen fehlte jede Spur.

In Los Angeles waren bei einem Überfall auf einen Juwelier ein Polizist und einer der drei Einbrecher erschossen worden. Auf seinen Arm, so stand es in dem Bericht, hatte er sich in großen Buchstaben »Niri« tätowieren lassen.

Es gab Facebook-Seiten von »Niri« in verschiedenen Sprachen und Ländern.

»Ich verstehe das alles nicht«, sagte ich, nachdem Mary uns beim Abendessen mal wieder einen Artikel vorgelesen hatte. »Warum sucht uns die Polizei, als wären wir Terroristen oder Schwerverbrecher? Wir haben keine Geiseln genommen, keine Bank überfallen oder jemanden umgebracht. Wir haben nur Geld aus einem Safe geklaut und es Menschen gegeben, die es dringend brauchen. Warum werden wir deshalb berühmt? Wir waren in einem Dutzend Slums in der Hauptstadt, und die Leute tun so, als hätten wir alle Armen der Welt vor dem Hungertod bewahrt.«

Hancock nahm seine Flache Bier, lehnte sich im Sessel zurück und grinste. »Verstehst du das wirklich nicht?«

»Nein.«

Er überlegte, zog an einer Zigarette und blies langsam den Rauch in die Luft, bevor er antwortete: »Die Menschen feiern euch, weil ihr ihnen etwas gebt, was noch viel wertvoller ist als Geld.«

»Und was soll das sein?«

»Hoffnung.«

»Worauf?«

»Dass sich an ihrem Schicksal etwas ändern lässt. Und aus demselben Grund sucht euch die Polizei im ganzen Land. Deshalb ist eine so hohe Belohnung auf euch ausgesetzt. Es geht um Hoffnung. Es geht um Mut.« Er lachte über mein verwirrtes Gesicht. »Ihr seid viel gefährlicher als jeder gewöhnliche Bankräuber oder Geiselnehmer. Sie haben Angst, dass sich andere an euch ein Beispiel nehmen. Es fängt ja schon an. Stellt euch vor, es gibt nicht einen Niri, nicht zehn, nicht hundert, sondern Tausende. Niemand weiß, wie viel Elend, Unterdrückung, Hunger, Erniedrigung Menschen ertragen, bis sie sich erheben. Niemand weiß, wer oder was dafür der Auslöser sein kann.

Wenn es passiert, ist die Welt eine andere, und davor fürchten sie sich.«

Nachdenklich aß ich von dem grünen Hühnercurry, das Hancock aus einer Garküche mitgebracht hatte. Es war so scharf, dass mir die Lippen brannten und ich zwischen jedem Löffel eine Pause brauchte. Mary machte die Schärfe offenbar nichts aus, sie goss sich zwei Extralöffel Soße über den Reis. Hancock hatte eine kleine Portion gegessen, zündete sich die nächste Zigarette an und schaute aus dem Fenster. Es hatte zu regnen begonnen, dicke Tropfen klatschten gegen das Glas und rannen die Scheibe hinunter. Während unseres Gesprächs hatte Mary ihn nicht aus den Augen gelassen.

Er öffnete sein drittes Bier.

»Warum trinkst du eigentlich so viel?«, sagte sie plötzlich.

Ich fuhr zusammen. Das hatte ich ihn auch schon fragen wollen, mich aber nicht getraut.

Hancock rührte sich nicht. Er blickte weiter hinaus in den Regen, als hätte er die Frage nicht gehört.

»Warum interessiert dich das?«, sagte er plötzlich.

»Weil ich wissen möchte, warum sich ein Mensch jeden Abend so betäubt.«

»Weil es mir schmeckt. Weil ich es genieße. Weil es mir guttut. Reicht das an Gründen?«

»Es tut dir nicht gut«, widersprach Mary sofort. »Du bringst dich langsam, aber sicher um.«

»Da hast du wahrscheinlich recht. Aber das ist nicht mein Ziel, nur eine bedauerliche Konsequenz.«

»Warum hörst du dann nicht auf?«

»Was glaubst du?«

»Weil du Schmerzen hast?«

253

»Das könnte ein Grund sein. Fällt dir noch einer ein?«

Mary überlegte. »Viele.«

Nun drehte sich Hancock zu uns. Sein Gesicht hatte auf einmal etwas Weiches, sein Blick war der eines großen Jungen.

»Traurigkeit könnte einer sein, richtig? Oder Schwermut. Melancholie. Es gibt viele Wörter dafür, vielleicht wisst ihr, was ich meine, vielleicht auch nicht. Ich fürchte, sie ist mir in die Wiege gelegt worden. Ich bin damit geboren, wie andere Kinder mit einem zu kurzen Bein oder einem Finger zu viel. Ich weiß, dass sie für viele Menschen nur ein flüchtiger Besucher ist, der unerwartet auftaucht und sich nach einiger Zeit wieder verabschiedet. Für mich nicht. Für mich ist die Melancholie der Schatten, der mich mein Leben lang begleitet. Es soll Tabletten geben, die sie vertreiben, ich kann mir das nicht vorstellen. Immer wenn ich glaubte, sie sei verschwunden – als ich meine Frau kennenlernte, als unsere Kinder geboren wurden, als wir auf dieser wunderschönen Insel dieses Haus fanden –, kehrte sie wie aus dem Nichts zurück. Ich habe kein Talent zum Glücklichsein. Das Gefühl des Glücks zerrinnt mir in den Händen wie Wasser. Ich kann es einfach nicht festhalten. Meine Frau hat mich manchmal nach dem Grund meiner Schwermut gefragt, ich konnte ihr die Frage nicht beantworten. Ich hätte es mir einfach machen können und sagen: Weil ich als Dalit geboren wurde. Weil andere Kinder mich deshalb mit Hundescheiße beworfen haben. Weil ein Lastwagenfahrer zu viel getrunken hatte, meinen Vater vor meinen Augen überfuhr und ihn noch hundert Meter mitschleifte, bevor er sich über die seltsamen Geräusche wunderte, die sein Laster machte. Weil die Welt ist, wie sie ist.« Hancock lehnte sich vor und schaute uns abwechselnd direkt ins Gesicht. »Aber wisst ihr was? Das wäre alles gelogen. Ich hasse diese Art von Selbstmitleid. Die Wahrheit ist: Ich kenne den Grund nicht. Ich weiß nicht einmal, ob es einen gibt. Anderen Menschen geht es viel schlechter als mir, sie haben viel Schlimmeres erlebt, und sie trinken trotzdem nicht. *Sie* möchte ich nach dem Warum fragen. *Sie* sind für mich das Rätsel, nicht ich.

Meine Frau hat es gehasst, wenn ich betrunken nach Hause kam, aber ich habe niemals die Hand gegen sie oder die Kinder erhoben. Nicht einmal die Stimme. Ich habe mich hingelegt und geschlafen. Alkohol macht mich nicht aggressiv, wie ihr mittlerweile wisst. Er macht mich müde. Er betäubt mich. Schluck für Schluck wickelt er mich ein in ein großes Tuch, bis ich die Stöße des Lebens nicht mehr spüre. Er hilft mir, die Trauer zu ertragen.

Meine Frau wollte nicht, dass ich mich zu Tode trinke. Das konnte ich verstehen.

Ich sei ein Egoist. Ich müsste doch auch an sie und die Kinder denken.

Das tat ich. Aber es änderte nichts.

›Wenn du uns wirklich liebst, hörst du auf‹, hat sie gesagt.

›Ich liebe euch‹, habe ich geantwortet.

›Nicht genug‹, erwiderte sie.

›So viel, wie ich kann‹, sagte ich. Und mehr kann man von einem Menschen nicht verlangen. Niemand kann mehr geben, als er hat, oder?

Ihr war es nicht genug, und auch das habe ich verstanden. Ich habe ihr deshalb nie Vorwürfe gemacht. Ein Mensch braucht, was er braucht, zu seinem Glück, der eine mehr, der andere weniger.

Eines Tages war alles gesagt. Sie hat ihre wenigen Sachen zusammengepackt und ist mit den Kindern zu ihren Verwandten in den Norden gezogen. Ich habe sie zur Fähre gebracht.

Wir telefonieren jeden Monat eine Stunde, manchmal auch zwei. Es geht ihr gut. Das ist schön zu wissen. Den Kindern auch. Sie sind längst erwachsen. Beide sind Lehrer geworden. Ich bin sehr stolz auf sie. Meine Frau sagt, sie würde zu mir zurückkommen, wenn ich aufhöre zu trinken. Es sei meine Entscheidung. Aber so einfach ist es nicht.« Hancocks Stimme war bei den letzten Sätzen leiser geworden. Nun legte er erschöpft den Kopf auf die Rückenlehne seines Sessels. »Noch Fragen?«

Ja, dachte ich. Viele.

»Nein«, sagte Mary leise.

Er wandte ihr den Kopf zu. »Du weißt zu viel für dein Alter. Das ist nicht gut für dich.«

22

Hancock war am Telefon, als Mary und ich am nächsten Morgen in das Küchenwohnzimmer kamen. Er nickte uns beiläufig zu und ging auf die Veranda. Seine Stimme klang ungewöhnlich sanft und fröhlich für diese Zeit des Tages, und er bedankte sich im Gespräch mehrmals für Glückwünsche.

»Hast du heute Geburtstag?«, wollte Mary wissen, als er wieder hereinkam.

»Ja. Aber in meinem Alter ist das nicht mehr wichtig.«

»Herzlichen Glückwunsch«, rief sie. »Warum hast du uns nichts gesagt?«

»Und dann? Hättet ihr eine Überraschungsparty für mich organisiert?« Er lachte. »Wir können heute Abend anstoßen. Jetzt muss ich los.« Er packte zwei Schachteln Zigaretten in seine Werkzeugtasche und verabschiedete sich.

»Ich finde, wir sollten ihm etwas zum Geburtstag schenken«, sagte Mary, kaum dass er aus der Tür war.

»Was denn?«

Sie überlegte eine Weile. »Auf jeden Fall einen Geburtstagskuchen. Jeder freut sich über einen Geburtstagskuchen.«

»Meinst du?«

Sie schaute mich von der Seite an. »Nun tu nicht so. Du doch auch.«

»Ich habe noch nie einen Geburtstagskuchen bekommen.«

»Noch nie? Macht ihr denn nichts zum Geburtstag?«

»Doch. Wir gehen ins Kloster. Der Mönch segnet die ganze Familie, wir spenden etwas, und dann gehen wir wieder nach Hause. Weißt du überhaupt, wie man Kuchen backt?«

»Nein. Aber wofür gibt es das Internet? Wir suchen uns ein leckeres Rezept raus und schauen dann das Tutorial dazu.« Mary wollte Zettel und Stift holen, um die Zutaten aufzuschreiben, als ihr auffiel, dass es in Hancocks Küche zwar zwei Gasflammen, aber keinen Backofen gab. Von einem Rührgerät und einer Kuchenform ganz zu schweigen. Enttäuscht überlegte sie, was wir sonst tun könnten. Ihr Vorschlag, ich sollte in das nächste Dorf fahren und sehen, ob ich dort einen Kuchen und eine Kerze bekäme, gefiel mir. Auch weil ich mich freute, ein bisschen Motorrad fahren zu können.

Ich holte die Maschine aus der Garage und machte mich auf den Weg in den größten Ort auf der Insel. Es dauerte nicht lange, bis ich auf der Hauptstraße einen 7-Eleven-Supermarkt mit Bäckerei fand. Mit der Maske auf dem Gesicht betrat ich den Laden.

Der Laden war schicker, und das Angebot war größer als in allen 7-Eleven, in denen ich je gewesen war.

Sie hatten eine erstaunliche Auswahl an Kerzen, kleine und große für Tempel und Altäre, aber auch eine Packung mit roten, blauen und grünen Geburtstagskerzen, von denen ich eine kaufte.

Die Bäckerei hatte in einer Vitrine Erdbeersahneschnitten,

kunstvoll dekorierte Zitronen-, Ananas- und Mango-
torten, mit Schokolade gefüllte Brötchen, Reiskekse und
frisch gebackenen Biskuit ausgelegt. Ich stand unschlüssig davor und konnte mich nicht entscheiden zwischen
einem schlichten, rechteckigen Ananaskuchen ohne Deko,
der am einfachsten in meinem Rucksack zu transportie-
ren gewesen wäre, und einer Torte, auf der in bunten Farben »Happy Birthday« geschrieben stand. Ich überlegte,
was Mary nehmen würde, und entschied mich schließlich
für die Torte.

Beim Bezahlen entdeckte ich in einem Schrank hinter
der Kasse verschiedene Flaschen Alkohol. Weine aus Australien, Sekt aus Frankreich, Whiskeys und eine besondere Sorte SomSom-Rum. »Royal Prestige« stand auf
dem goldgelben Etikett. Das sei eine »Special Edition«,
ein Geschenk für besondere Anlässe, sagte der Verkäufer,
und koste hundertfünfundfünfzig Leek, das Dreifache
einer normalen Flasche. Ich nahm sie trotzdem. Es war
Hancocks Geburtstag.

Als ich zurückkehrte, erkannte ich unser Küchenwohnzimmer kaum wieder.

Mary hatte die Etiketten von den leeren Rum- und Bierflaschen abgelöst, leere Eierpackungen genommen und
daraus eine Girlande gebastelt, die quer durch den Raum
hing. Irgendwo im Haus hatte sie buntes Papier gefunden,
daraus Scherenschnitte in Form von Vögeln, Palmen, Kerzen, Herzen und Sternen gemacht und die Wände damit
beklebt. Von den Hibiskusbüschen im Garten hatte sie
drei tiefrote Blüten abgeschnitten und in eine Bierflasche
gesteckt.

»Gefällt es dir?«, fragte sie, und die Freude in ihrer

Stimme über die gelungene Überraschung war nicht zu überhören.

»Ja.« Es sah wirklich schön aus, wenn auch etwas befremdlich.

Der Torte hatte die Fahrt nicht so gutgetan, sie war an mehreren Stellen eingedrückt, die Schrift ein wenig verlaufen, aber Mary meinte, das mache nichts. Hancock werde sich trotzdem freuen. Sie strich die Torte wieder glatt, wickelte die Rumflasche in Zeitungspapier und band mit Draht eine Schleife darum. Beides stellte sie zu den Blumen auf den Tisch.

Als Hancocks Wagen auf den Hof fuhr, zündeten wir die Kerzen an, als er die Tür öffnete, sangen wir »Happy Birthday«.

Er blieb wie angewurzelt stehen. Sein Blick wanderte durch das Zimmer, und für einen Augenblick war ich überzeugt, Mary hätte sich getäuscht. Statt sich zu freuen, würde er gleich alles mit einem verständnislosen Kopfschütteln oder einer unwirschen Handbewegung abtun.

Das Gegenteil war der Fall.

Seine Augen begannen zu strahlen, ein breites Grinsen legte sich auf sein Gesicht.

»Es ist lange her, dass ich meinen Geburtstag gefeiert habe«, sagte er. »Überhaupt irgendeinen. Danke.«

Er stellte seine Werkzeugtasche ab und holte drei Flaschen Bier aus dem Kühlschrank. Wir stießen auf ihn an, Bier schmeckte mir genauso wenig wie der Reiswein, den ich mal probiert hatte, aber wenigstens brannte es nicht im Rachen. Auf Marys Drängen blies Hancock die Kerzen aus und wünschte sich etwas.

Hancock schnitt die Torte an, wir unterhielten uns,

lachten viel, und er erzählte von seinen Jahren mit Bagura auf dem Schiff. Ihren Landgängen. Ihren Plänen, in Amerika ein Restaurant mit Werkstatt zu eröffnen. Er machte Bilder vom Geburtstagstisch, von uns und Marys Dekorationen, um sie später seiner Frau und seinen Söhnen zu schicken.

Aus einer Kiste kramte er Familienfotos hervor. Sie erinnerten mich an die wenigen Bilder, die es von mir und meiner Familie gab. Ernst in die Kamera schauende Menschen, deren Blicke nichts von den Gefühlen verrieten, die sie verbanden.

Die schönsten Aufnahmen waren jene von ihm und Bagura. Zwei junge, gut aussehende Männer, kaum älter als Mary und ich jetzt, in Matrosenanzügen. Lachend. Lebensfroh. Sie waren nicht wiederzuerkennen. Auf einem Bild standen sie, die Arme um die Schultern des jeweils anderen gelegt, vor der rot gestrichenen Wand eines Restaurants. »CUNEO« stand leuchtend über der Tür. »Das war in Hamburg, Davidstraße, unser Stammlokal, wenn wir dort im Hafen lagen. Super Laden, toller Wirt. Ein Verrückter. ›Wenn wir die Zeit schon nicht festhalten können, sollten wir sie wenigstens genießen‹, hat er immer gesagt und uns morgens um zwei Uhr noch die beste Pasta all'arrabbiata der Welt serviert«, erzählte Hancock und grinste. »Die haben eine Musikbox, Bagura und ich haben getanzt bis in die Morgendämmerung, könnt ihr euch das vorstellen? Wilde Gegend. Da war viel los auf den Straßen.«

»Warum lachst du so frech?«, wollte Mary wissen.

»Nur so.«

Ein anderes Foto zeigte die beiden wieder Arm in Arm und in Matrosenanzügen, dieses Mal in einer Schlucht von Hochhäusern. Eine Passantin in kurzem Rock drehte sich nach ihnen um. »New York, Summer 85«, hatte jemand auf die Rückseite des Bildes geschrieben.

»Das waren Zeiten«, murmelte er und lachte in sich hinein. Es war schön anzusehen, wie sehr sich Hancock über die Erinnerungen freute.

Sein Telefon summte, er warf einen Blick auf den Bildschirm, prüfte die Nummer und beachtete es dann nicht mehr. Als es kurz darauf von Neuem klingelte, nahm er den Anruf an.

Am anderen Ende war ein Mann, ich musste gar nicht verstehen, was er sagte, um zu wissen, dass etwas Schreckliches passiert sein musste. Hancocks kleine Augen weiteten sich zuerst und verengten sich dann. Er öffnete den Mund, als wollte er jeden Moment losschreien, blieb jedoch stumm. Das Gespräch dauerte ein, vielleicht zwei Minuten, die ganze Zeit über sagte er nur zweimal leise »Ja« und »Nein«. Nachdem er den Anruf beendet hatte, warf er das Telefon auf den Tisch und starrte aus dem Fenster.

»Bagura ist tot.«

Es vergingen einige Sekunden, bis ich verstand, was er gesagt hatte. Dann schossen mir Tränen in die Augen.

»Die Polizei behauptet, er habe während eines Verhörs einen Herzinfarkt erlitten.« Hancock sah so wütend aus, dass ich fürchtete, er könnte jeden Moment aufstehen und das Zimmer kurz und klein schlagen.

»Das … das kann nicht sein«, stammelte ich. »Er war gesund. Man stirbt doch nicht einfach bei einem Verhör.«

»Das kommt auf die Methoden an«, sagte Hancock mit vor Zorn getränkter Stimme. »Ich bin mir sicher, sie wollten von Bagura wissen, wo ihr seid. Er hat uns nicht verraten, sonst wäre die Polizei längst hier gewesen. Sie werden versucht haben, es aus ihm rauszuprügeln. Das hält nicht jedes Herz aus.«

Hancock stand auf. Er lief im Zimmer auf und ab, blieb stehen, schlug mit beiden Fäusten so hart auf die Klotür, dass das Holz splitterte. Er ging zur Spüle, holte drei schmutzige Wassergläser, stellte sie krachend auf den Tisch, öffnete die Flasche SomSom »Royal Prestige« und füllte die Gläser fast voll.

Mary suchte meine Hand und drückte sie. Wie gelähmt saß ich neben ihr, fühlte mich leer und vollkommen erschöpft. Bagura war tot. Sie hatten ihn ermordet. Ich wollte etwas sagen, öffnete den Mund, doch es gelang mir nicht, auch nur einen Satz zu formulieren.

»Trinkt«, befahl Hancock.

Mary und ich nippten.

»Trinken, habe ich gesagt.«

Ich nahm einen Schluck. Es schmeckte widerlich und brannte im Rachen, selbst im Magen. Ich verschluckte mich und hustete. Mary zögerte einen Moment, dann leerte sie ihr Glas in einem Zug und sah dabei aus, als würde sie Wasser trinken. Ich tat es ihr nach.

Es dauerte nicht lange, und der Rum begann, seine Wirkung zu entfalten. Eine tiefe Ruhe überkam mich, ich spürte meinen Körper wieder, er entspannte, alles verlor an Bedeutung. Jemand hatte dem Leben einen Schalldämpfer aufgesetzt.

Bagura war noch immer tot, doch der Schmerz darüber wurde Schluck für Schluck betäubt. Mich erfüllte eine Gelassenheit, die wohltat und gleichzeitig unheimlich war.

Mary und ich wechselten Blicke, auch wenn ihr Gesicht und Hals gerötet waren, sah sie entspannt aus.

Hancock schenkte schweigend nach. Mary trank ihr Glas wieder in einem Zug leer, ich machte es ihr nach.

Dann stand Hancock auf und holte eine Flasche gewöhnlichen SomSom-Rum aus dem Schrank.

Ich schmeckte keinen Unterschied. Nach dem nächsten Glas stiegen Übelkeit und Schwindel in mir hoch. Alles drehte sich. Mein Blick richtete sich auf die ausgepusteten Kerzen, ich versuchte, sie zu fokussieren, doch es half nichts. Der ganze Raum drehte sich einfach weiter. Die Papierblumen, Sterne, Palmen an den Wänden. Die SomSom-Bier-Girlande. Die Geburtstagskuchenreste. Ich schloss die Augen, das machte alles nur noch schlimmer. Mit beiden Händen hielt ich mich an den Armlehnen des Sessels fest. Der Boden schwankte. Mary wollte mir helfen, versuchte aufzustehen und fiel sogleich zurück in ihren Sessel. Ich musste mich übergeben und schaffte es gerade noch bis auf die Toilette. Wie ich zu unserem Lager gekommen bin, erinnere ich nicht mehr.

Am Morgen erwachte ich mit stechenden Kopfschmerzen und schrecklichem Durst. Noch immer war mir schwindelig und speiübel.

Bagura war tot, und das Leben hatte keinen Schalldämpfer mehr. Für ein paar Stunden half Rum gegen die Trauer, das wusste ich jetzt, doch allein bei dem Gedanken daran wurde mir noch übler.

Ich stand auf, jede Bewegung fühlte sich an, als würde ich meinen Kopf gegen eine Mauer schlagen.

Hancock schlief noch in seinem Sessel. Ich nahm eine Flasche Wasser, trank sie aus, nahm eine zweite, setzte mich.

»Bagura ist tot«, flüsterte ich und schloss die Augen.

»Bagura ist tot.« Zum ersten Mal begriff ich, was der Satz bedeutete.

In mir vermischten sich Trauer und Wut. Bilder von Bagura tauchten vor meinem inneren Auge auf wie in einem Film. Das typische Wedeln seiner Hand. Wie er schwitzend vor seiner Hütte sitzt und sich zwischen den Beinen kratzt. Das Schwarz-Weiß-Foto von Amita neben seinem Bett. Wie er den Polizisten theatralisch seine Hände entgegenstreckt, als wollte er, dass sie ihm Hand-schellen anlegen. Das stolze Funkeln in seinen Augen, als er mir den Umschlag mit meinem gefälschten Pass und die Papiere für die »Europa« gibt. Wäre er jetzt ent-täuscht von mir, oder würde er meine Entscheidung ver-stehen?

Ich atmete tief ein und aus, so, wie mein Vater es mich für die Meditation gelehrt hatte.

Ein und aus.

Ein und aus.

Was ich neben ihm nie geschafft hatte, gelang mir jetzt. Atemzug für Atemzug kam ich ein wenig mehr zur Ruhe.

Ich wollte mich von meiner Trauer und der Wut nicht beherrschen lassen. Ich wollte mich auch nicht von ihnen befreien, dachte ich. Ich wollte frei sein inmitten dieser Gefühle. Ich wollte ihre Kraft nutzen, um etwas Sinnvol-les zu tun.

Wieder sah ich Bagura vor mir: Er kam in einer der engsten Gassen unserer Siedlung geradewegs auf mich zu, über seinem kräftigen Bauch spannte eines der T-Shirts mit dem Aufdruck *Amita Foundation*. Hinter ihm stand Santosh, er trug ein Cap der *Amita Foundation* und winkte. Bagura freute sich, mich zu sehen, lachte und beugte sich zu mir, ich hörte ihn flüstern, ich hörte ihn sprechen und könnte schwören, dass er es war, der mich auf die Idee brachte für das, was nun folgen sollte.

Hancock holte mich in sein Haus zurück. Er rüttelte an meiner Schulter, und ich öffnete die Augen.

»Alles in Ordnung?«, fragte er besorgt.

»Ja, ich habe nur geträumt.«

Hancock sah genauso traurig aus wie am Abend zuvor. Statt zur Arbeit zu fahren, frühstückte er mit uns. Ich machte Wasser für die Nudelsuppen heiß und kochte starken schwarzen Kaffee, den er schlürfend aus einem Becher trank.

Die ganze Zeit schmiedete ich Pläne und wartete nur auf den richtigen Moment, ihm und Mary davon zu erzählen. Irgendwann schob ich die Styroporschale mit der Suppe in die Mitte des Tisches und räusperte mich.

»Ich habe mir etwas überlegt.«

Die beiden schauten mich an.

»Ich möchte noch einmal für die Stiftung arbeiten.«

»Für welche Stiftung?«, fragte Hancock verwundert.

»Die *Amita Foundation*.«

»Wozu soll das gut sein?« Er schlürfte weiter seinen Kaffee und ließ mich nicht aus den Augen. Mary lächelte mir zu, sie begriff sofort, was ich meinte.

»In ihrem Namen«, erklärte ich, »verteilen wir noch einmal Geld an die Ärmsten der Armen.«

»Wer ist wir?«

»Mary und ich.«

»Und woher wollt ihr das Geld nehmen?« Hancock sah Mary an. »Hast du zufällig auch auf der Haifischinsel eine reiche Tante?«, sagte er leicht spöttisch.

»Nein. Das werden wir uns woanders besorgen.«

»Wie?«

Ich holte tief Luft. Das war natürlich die entscheidende Frage, und ohne seine Hilfe würden wir nur schwer eine Antwort darauf finden können. »Hast du nicht gesagt, du hast Zutritt zu den Häusern der Reichen auf dieser Insel? Dass die Leute dir vertrauen?«

Er musterte mich, und wenn man, wie Bagura einmal gesagt hatte, in meinem Gesicht lesen konnte wie in einem Buch, dann traf das auf Hancocks Miene erst recht zu. Er dachte nach, trank von seinem Kaffee, verstand allmählich, worauf ich hinauswollte, nahm noch einen großen Schluck.

»Du meinst, ich soll zu eurem Komplizen werden?«

Mary und ich nickten fast gleichzeitig.

»Wie stellt ihr euch das vor?«

»Die Idee ist eigentlich ganz einfach«, erklärte ich. »Du gehst wie gewohnt deiner Arbeit nach, ich begleite dich als eine Art Hilfsarbeiter. Während du an der Wasserpumpe des Pools, dem Motor des Garagentors oder der Klimaanlage schraubst, schaue ich mich unauffällig im Haus nach Geld, Schmuck und anderen Wertsachen um.«
Ich hielt kurz inne, um zu hören, ob er Fragen oder Einwände hatte. Als er nichts sagte, fuhr ich fort: »Sobald wir genug Geld zusammenhaben, machen wir es wie Bagura in der Hauptstadt. Wir lassen T-Shirts und Mützen mit der Aufschrift *Amita Foundation* bedrucken, ein Auto beschriften und verteilen die Leek in einer schnellen Aktion in einem Armenviertel auf dem Festland.«

»Da könnt ihr euch ja gleich freiwillig verhaften lassen. Jedes Kind weiß mittlerweile, wer hinter der *Amita Foundation* steckt.«

»Ich glaube nicht, dass uns jemand verrät. Und selbst wenn: Bis die Polizei da ist, sind wir längst wieder weg.«

»Ihr wollt, dass ich mit euch stehlen gehe.« Hancock schüttelte den Kopf. Mir war nicht gleich klar, ob das ein Nein war oder nur ein Ausdruck seines Unverständnisses oder seiner Überraschung. Er schwieg lange. Dann stand er auf, holte ein Glas und eine Flasche Rum aus dem Schrank, stellte sie auf den Tisch, ohne sie zu öffnen, setzte sich wieder.

»Ich habe hier mein Leben, das würde ich aufs Spiel setzen. Wofür? Was gibt euch Anlass zu glauben, dass ich euch helfen werde?«

»Du hilfst uns doch schon, indem du uns versteckst«, sagte Mary schnell.

»Das ist nicht dasselbe.«

»Warum versteckst du uns dann überhaupt?«

»Weil mich mein ältester und bester Freund darum gebeten hat.«

»Dein ältester und bester Freund wurde ermordet«, entgegnete Mary. »Mit so einer Aktion zeigen wir, dass er weiterlebt …«

»Er ist tot«, erwiderte Hancock dumpf.

»Wenn wir mit der *Amita Foundation* trotzdem weitermachen, setzen wir Bagura eine Art Denkmal.«

Er vergrub sein Gesicht in den Händen. »Denkmäler machen niemanden wieder lebendig.«

»Du hast uns erklärt, dass wir den Menschen Hoffnung geben und Mut machen«, sagte ich.

»*Ihr*, nicht ich.«

Ich glaubte, in seiner Stimme ein leichtes Zaudern, ein erstes Zeichen der Unentschlossenheit zu hören. »Dann hilf uns dabei. Bitte.«

»Nein.«

»Warum nicht?«

»Weil ich nicht enden will wie Bagura.«

»Wir auch nicht«, sagten Mary und ich wie aus einem Mund.

»Das werdet ihr aber.«

Mary sah mich an. Wir schwiegen für lange Sekunden.

Dann schüttelte Hancock energisch den Kopf. »Ihr verlangt zu viel. Ich kann euch dabei nicht helfen.«

»Warum nicht?«, wiederholte ich fast flehend.

»Weil ich aufgegeben habe zu glauben, dass ich etwas ändern kann, angefangen bei mir selbst.«

»Weil du lieber zu Hause sitzt und dich betrinkst«, entgegnete ich wütend.

Für einen Moment herrschte Stille im Raum.

»Was bildest du dir eigentlich ein! Ich sollte euch aus meinem Haus schmeißen«, sagte er mit vor Wut bebender Stimme. »Selbst wenn ihr Freunde von Bagura seid.«

Mein Herz schlug bis zum Hals. Was hatte ich getan? Den einzigen Menschen beleidigt, der uns schützte und dem wir vertrauen konnten. Die Worte waren mir in meiner Erregung herausgerutscht, aber ich hatte sie so gemeint und wollte nichts zurücknehmen.

Wir schwiegen.

Hancock wandte den Kopf zur Seite und rauchte seine Zigarette zu Ende.

»Ich wollte dich nicht verletzen«, sagte ich.

»Das war unverschämt und respektlos.«

»Es tut mir ...«

»Auch«, unterbrach er mich, »wenn es den Tatsachen entspricht, ist das einzig und allein meine Sache. Ich bin deshalb niemandem Rechenschaft schuldig. Euch schon gar nicht.«

»Ja«, erwiderte ich. »Es tut mir wirklich ...«

»Halt die Klappe.« Er öffnete die Flasche Rum, goss sich ein, stand auf und ging hinaus. Wir sahen ihn auf der Veranda sitzen und in kleinen Zügen am Rum nippen. So früh am Tag hatten wir ihn noch nie trinken sehen.

»Das war dumm von mir.«

»Das war genau richtig«, widersprach Mary. »Du hast die Wahrheit gesagt. Und deine Idee ist gut, wenn er uns nicht hilft, finden wir einen anderen Weg.«

Wir warteten. Vor Aufregung rutschte ich vom Sessel und streckte mich auf dem Boden aus. Ohne Hancocks Hilfe würde es sehr schwer werden. Mary begann, mit dem linken Fuß zu wippen.

»Tut das Bein so weh?«

Sie schüttelte den Kopf. »Eine dumme Angewohnheit.«

»Glaubst du, er macht mit?«

»Ja.«

»Wieso?«

»Aus demselben Grund, aus dem Bagura dir geholfen hat.«

»Hancock hat keine Tochter, die verhungert ist und an die er erinnern will.«

»Aber einen Freund, der ermordet wurde und wie ein großer Bruder für ihn war.«

Die Zeit verstrich. Ich überlegte, ob es noch irgendetwas gab, was ich tun oder sagen könnte, um Hancock zu überzeugen, doch mir fiel nichts ein.

Irgendwann sahen wir ihn aufstehen und über den Rasen auf die Straße gehen. Dort blieb er stehen, drehte sich um und blickte lange auf das Haus, als fürchtete er, nichts davon wiederzusehen.

Mit ruhigen Schritten kehrte er zurück und kam in die Küche. Mary rutschte näher an mich heran.

Hancocks Blick wanderte von der Girlande zu den Dekorationen an der Wand, den Kuchenresten auf dem Tisch. Sein Gesichtsausdruck war ein anderer. »Ich mache mit. Aber wir werden unsere Stiftung *Bagura Foundation* nennen. Ab morgen bist du mein neuer Hilfsarbeiter.«

23

Hancock bereitete mich gründlich auf meinen Einsatz vor. Er hatte einen blauen Arbeitsoverall gefunden, der mir einigermaßen passte, und eine große Werkzeugkiste, in der ich das Geld verstecken sollte. Wir hatten abgemacht, dass ich in den Häusern nur nach Bargeld suchen sollte, weil er nicht Baguras Kontakte besaß und Schmuck nicht zu Geld machen konnte.

Meine Hände rieb er mit Schmiere und Öl ein, sodass sie aussahen, als würde ich den ganzen Tag über nichts anderes tun, als Motoren auseinandernehmen und wieder zusammenschrauben. Er gab mir ein Cap und eine Gesichtsmaske, die er ebenfalls mit ein paar schwarzen Schlieren versah.

Bei unserem ersten Auftrag sollten wir die verstopften Wasserfilter eines Swimmingpools reinigen. »Gute Kunden«, erklärte mir Hancock auf dem Weg. »Sie haben drei Kinder. Da geht ständig etwas kaputt. Eigentlich wohnen sie in der Hauptstadt, aber sie sind vor dem Virus auf die Insel geflohen.«

Über eine Gegensprechanlage bat er um Einlass, gleich darauf schwebte das schwere Eisentor lautlos zur Seite. Das große Haus lag versteckt hinter einer hohen Mauer inmitten eines kleinen Parks. Eine geschwungene Auffahrt, gesäumt von blühenden Hibiskusbüschen, führte hinauf zum Haus, das mich ein wenig an die gestapelten Schuhkartons von Marys Tante erinnerte, nur war dieses hier kleiner, der Garten dafür aber umso gepflegter. Der Rasen war sauber geschnitten, die Büsche waren ordentlich gestutzt, die Palmen ohne welke Blätter. Wer hier lebte, hatte einen fleißigen Gärtner.

Vor der Garage neben dem Haus parkten zwei SUVs und ein Motorrad. Eine Hausangestellte, die Hancock gut kannte, begrüßte uns freundlich, ich zog meine Maske vorsichtshalber bis unter die Augen. Er stellte mich als seinen neuen Mitarbeiter vor, nahm seine Werkzeugkiste aus dem Wagen und ging mit mir um das Haus herum zum Pool. Auf der Terrasse saß ein Mann in kurzen Hosen, er starrte konzentriert auf einen aufgeklappten Laptop und beachtete uns nicht. Aus einer offenen Tür klangen Kinderstimmen.

Der Pool war mindestens zwanzig Meter lang und dunkelblau gekachelt, im Wasser schwammen zwei aufgeblasene Reifen, die aussahen wie große Donuts. Auf den Sonnenliegen neben dem Becken lagen benutzte Handtücher, dahinter stand ein Häuschen, in dem Umkleidekabinen, Toiletten, Dusche und das Filtersystem untergebracht waren. Hancock kannte die Anlage gut, er war es gewohnt, allein zu arbeiten, und konnte meine Hilfe eigentlich gar nicht brauchen. Etwas ratlos hockte ich neben ihm. Bei meiner Planung war ich davon ausgegangen, dass die Villen menschenleer waren und ich mich darin so frei bewegen konnte wie bei Tante Kate. »Wie soll ich denn ins Haus kommen?«

Seinem Blick nach zu urteilen, hatte auch er daran noch keinen Gedanken verschwendet. »Vor ein paar Monaten habe ich hier undichte Fenster im Badezimmer repariert. Sag ihnen, du musst nach dem letzten Monsun die Dichtungen noch mal kontrollieren.« Ich legte ein paar Schraubenschlüssel in meine Werkzeugkiste und ging zögerlich auf die Terrassentür zu.

Das Dienstmädchen sah kurz verwundert aus, als ich das Haus betrat, aber dann bot sie arglos an, mir den Weg ins Bad zu zeigen.

Im Haus war es angenehm kühl, wir gingen durch ein großes Wohnzimmer, auf dessen Boden verstreut Spielsachen lagen, in den ersten Stock. Auf der Treppe kamen uns zwei Kinder entgegen, sie liefen achtlos an mir vorbei. Das Bad war lichtdurchflutet, es gab zwar zwei Duschen und eine Badewanne, aber keine Toilette. Neben den beiden Waschbecken standen jede Menge Fläschchen, Tuben und Dosen, ein Becher mit Zahnbürsten, ein Rasierapparat, eine Vase mit frischen Blumen. Ich bedankte mich, und sie ging wieder nach unten. Ich öffnete die beiden großen Fenster, tat so, als kontrollierte ich gründlich die neuen Dichtungen, zog die ohnehin festen Schrauben im Rahmen noch ein wenig fester.

Von der Terrasse drangen die Stimmen der Kinder und einer anderen Frau herauf, in den Zimmern um mich herum war es still. Es schien, als wäre ich allein im oberen Stock. Ich schloss die Fenster wieder und ging mit vorsichtigen Schritten zurück in den Flur, von dem mehrere Räume abgingen. Horchte. Nichts. Die erste Tür stand halb offen, dahinter verbarg sich ein Kinderzimmer. Auf einem Bett lag ein Pandabär aus Stoff, der größer war als meine Schwester, daneben stapelten sich noch mindestens ein Dutzend anderer Stofftiere. In meinem ganzen Leben hatte ich noch nie so viel Spielzeug gesehen. Puppen, ein

Puppenwagen, ein kleiner Schminktisch, ein komplett eingerichtetes Minihäuschen, eine Kinderküche, Bilderbücher, ein CD-Spieler.

Gleich nebenan lag das Zimmer eines Jungen: Auf dem Boden eine Autorennbahn, an der Wand ein großes Poster von Manchester United und ein eingerahmtes mehrfach signiertes Trikot des Vereins.

Es war mir mehr als unangenehm, mich in den Zimmern umzuschauen, während ich unten die Kinder spielen hörte. Außerdem hatte ich plötzlich die strenge Stimme meines Vaters im Ohr. Hier, in einem mir unbekannten Haus und ohne Mary an meiner Seite, kam ich mir tatsächlich das erste Mal wie ein Einbrecher vor. Ich klaute nicht, weil meine kleine Schwester hungerte. Ich klaute nicht, weil ich Nachbarn oder einen bestimmten Slum mit Reis oder ein wenig Bargeld versorgen wollte. Es war komplizierter geworden.

Ich schlich weiter, hinter der nächsten Tür verbarg sich das Schlafzimmer der Eltern. Wenn überhaupt, würde ich hier Bargeld finden.

Bevor ich eintreten konnte, hörte ich eine Stimme.

»Was machst du hier?«

Erschrocken drehte ich mich um. Vor mir stand eine junge Frau in meinem Alter und beäugte mich argwöhnisch.

»Ich bin der Handwerker. Hab die Fenster im Bad kontrolliert.«

»Und was suchst du im Zimmer meiner Eltern?«

»Nichts, nur eine Toilette.«

»Die Gästetoilette ist unten im Flur«, sagte sie knapp.

»Danke.« So gelassen wie möglich ging ich an ihr vorbei zur Treppe. Sie blieb auf dem oberen Absatz stehen und beobachtete mich genau. »Erste Tür links«, rief sie mir nach.

Als ich wieder aus der Toilette kam, stand sie immer noch dort und wies mir von oben den Weg zur Haustür.

Hancock lachte, als ich ihm die Geschichte im Auto erzählte.

»Was ist daran so komisch?«, fragte ich verärgert.

»Der weltberühmte Meisterdieb lässt sich von einer Achtzehnjährigen aus dem Haus jagen?«

»Nicht witzig. Was hätte ich denn machen sollen?«

»Ihr sagen, dass du die Fenster im Schlafzimmer der Eltern prüfen musst. Und dann in ihrem. Auch da könnte es reinregnen. Sie bitten, dir zu helfen oder zumindest dabei nicht im Weg zu stehen …«, sagte er und gluckste.

Mir war nicht zum Lachen zumute. Wütend über mich selbst, schaute ich aus dem Fenster. Hancock öffnete seines, heiße Luft strömte in den Wagen. Nachdenklich zündete er sich eine Zigarette an, zog daran und ließ den Rauch langsam durch die Nase entweichen.

»Wenn du etwas verteilen will, musst du vorher jemandem etwas wegnehmen«, sagte Hancock. »So einfach ist das. Als Bagura und ich so jung waren wie du, waren wir ganz sicher, dass die anderen mit dem Stehlen angefangen haben. Wir waren fest davon überzeugt, dass die Reichen in ihren schönen Villen ihr Geld unmöglich auf legale Weise verdient haben konnten.«

»Und heute?«

»Ist Bagura tot, und ich bin zu alt.«

»Wofür?«

»Für feste Überzeugungen. Wenn du das nächste Mal Skrupel bekommst, sagst du dir klipp und klar, dass du nicht klaust, sondern nur eine Art Luxussteuer erhebst.«

Die Idee gefiel mir. Jeder, der Steuern zahlt, sollte froh

sein, dachte ich. Schließlich bedeutete es, dass er etwas besaß, was es zu besteuern gab. Das konnten die Menschen, die ich kannte, nicht von sich behaupten.

Bei unserer nächsten Station kam ich nicht einmal in die Nähe des Hauses. Das Gartentor klemmte, Hancock reparierte es in zwanzig Minuten, ich stand nutzlos daneben und schaute zu.

Beim dritten Auftrag konnte ich mich wenigstens nützlich machen. Ein Junge hatte seine Drohne in eine Palme geflogen, sie saß zwischen den Blättern und Kokosnüssen fest. Unter den erstaunten Blicken Hancocks erklomm ich ohne große Mühe den langen Stamm und holte sie herunter.

Unser letzter Halt war eine Villa, von der wir einen kaputten Kühlschrank abholen sollten. Er stand in der Garage, von der eine Tür ins Haus führte. Die Besitzer, erzählte Hancock, waren mit den Angestellten für einige Tage in die Hauptstadt gefahren.

Mit einem Dietrich öffnete er das simple Schloss zwischen Garage und Haus. Ich sollte mich in Ruhe umsehen, er werde aufpassen und mich warnen, falls jemand unerwartet kommen sollte.

Durch ein menschenleeres Haus zu gehen, machte es etwas einfacher. Ich ließ mich nicht von Gedanken an Bagura oder meinen Vater ablenken und arbeitete mich schnell vor. Im oberen Stock lagen zwei Schlafzimmer und ein Büro, ich durchsuchte Kleiderschränke und Kommoden, schaute hinter Bücher und Stapel von CDs. In einer Schreibtischschublade lag ein dicker Umschlag mit Tausend-Leek-Scheinen und in der darunter eine verschlossene schwarze Metallbox. Beides steckte ich ein.

Am Abend brauchte Hancock keine fünf Minuten, um die Geldkassette aufzubrechen. Darin fanden wir zehntausend US-Dollar und zehntausend Euro in glatten, unbenutzten Hunderterscheinen. Er gab sie uns, öffnete ein Bier und blieb wortkarg.

Mary, so hatten wir beschlossen, war für unsere Beute verantwortlich. Sie zählte das Geld zweimal nach, notierte die Summe auf einem Blatt Papier und versteckte es in einem Karton hinter einer Kiste mit Drähten und Kabeln in der Werkstatt.

Selbst das zweite Bier machte Hancock nicht geselliger.

Gleich nach dem Essen wuschen Mary und ich das Geschirr und den Wok ab und zogen uns auf unser Lager hinter den Schränken zurück.

Mary war gesprächig wie lange nicht, die Planung des Einsatzes der *Bagura Foundation* beflügelte sie. Ausführlich musste ich ihr von meinem Tag erzählen, sie gab mir Tipps, wo reiche Leute gern ihr Geld versteckten. (Unter den Betten. In verschiedenen Handtaschen. In Büchern. Hinter Büchern. Im Ofen in der Küche.) Sie wollte unseren Einsatz so detailliert wie möglich planen und nichts dem Zufall überlassen, weil sie fürchtete, sonst wegen ihrer Langsamkeit eher eine Belastung als eine Hilfe zu sein.

Worüber wir nicht sprachen, war die Frage, wie es nach unserer Aktion weitergehen sollte. Wir würden keinesfalls bei Hancock bleiben können. Und wahrscheinlich musste auch er für eine Weile verschwinden. Wohin könnten Mary und ich von hier aus flüchten?

Ich glaube, wir ahnten beide, dass es nicht viel zu besprechen gab, und worüber man nicht sprechen kann, darüber muss man schweigen. Unsere Auswahl an Möglichkeiten war nicht nur begrenzt, in Wahrheit besaßen wir keine.

Wir liebten uns wie an jedem der letzten Abende, vorher schlich ich jedes Mal durch die Werkstatt und schaute nach Hancock. Auf dem Tisch stand eine leere Flasche Rum, er lag auf dem Sofa oder im Sessel und schlief fest.

Mary sagte, es gebe kein wirksameres Mittel gegen ihre Schmerzen. Nur wenn ich sie berührte und erregte, spürte ihr Körper nichts von dem, was sie sonst so quälte.

Als wir am folgenden Nachmittag zurückkehrten, saß Mary auf der Veranda und zeichnete. Ich sah in ihrem Blick, dass sie keinen guten Tag gehabt hatte.

Ausgebreitet neben ihr lagen mehrere Bilder, eines düsterer als das andere: Das Skelett einer übergroßen Hand, die nach zwei kleinen spielenden Kindern greift. Der Körper einer überfahrenen Katze, die sie auf der Straße vor dem Haus gefunden hatte. Ein Selbstporträt, Mary vor einem Spiegel sitzend, im Hintergrund ein Totenkopf.

»Wie hältst du das aus?«, wunderte sich Hancock.

»Was?«

»Dich den ganzen Tag nur mit dem Tod zu beschäftigen.«

Sie zuckte mit den Schultern, als verstünde sie die Frage nicht. »Tu ich doch gar nicht.«

Er zeigte auf die Bilder. »Was soll das sonst sein?«

Mary betrachtete ihre Zeichnungen. »Das Ende des Lebens.«

Nach dem Essen bat sie mich, mit ihr an den Strand zu fahren, sie hatte Sehnsucht nach dem Meer. Hancock hatte keine Bedenken, es war dunkel und stürmisch, der Strand würde verlassen sein. Aber wir sollten unter keinen Umständen schwimmen gehen, die Strömung in der Bucht konnte schon bei ruhigem Wetter tückisch sein, bei diesem Wind war sie unberechenbar.

Der leere Parkplatz grenzte direkt an den Strand. Hancock hatte richtig vermutet: Weit und breit war kein Mensch zu sehen.

Die Brandung beeindruckte mich. Eine Welle nach der anderen rollte heran, türmte sich auf, höher und höher, bis sie sich unter lautem Tosen brach, mit einem Rauschen auf uns zuschoss, um ein paar Meter vor uns zu verebben und den Strand mit einem Teppich aus weißem Schaum zu bedecken. Wie von einem Magneten angezogen, floss das Wasser wieder zurück, gab Steine, Muscheln und Sand frei, um sogleich zum nächsten Schlag auszuholen. Schweigend blickten wir in die Dunkelheit, in der sich das aufgewühlte Meer irgendwo verlor. Der Wind spielte mit Marys langen Haaren, kleine und große Flocken weißer Gischt tanzten über den Strand. Ich setzte mich in den warmen Sand, Mary hockte sich vor mich zwischen meine gespreizten Beine, ich legte beide Arme um sie.

»Was ist mir dir?«, fragte ich.

»Was soll sein?«

»Du siehst so traurig aus.«

»Hast du mal darüber nachgedacht, wie hoch die Wahrscheinlichkeit ist, dass uns die Flucht gelingt?«

»Nein. Du?«

»Heute, den ganzen Tag. Sie ist nicht hoch.«

»Hast du mir nicht erzählt, du hättest das Geheimnis des Glücks entdeckt? Es lautete: Nicht an morgen zu denken.«

Mein Versuch, sie aufzuheitern, scheiterte kläglich. »Das war ein Spiel«, erklärte sie düster. »Es ist unmöglich.«

Ihre Stimmung verfinsterte sich von Minute zu Minute. Um sie auf andere Gedanken zu bringen, malte ich ein Boot in den Sand und darüber ein Herz als Sonne. »Was ist das?«

Sie beachtete es gar nicht.

Als ich versuchte, sie zu kitzeln, entwand sie sich meinen Armen. »Lass das.«

Stattdessen schaute sie lange in die Dunkelheit. »Wollen wir schwimmen gehen?«, fragte sie auf einmal.

»Wann?«

»Jetzt natürlich.«

»Nein, das ist viel zu gefährlich.«

»Nun komm schon. In so einer Brandung zu schwimmen macht Riesenspaß, glaub mir.«

»Nein. Du hast doch gehört, wie Hancock uns gewarnt hat.«

Sie winkte ab. »Der weiß nicht, wie gut wir schwimmen können. Bitte, komm mit.«

Ich verstand ihr Drängen nicht und schüttelte den Kopf. »Ich bin kein guter Schwimmer.«

Mary erhob sich mit Mühe und humpelte Richtung Meer.

»Bleib hier«, rief ich und sprang auf. Eine dunkle Ahnung überkam mich.

Das Wasser rauschte heran, umspülte ihre Knie und ihre Beine. Sie humpelte weiter. Ich lief ihr hinterher. Das Meer zog sich jetzt fünfzehn, zwanzig Meter weit zurück, es baute sich ein Wasserberg auf, der mit jeder Sekunde größer und mächtiger wurde und uns um das Doppelte überragte. Bevor ich sie erreichte, riss die Welle sie mit einer solchen Wucht von den Beinen, als wäre von hinten ein Lastwagen herangerast. Dann warf sie auch mich um. Ich wirbelte herum, wurde tiefer gedrückt, schlug auf dem Grund auf. Als ich den Kopf wieder aus dem Wasser streckte, sah ich nichts außer die weiße, aufgewühlte See.

Plötzlich tauchte wenige Meter neben mir Marys Körper auf. Mit einem schnellen Griff bekam ich einen Fuß zu fassen und ließ ihn nicht mehr los. Die nächste Welle rollte heran, sie versetzte mir einen gewaltigen Schlag, wieder wirbelte ich durch das Wasser, trotzdem ließ ich Mary nicht los. Ich hielt ihr Bein fest, zog sie näher an mich heran, ihre Hände suchten meine. Das Meer gab uns wieder frei, zog sich zurück, als wollte es Anlauf nehmen, um uns beim nächsten Angriff für immer zu verschlingen. Ich nahm Mary auf den Arm, sie umklammerte meinen Oberkörper. Das Wasser reichte mir nur noch bis knapp über die Knie, gleichwohl gelang es mir kaum, mich gegen den zurückfließenden Sog zu stemmen. Wir kommen hier nicht lebend raus, schoss es mir durch den Kopf. Keine Chance. Mit aller Kraft versuchte ich zu rennen und schaffte ein paar Meter, bevor ich hinter uns eine sich brechende Welle hörte, es klang wie eine Explosion. Ich wankte, fiel aber nicht. Statt uns zu verschlingen, hob sie uns hoch und spülte uns weiter Richtung Strand.

Als das Wasser zurückfloss, widerstand ich seinem Sog und schleppte Mary weiter, immer weiter zu den Palmen, wo uns die nächste Welle nicht mehr erreichen konnte.

»Bist du wahnsinnig?«, rief ich völlig außer Atem. »Wir hätten beide ertrinken können.«

Mary lag vor mir im Sand und atmete schwer, ich kniete mich zu ihr.

»Warum hast du das getan?« Noch nie in meinem Leben hatte ich jemanden so angeschrien. »Warum?«

»Weil ich nicht verhaftet werden will.« Wasser lief aus ihrem Mund.

»Wir werden nicht verhaftet, das hast du selber gesagt.«

»Natürlich werden wir das. Du hättest mich nicht aus dem Meer holen sollen.« Sie schlug nach mir, doch ich war schneller und hielt ihre Arme fest.

»Mary, beruhige dich. Wir haben noch etwas vor zusammen, hast du das vergessen?«

»Nein, habe ich nicht. Aber ich weiß nicht, ob ich es noch will.«

»Warum nicht?«

»Weil ich Angst habe, verhaftet zu werden, warum kapierst du das nicht? Du hast doch gehört, was mit Bagura passiert ist. Ich will mir gar nicht vorstellen, was sie mit einer jungen Frau machen. Ich will ihnen nicht wehrlos ausgeliefert sein. Ist das so schwer zu verstehen?«

Sie schloss die Augen. Ich ließ sie los und sank neben ihr zu Boden. Ich hatte Sand im Haar, in den Ohren, in der Nase, zwischen den Zähnen und war kurz davor, mich zu übergeben.

Irgendwann wollte ich nur noch ihren Körper spüren, rückte ganz nah an sie heran und legte von hinten einen Arm um ihre Brust. Ich liebe dich, wollte ich flüstern. Ich passe auf dich auf. Wir werden eine Lösung finden. Doch ich war zu erschöpft, um etwas zu sagen.

»Warum bist du nicht mit mir rausgeschwommen?«

»Weil ich nicht sterben will, Mary. Ich will leben. Mit dir. Mach so etwas nie wieder.«

Sie erwiderte nichts.

»Nie wieder, versprich es mir.«

»Das kann ich nicht.«

»Bitte.«

»Zwing mich nicht, dich zu belügen.«

Bei unserer Rückkehr saß Hancock in seinem Sessel, den Kopf zur Seite geneigt, den Mund weit geöffnet, und schlief. Vor ihm standen eine leere Flasche Rum und eine angebrochene. Ich schob ihm ein Kissen unter den Kopf und legte seine Beine auf einen Stuhl.

Obgleich es warm war im Haus, zitterte Mary noch immer. Sie zog ihre nassen Sachen aus, ich wickelte sie in eine von Hancocks Decken und bereitete ihr einen Tee zu.

Mary verkroch sich in unser Versteck, ich war unschlüssig, was ich tun sollte. Ein Teil von mir wollte nichts lieber als bei ihr sein und sie in den Armen halten, ein anderer sagte mir, dass es besser wäre, sie in Ruhe zulassen.

Ich setzte mich für eine Weile auf die Veranda, meine Verunsicherung war längst einer tiefen Traurigkeit gewichen.

Nach einigen Minuten hielt ich es nicht mehr ohne sie aus und ging hinein.

Die Erinnerung an die Brandung und Marys düstere Worte ließen mich nicht einschlafen. Auch Mary wälzte sich von einer Seite zur anderen. Ich kannte das mittlerweile gut, es dauerte oft lange, bis sie eine Position fand, in der ihre Schmerzen erträglich waren. Sie griff nach meiner Hand und hielt sie fest. Allmählich wurden wir beide ruhiger, sie drehte sich zu mir. »Danke«, sagte sie sehr leise. »Es tut mir leid.«

»Versprichst du …«

Mary hielt mir einen Finger an die Lippen.

»Pssst. Man darf Menschen nicht bitten, etwas zu versprechen, was sie nicht halten können.«

»Du darfst mich nicht allein lassen. Ich liebe dich.«

Sie schwieg so lange, dass ich schon dachte, sie wäre
eingeschlafen. »Ja«, hörte ich sie irgendwann flüstern,
»ich verspreche es, wenn du mir auch etwas versprichst.«

»Was?«

»Dass wir uns nicht verhaften lassen, egal, was passiert.«

»Versprochen.«

Am nächsten Tag erledigte ich mit Hancock einige Auf-
träge, und das lenkte mich ab. Die meiste Zeit verbrachten
wir damit, die Anlage für einen Mähroboter zu installie-
ren. Das Ding schnitt den Rasen schneller, leiser und
gründlicher, als ich es früher getan hatte. Am liebsten
hätte ich es so programmiert, dass es geradewegs in den
Zierteich gefahren wäre.

Als wir am Nachmittag zurückkehrten, saß Mary wieder auf der Veranda und erwartete uns. Ich erkannte sie
nicht sofort. Ihre langen, leicht lockigen schwarzen Haare
waren weg. Sie hatte sie nicht schulterlang geschnitten,
nicht bis knapp über die Ohren oder nur den Pony, sie
hatte sich den Kopf rasiert und sah aus wie eine junge
Nonne.

»Gefällt es dir?« Sie schnitt eine verlegene Grimasse,
doch dahinter verbarg sich auch eine Erleichterung. Als
wären nicht einfach Haare, sondern eine Last von ihr
gefallen.

Ich war zu überrascht, um sofort etwas zu sagen.

Sie wandte den Kopf ein wenig nach links, dann nach
rechts. Sie hatte einen halben, vielleicht einen Zentimeter

stehen lassen und besaß die perfekte Kopfform für diese Frisur.

Hancock fand seine Sprache als Erster wieder. »Steht dir sehr gut«, sagte er anerkennend und ging ins Haus.

Ich nickte. Sie sah aus wie Mary und doch ganz anders. Älter, alles Mädchenhafte war aus ihrem Gesicht verschwunden, es hatte einen klareren, sehr entschlossenen Ausdruck bekommen, und trotz der Kürze der Haare lag nichts Hartes, Grobes oder Männliches darin. Im Gegenteil, so kamen ihre feinen Züge noch mehr zur Geltung. Es war ein ganz und gar ungewohnter Anblick, sie war so schön, dass es mir schwerfiel, dafür die passenden Worte zu finden.

»Gefällt es dir auch?«, fragte sie, als ich nichts sagte.

»Ja.«

»Sicher?«

»Du bist noch schöner als vorher.«

»Wirklich? Ich wollte sie schon so lange abschneiden, habe mich aber nie getraut. Ich hatte noch nie in meinem Leben kurze Haare. Vorhin sah ich das Schneidegerät in der Werkstatt liegen und dachte, jetzt ist die richtige Zeit.«

»Zum Haareschneiden?«

»Zum Sich-Trauen.«

In den folgenden Tagen waren wir ziemlich beschäftigt. Wir tauschten kaputte Bewegungsmelder und Überwachungskameras aus, ersetzten Glühbirnen in Schminktischen, Wasserpumpen in Aquarien, reparierten Markisen und Sonnensegel. Einen ganzen Tag verbrachten wir in einer Villa mit Blick über das Meer. Dort sollten wir in der ersten Etage einen Raum so groß wie Hancocks

Werkstatt in ein Spielzimmer für Katzen verwandeln. Gleichzeitig richteten im Erdgeschoss mehrere Männer einen Sportraum ein, was von großem Vorteil war, weil sie mit ihren vielen Fragen die Hausangestellte ablenkten und der Verdacht nicht automatisch auf uns fallen würde. Während Hancock Kratztürme, Sprossenleitern und Kletterwände zusammenschraubte, hatte ich Zeit, um nach Geld zu suchen.

Es war der fünfte Tag, und die Stimme meines Vaters war verstummt. Meine Hemmungen, in fremden Sachen zu wühlen, um mir zu nehmen, was mir nicht gehörte, und meine Angst, ertappt zu werden, waren einer festen Entschlossenheit gewichen, möglichst viel Geld für die *Bagura Foundation* zusammenzubekommen. Ob die Besitzer der Villen ihre Vermögen legal oder illegal gemacht hatten, interessierte mich nicht, so oder so besaßen sie genug, um etwas abzugeben, und da sie es nicht freiwillig tun würden, half ich mit der »Luxussteuer« nach.

Trotzdem saß ich am Ende der Woche enttäuscht beim Essen und stocherte in meinem Gemüsecurry herum. Wir hatten bisher nur knapp eine halbe Million Leek erbeutet, und Mary und mir wurde klar, dass wir auf diesem Weg niemals auch nur eine annähernd so große Summe wie bei ihrer Tante zusammenbekommen würden. Kates Safe mit dem vielen Gold und Bargeld war ein einmaliger Glücksfall gewesen. Außerdem war ich überzeugt, dass es, wenn wir so weitermachten, nur eine Frage der Zeit wäre, bis uns jemand erwischte. Entweder auf frischer Tat, oder die Leute würden irgendwann bemerken, dass sie bestohlen worden waren, und früher oder später würden Hancock und ich zu den Verdächtigen gehören.

»Was ist?«, fragte Hancock, als er mein bedrücktes Gesicht sah.

»So schaffen wir das nie.«

»Was?«

»Genug Geld zu bekommen.«

»Wie viel ist genug?«

Ich zuckte mit den Schultern.

»Fünf Millionen? Zehn? Zwanzig?«

»Ich weiß es nicht«, antwortete ich und dachte an die Kisten, prall gefüllt mit Tausend-Leek-Scheinen, die wir für die *Amita Foundation* verteilt hatten. Die Erinnerung machte mich noch mutloser.

»Wie viel hattet ihr beim letzten Mal mit Bagura?«

»Fast fünfzehn Millionen.«

»Wow.« Hancock stieß einen überraschten Pfiff aus. »Im Vergleich dazu ist eine halbe Million natürlich nicht viel.« Er überlegte kurz. »Wie viel hast du als Gärtner verdient?«

»Etwas mehr als tausend Leek im Monat.«

Er rechnete. »Dann haben wir in einer Woche also immerhin den Lohn für vierzig Jahre Arbeit eingesammelt. Das hört sich doch schon besser an.«

»Es geht nicht um mich«, widersprach ich. »Eine halbe Million ist schnell weg, wenn wir sie verteilen. Wenn wir jeder Familie tausend Leek geben, reicht, was wir haben, gerade einmal für fünfhundert.«

»Weniger, du musst unsere Ausgaben noch abziehen, aber das macht nichts«, erwiderte er ruhig.

»Doch.«

»Nein. Es ist egal, ob sie tausend, zweitausend oder dreitausend Leek bekommen, denn es geht schon lange nicht mehr ums Geld.«

»Worum sonst?«

»Ich habe euch erklärt, warum ihr für die einen so berühmt und für die anderen so gefährlich seid. Wenn ihr jetzt wieder auftaucht, macht ihr den Menschen Mut. Ihr gebt Hoffnung. Die Leute sehen: Niri ist noch da. Mary ist bei ihm. Sie haben keine Angst. Oder wenn sie welche haben, ist ihr Mut größer! Noch besser! Wichtig sind nicht die Summen, die ihr verteilt, wichtig ist die Geste. Ihr reißt die Menschen aus ihrer Apathie, und die ist einer der Gründe, warum sie in diesem Elend leben. Sie glauben nicht mehr, dass es sich lohnt zu kämpfen. Sie glauben nicht mehr, dass sie an ihrem Schicksal etwas ändern können. Ihr beweist ihnen das Gegenteil.«

24

Hancock benötigte fast eine Woche, um die Vorbereitungen für unsere Aktion zu treffen. Mehrmals fuhr er aufs Festland und kehrte erst am Abend zurück. Es ging vor allem darum, ein weißes Auto zu organisieren, das wir beschriften und nach der Aktion zurücklassen konnten, ohne Spuren zu hinterlassen.

Eines Morgens erwachte ich, und der Platz neben mir war leer. Sofort sprang ich auf. Wo war Mary? Zu Tode erschrocken, rannte ich durch die Werkstatt und fand sie auf der Veranda, vertieft in ein Gespräch mit Hancock. Die beiden unterhielten sich so konzentriert, dass ich mich nicht traute, sie zu stören. Von der Küche aus beobachtete ich ihre Gesichter. Der Anblick Marys mit den kurzen Haaren war noch immer ungewohnt.

Ich weiß nicht, ob sie mich nicht bemerkten oder ob sie nur so taten, als sähen sie mich nicht. Hancocks nachdenklicher Blick war ganz auf Mary gerichtet, hin und wieder nickte er oder schüttelte den Kopf, sagte etwas. Was immer Mary ihm erzählte oder von ihm wollte, es war von großer Dringlichkeit. Sie beugte sich zu ihm, nahm kurz seine Hand. Ich verstand nicht, wovon sie sprachen, aber der Ton von Marys Stimme verriet mir, wie ernst es ihr war.

Als ich auf die Veranda trat, endete ihr Gespräch abrupt. »Entschuldigung, ich wollte nicht stören.«

»Du störst nicht«, sagte Hancock, eine Spur zu laut, zu schnell. »Mary ist früh aufgewacht. Wir haben nur ein wenig geplaudert. Setz dich zu uns.«

Mary wandte ihren Blick verlegen zur Seite. Es sah aus, als wischte sie sich Tränen aus dem Gesicht.

Ich setzte mich auf die Stufen. Keiner von uns sagte ein Wort. »Kann ich helfen?«, fragte ich irgendwann.

»Nein. Ich bin fast fertig. Gebt mir noch einen, höchstens zwei Tage. Ich habe gerade zu Mary gesagt: Spätestens übermorgen geht es los.«

Er wollte jetzt auch mir seinen Plan erklären. Ich war sicher, dass es nicht das war, worüber er mit Mary gesprochen hatte, trotzdem hörte ich natürlich genau zu.

»Wir werden«, sagte er, »mit der ersten Fähre im Morgengrauen aufs Festland fahren. In einem Dorf, ein paar Kilometer von der Küste entfernt, wechseln wir den Wagen. Anschließend geht es zurück ans Meer, in eine Kleinstadt zwanzig Kilometer weiter südlich. Dort gibt es ein wildes Flüchtlingslager, das in den vergangenen Monaten entstanden ist. Darin leben viele Arbeiter und ihre Familien, die bis zum Ausbruch des Virus geglaubt hatten, in den Hotels an der Küste eine gute und sichere Arbeit zu haben. Die Strände waren beliebt bei den sonnenhungrigen Menschen aus Europa und Amerika. Besonders im Winter. In dem Lager hausen Einheimische und ›Illegale‹ Seite an Seite, rund dreihundert Familien insgesamt.«

Er hatte die entsprechende Zahl an Umschlägen besorgt. Wir sollten uns dort unter keinen Umständen länger als eine Stunde aufhalten. Die Gefahr, dass die Polizei etwas mitbekam oder wir verraten wurden, war groß.

Deshalb konnte es auch nicht so ordentlich und organisiert zugehen wie in der Hauptstadt. Hancock wollte den Kreis der Mitwisser so klein wie möglich halten und hatte entschieden, dass wir die T-Shirts selbst bemalen. Er hatte Stoffe und Farben besorgt.

Es gab keine Garantie, dass es nicht zu Tumulten kommen und sie uns die Umschläge aus den Händen reißen würden. Die Not war groß. Wir konnten nur auf die Einsicht und Disziplin der Menschen vertrauen.

Hancock würde den Leuten Anweisungen geben, Schlangen zu bilden, Mary und ich würden die Umschläge mit je tausendfünfhundert Leek verteilen. Er vermutete, dass dort niemand eine Maske trug. Wir könnten unsere tragen, doch sei es wichtig, dass wir den Menschen die Möglichkeit gäben, viele Filme und Fotos zu machen, und wir darauf gut zu erkennen seien. Die Aufnahmen seien diesmal noch wichtiger als die Verteilung des Geldes. Sie würden sich im Internet rasend schnell verbreiten und aus unserer kleinen Geste eine große Aktion zu Ehren Baguras machen.

Nach spätestens einer Stunde müssten wir aufbrechen, zurück ins Dorf, das Auto loswerden und die Zwölf-Uhr-Fähre bekommen. Im besten Fall wären wir zurück, bevor die Polizei überhaupt etwas mitbekommen würde.

»Noch Fragen, Vorschläge, Einwände?«, fragte Hancock.

Zum ersten Mal an diesem Morgen schaute Mary mich an. Sie schüttelte den Kopf. »Ich nicht. Du?«

»Nein.«

Den Rest des Tages verbrachten wir mit dem Beschriften von T-Shirts. Mary hatte sich ein Logo ausgedacht, das wir über den Namen *Bagura Foundation* malten. Wir schafften nicht mehr als zwei Dutzend, Hancock meinte, das genüge für die Fotos. Mary machte sich noch die Mühe, sämtliche dreihundert Umschläge mit Logo und Schriftzug zu versehen. Niemand sollte Baguras Namen übersehen.

Während der Fahrt sprachen wir nicht viel. Auf der Fähre zogen Mary und ich die Masken bis unter die Augen und taten, als schliefen wir. In Wahrheit waren wir dazu viel zu aufgeregt. Als wir den Wagen tauschten, hatte ich Magenkrämpfe und Durchfall. Hancock und Mary mussten einige Minuten warten, bis ich von der Toilette wieder runterkam.

Das Auto war ein alter, klappriger Toyota ohne richtiges Armaturenbrett. Überall hingen lose Kabel herum, es gab keinen Tacho, die Belüftung funktionierte ebenso wenig wie die Fensterheber, auf der durchgesessenen Rückbank spürten wir jede einzelne Sprungfeder. Mary hatte vorsichtshalber zwei extra Schmerztabletten genommen.

Von außen hingegen machte der Toyota einen guten Eindruck. Er war weiß lackiert, der Name der *Bagura Foundation* prangte in großen Buchstaben auf beiden Seiten, der Kühlerhaube und dem Dach. Es sah beeindruckend aus.

Mary nahm meine Hand, ich rückte näher zu ihr, sie legte ihren Kopf auf meine Schulter. Wir fuhren die Küstenstraße entlang, und allmählich beruhigte sich mein Magen.

Kurz vor dem Ziel zogen wir die *Bagura-Foundation*-T-Shirts über. Mary trug ihres mit einer Freude und einem Stolz, als wäre ihr ein lang ersehnter Wunsch erfüllt worden. Sie hatte zu Hause das Geld abgezählt und in die Umschläge getan, mehrmals geprüft, ob die Stempel funktionierten und ihr Handy aufgeladen war, damit auch sie Fotos und Videos machen konnte.

In dem Lager herrschte ein ähnliches Elend wie in unserer Siedlung. Überall notdürftig zusammengezimmerte Hütten und Baracken aus Holz und Strandgut, Plastikplanen gegen den Regen, streunende Hunde. Sogar der Geruch nach Kloake war ähnlich.

Auf Hancocks Geheiß bildeten die Menschen lange Schlangen und warteten geduldig, bis sie an der Reihe waren. Ich stempelte die Hände, Mary gab ihnen die Kuverts mit dem Geld. Ihre anfängliche Nervosität legte sich schnell, mit jedem Umschlag, den sie aushändigte, sah sie glücklicher und zufriedener aus.

Trotz der großen Not kam es nur einmal zu einem Streit, eine Familie hatte sich offenbar zweimal anstellen wollen. Er wurde sofort von den Umstehenden geschlichtet.

Das Problem war die Begeisterung, die unser Kommen auslöste. Praktisch jeder hier hatte schon von uns gehört. Wer einen Umschlag bekam, wollte auch ein Foto oder ein Video mit Mary oder mir machen, am liebsten mit uns beiden. Wir hielten Babys in den Armen. Signierten T-Shirts. Umarmten Kinder. Wurden von Familien umringt, die singend und hüpfend das Geld in die Kamera hielten. Manche reckten den Daumen in die Höhe, andere machten das V-Zeichen.

Hancock hatte recht behalten. Die Höhe der Summe spielte keine Rolle, die Freude der Beschenkten war nicht geringer als die derer, die in der Hauptstadt dreitausend Leek bekommen hatten.

Es ging um mehr. So viel mehr.

Durch die vielen Aufnahmen verzögerte sich unsere Abfahrt, und nach einer Stunde wurde Hancock zunehmend nervös. Es genügte ein kurzer Anruf bei der Polizei.

Als wir endlich fertig waren, bahnte Hancock sich laut hupend und leise fluchend einen Weg durch die Menge. Die Menschen steckten ihre Köpfe in den Wagen, liefen nebenher und hörten nicht auf, sich zu bedanken. Das Letzte, was wir hörten, waren »Niri, Niri«-Rufe, das Letzte, was wir durch die Heckscheibe sahen, Väter, die ihre winkenden Kinder in die Luft hielten.

Im Dorf tauschten wir den Wagen zurück und erreichten gerade noch die Zwölf-Uhr-Fähre.

Als wir am Nachmittag in Hancocks Haus zurückkehrten, ging er als Erstes zum Schrank, holte eine Flasche Rum heraus, stellte drei Gläser auf den Tisch und schenkte ein.

»Auf Bagura«, sagte er.

»Auf Bagura«, wiederholten Mary und ich und stießen mit ihm an.

Hancock trank sein Glas in einem Zug aus, goss nach und ließ sich mit einem lauten Stöhnen in einen Sessel fallen.

Jetzt erst bemerkte ich, wie erschöpft er aussah.

Auch Mary und ich leerten unsere Gläser, und die Wirkung des Alkohols ließ nicht lange auf sich warten. Eine angenehme Leichtigkeit erfüllte mich, Mary kicherte fortwährend wie meine kleine Schwester, wenn ich sie kitzelte.

Ich hatte Hunger und bereitete uns mit den Resten aus dem Kühlschrank gebratene Nudeln zu. Die erste Flasche Rum war schnell leer.

Wir konnten es kaum abwarten zu sehen, ob die *Bagura*

Foundation im Internet bereits angekommen war. Während Hancock sich weiter betrank, verfolgten Mary und ich auf seinem Handy, wie sich seine Worte bewahrheiteten. Mithilfe von Facebook, YouTube, Twitter und Instagram wurde aus unserer Geste eine politische Aktion, die eine fast unheimliche Wucht entfaltete. Bis in die Nacht saßen wir auf dem Sofa, schauten die neuen und dann noch einmal die alten Videos, lasen die Nachrichten und Kommentare auf den Websites der *Daily Post*, der *Evening News*, des *International Standards*. Ich musste zugeben, dass mir nicht bewusst gewesen war, wie sehr der Virus auch in anderen Ländern wütete. Wie viele Menschen auf der ganzen Welt deshalb ihre Arbeit, ihr Zuhause, Eltern, Geschwister, Freunde oder Kinder verloren hatten. Wie viele Menschen deswegen hungerten. Sowenig ich früher über die Mauer der Benz geschaut hatte, so wenig hatte ich über die Grenzen der Stadt oder unseres Landes geschaut. Warum auch?

Irgendwann wurde es mir zu viel, Mary hingegen konnte nicht aufhören. Mit Stolz in der Stimme las sie mir Zitate vor und übersetzte Posts aus dem Englischen.

Wir waren ein Hoffnungsschimmer in den dunklen Zeiten der Pandemie.

Ein Lichtblick im Kampf gegen die weltweite Ungerechtigkeit.

Ein Stachel im trüben Sumpf der Apathie.

Ein Aufschrei gegen die Gleichgültigkeit.

Wir schöpften die Fettaugen von der Suppe und sollten ja nicht damit aufhören.

Man sollte sich ein Beispiel nehmen an uns.

Wir müssten aufpassen: Helden sterben jung.

Ich hörte zu und dachte an meine kleine Schwester und daran, wie alles begonnen hatte.

Mit ihrem Hunger.

Mit ihren Tränen.

Und ich verstand zum ersten Mal, dass Thidas Hunger und ihre Tränen in Wahrheit der Hunger und die Tränen der ganzen Welt waren.

25

Auf der Haifischinsel waren wir nicht mehr sicher. Erste Gerüchte von Diebstählen in den Häusern der Reichen machten die Runde. Im Internet hieß es, dass die Polizei die Haifischinsel und alle umliegenden Inseln abriegeln und Straße für Straße, Haus für Haus durchsuchen wollte. Dann hieß es wieder, das sei Unsinn, weil wir auf dem Festland gesehen worden seien und uns mit Sicherheit in den Höhlen und Wäldern des Nationalparks versteckten. Am Morgen las Hancock die Meldungen, die ihn mehr und mehr beunruhigten.

»Ihr müsst woandershin«, erklärte er schließlich. »Es gibt mehrere Leute, die behaupten, euch auf der Fähre gesehen zu haben. Die Polizei wird auf der Insel bald jeden Stein umdrehen.«

»Aber wohin?«

»Der einzige Ort, wo sie euch vermutlich nicht suchen und niemals verhaften würden, ist ein Kloster. Je größer, umso besser. Ich bringe euch zum Holy-Lake-Kloster. Das ist das bekannteste Kloster hier im Süden. Es war früher Teil eines alten Palasts, der einem König als Sommerresidenz gedient hatte. Ich bin sicher, die Mönche dort werden euch schützen.«

»Wann?«

»Am besten jetzt.«

Mary und ich hatten kaum geschlafen, wir waren zu müde und erschöpft, um mit ihm andere Möglichkeiten zu überlegen.

Unsere Sachen hatten wir in wenigen Minuten zusammengesucht. Hancock packte eine Reisetasche und legte alles zusammen mit einem braunen Paket und zwei Flaschen Rum unter den Beifahrersitz im Fahrerhaus seines Pick-ups. Er spülte das schmutzige Geschirr ab, räumte auf und verriegelte das Haus, als begäbe er sich auf eine größere Reise.

»Bleibst du länger weg?«, wunderte ich mich.

»Es ist besser, ich verschwinde für einige Wochen. Vielleicht fahre ich in die Berge und besuche meine Frau. Oder die Jungs. Hab sie lange nicht gesehen.«

Mary und ich kletterten auf die Ladefläche seines Pick-ups. Mit den Decken bereitete ich ihr einen Platz, auf dem sie liegen konnte. Hancock spannte eine schwarze Plastikplane über uns und legte als Tarnung seine Werkzeugkiste, Rohre und diverse Ersatzteile auf die Ecken der Plane. Die Fährfahrt mit einberechnet, würden wir mindestens fünf Stunden unterwegs sein, die Reise werde unangenehm, warnte er uns. Heiß, unbequem, unsicher. Die Polizei könne uns jederzeit anhalten. Zum Beispiel, weil sein linkes Bremslicht nicht funktioniere, für das er auf der Insel keine Ersatzbirne finde. Oder weil das Nummernschild aus einer anderen Provinz stamme oder einfach, weil sie mit einem Bußgeld für ein Vergehen, das sie sich ausgedacht hätten, ihr Gehalt etwas aufbessern wollten. In dem Fall könnte er nichts mehr für uns tun, unsere Flucht wäre zu Ende.

Mary nahm drei Schmerztabletten. Ich legte mich hinter

sie, zog ihren Körper ganz dicht an mich heran, schob einen Arm unter ihren Kopf und hielt sie so fest es ging. Trotz der Medikamente hörte ich, wie sie bei jedem Schlagloch, jeder plötzlichen Erschütterung aufstöhnte. Ich legte auch meinen anderen Arm um sie und streichelte ihr den Bauch.

Die Fahrt wollte kein Ende nehmen. Die Geräusche der Fähre. Stimmen neben dem Wagen, nur ein paar Armlängen entfernt. Das Gackern von Hühnern. Gelächter. Irgendwann machten wir eine kurze Pause, um zu tanken. Jemand fragte, ob Hancock ihn auf der Ladefläche mitnehmen könne. Hancock entschuldigte sich vielmals und erfand eine Ausrede. Die Straße wurde schlechter, bei jedem Stoß klapperten die Werkzeuge neben uns, bald taten auch mir alle Knochen weh. Die Hitze unter der Plane war fast unerträglich, der Schweiß rann in Strömen über unsere Körper, in unserer Aufregung hatten wir vergessen, etwas zum Trinken mitzunehmen. Eigentlich hätte ich vor Erschöpfung einschlafen müssen, Durst und Schmerzen hielten mich wach.

Irgendwann rollten wir nur noch, Hancock bremste, stellte den Motor ab und stieg aus. Er wechselte ein paar Sätze mit einem Mann, ein zweiter stieß dazu, ihre Stimmen klangen ernst. Jemand schlug gegen den Wagen.

»Ihr könnt rauskommen.«

Ich schob die Plane zur Seite und sah, wie bleich Mary war. Sie konnte sich vor Schmerzen kaum aufrichten, Hancock und ich halfen ihr von der Ladefläche.

Vor uns standen drei junge Mönche, sie tauschten verlegene Blicke und waren ganz offensichtlich unentschlossen, was sie tun sollten. Ich war mir sicher, dass zumindest einer von ihnen, wenn nicht alle drei, uns trotz der Masken sofort erkannt hatte. Hancock schlug vor, uns zum Abt des Klosters zu bringen, er solle entscheiden, was mit uns geschehe.

Schweigend gingen wir über einen weitläufigen Hof. Mary wollte nicht, dass ich sie trug oder stützte, sie ging langsam, aber aufrecht und mit erhobenem Kopf neben uns her.

Hancock hatte uns zu dem schönsten und größten Kloster gebracht, das ich je gesehen hatte. Es war umgeben von einer hohen Mauer, auf dem Gelände verstreut standen kleine und große Pagoden, manche in Weiß, andere glänzten golden im Licht der tief stehenden Sonne. Dazwischen lagen dunkle Teakholzhäuser, Schlafräume und Gebetshallen. Im Wind ertönte das Bimmeln kleiner Glöckchen. Eine lange, überdachte Holzbrücke auf Stelzen verband den Tempel mit dem alten ehemaligen Palast. Aus einem Gebäude hörten wir Kinderstimmen, die im Chor Mantras sangen.

Der Abt war vertieft in ein Gespräch mit einem älteren Paar. Sie ließen dem Kloster offenbar eine größere Spende zukommen. Zwei Mönche holten Reissäcke, Kekstüten und Kartons, gefüllt mit Kokosnussmilchdosen, aus dem Kofferraum eines Mercedes Benz und trugen sie in einen Lagerraum.

Wir folgten den Mönchen auf eine Veranda vor der Gebetshalle, hockten uns auf den Boden und warteten. Hin und wieder lief ein Kind vorbei und starrte zu uns herüber. Aus Angst, erkannt zu werden, nahmen wir unsere Masken nicht ab. Ein Novize brachte ein Tablett mit Tee und trockenen Keksen und für jeden von uns eine Flasche Wasser. Mary trank ihre in einem Zug leer und bekam sogleich eine neue.

Der Abt verabschiedete das Paar, kam die Treppe hochgestiegen und setzte sich zu uns. Er sah jünger aus als Hancock, hatte ein rundes, freundliches Gesicht, fleischige Finger, seine Kutte spannte über einem kräftigen Bauch. Einer der jungen Mönche sprach flüsternd mit ihm, der Abt nickte immer wieder und blickte Mary und mich dabei prüfend an. Ich sah in seinen Augen, dass er wusste, wer wir waren – und dass wir nicht willkommen waren.

»Wie lange wollt ihr bleiben?«, fragte er ohne Umschweife.

Mary und ich zuckten mit den Schultern, auch Hancock schwieg.

»Zwei, drei Tage, vielleicht vier«, erklärte der Abt, »länger können wir eure Anwesenheit nicht geheim halten. Ihr seid zu bekannt. Es kommen viele Gäste und Pilger ins Kloster, selbst jetzt. Früher oder später werdet ihr erkannt. Wer euch meldet, bekommt eine Million Leek. Ich möchte niemanden in Versuchung führen. Schon jetzt haben euch zu viele gesehen.« Er deutete mit dem Kopf auf eine kleine Ansammlung von Kindern, die uns aus gebührendem Abstand neugierig beobachteten.

Ich überlegte, um wessen Sicherheit der Abt besorgt war: unsere oder seine. Aber was machte das für einen Unterschied? Ich suchte Marys und Hancocks Blicke, ihre Gesichter sahen so überrascht und bedrückt aus, wie ich mich fühlte.

»Bringt sie in die Kammer neben dem Lager«, sagte er an die Novizen gewandt und erhob sich. Ohne ein weiteres Wort drehte er sich um und verschwand im Halbdunkel der Gebetshalle.

Die jungen Mönche standen auf und führten uns in einen gemauerten Unterstand unter einer der Gebetshallen, ein Umhängeschloss verriegelte die Tür aus Maschendraht. Sie schlossen auf, wir folgten ihnen, vorbei an gestapelten Reissäcken und Kanistern, zu einer kleinen Kammer in der hintersten Ecke. Darin standen zwei Holzpritschen, oben in die Wand war ein vergittertes Fenster eingelassen, das zum Hof führte. Ich legte Marys Tasche und meinen Rucksack auf die Pritsche.

»Könnten wir noch zwei Decken haben?«, bat ich.

»Es wird nicht kalt.«

»Ich weiß. Trotzdem.«

Einer der Novizen verschwand und kehrte kurz darauf mit den Decken zurück.

Wartend, ohne zu wissen, worauf, standen wir dicht gedrängt zu sechst in der kleinen Kammer. Und jetzt?, wollte ich sagen und wusste, dass keiner von uns eine Antwort darauf hatte.

»Ich lass euch nun allein«, murmelte Hancock und kaute auf seinen Lippen. Trotz der Ankündigung machte er keine Anstalten zu gehen. Es war ihm anzusehen, wie schwer es ihm fiel, uns hier zurückzulassen.

Schließlich drehte er sich um, und wir machten uns auf den Weg in den Hof. Die Novizen folgten uns auf Schritt und Tritt.

Unschlüssig standen wir neben dem Wagen.

»Ich würde euch gern wieder mitnehmen«, sagte Hancock leise. »Aber das ist keine Lösung. Mit mir durch das Land zu fahren ist noch gefährlicher, als hier im Kloster zu bleiben. Vielleicht überlegt es sich der Abt noch anders. Oder er kennt ein besseres Versteck.«

Sehr überzeugt klang er nicht.

Hancock öffnete die Autotür, holte ein in braunes Papier eingeschlagenes Paket heraus und gab es Mary.

»Danke«, sagte sie.

Er lächelte traurig. »Ich glaube, ich habe zu danken. Euch viel Glück. Ich werde euch vermissen.«

Ich wollte etwas erwidern, doch mir versagte die Stimme.

Er nickte uns zu, kletterte hastig ins Auto, ließ den Motor an und verschwand hinter einer graubraunen Wolke aus Sand und Staub.

Ich nahm Mary das Paket ab, es war schwerer als gedacht. Sie hakte sich bei mir unter, und gemeinsam machten wir uns auf den Weg zurück in unser Versteck.

»Braucht ihr noch etwas?«, fragte einer der jungen Mönche.

»Nein danke.«

»Wenn euch etwas einfällt, sagt Bescheid. Ich heiße Chai. Fragt nach mir.« Er verriegelte hinter uns die Tür. Mary humpelte in die Kammer, ich blieb stehen, blickte durch den Draht den Mönchen nach. Sie drehten sich noch einmal um, und Chai lächelte mir zu. Ich fühlte mich mehr wie in einem Gefängnis als in einem Versteck.

Mary lag auf ihrer Pritsche, ich schob meine an ihre heran. »Was soll ich mit dem Paket von Hancock machen?«

»Versteck es unter dem Bett.«

»Was ist da drin?«

Sie dachte kurz nach. »Eine Überraschung.«

»Darf ich sie sehen?«

»Ja, aber jetzt noch nicht.«

»Wann denn?«

»Bald.«

Wenig später stand Chai noch einmal in der Tür. Er reichte uns eine dunkle Holzdose. »Das ist eine besondere Heilcreme«, sagte er. »Sie hilft gegen Schmerzen. Ihr müsst die Stellen regelmäßig damit einreiben.«

Bevor wir uns bedanken konnten, war er wieder verschwunden.

Ich schraubte die Dose auf, die Creme hatte eine rötliche Farbe und roch intensiv nach Chili, Zimt und Menthol. »Soll ich?«

»Warum nicht? Schlimmer kann es nicht werden.«

Jemand schlug die Glocke zum Abendgebet.

Sie zog ihren Rock aus und legte sich hin. Vorsichtig begann ich, ihre Hüfte, die Wulste auf dem Oberschenkel, die harte Palmenborkenhaut einzureiben.

Über uns sangen die Mönche ihre Mantras, und obgleich die mir so vertraut waren, wollte ich den monotonen Singsang nicht hören. Zu viel Erinnerung. Mary fand ihn beruhigend.

Ich tunkte noch einmal zwei Finger in die Creme, verteilte sie auf den Narben und massierte Mary so lange, bis sie einschlief.

Am nächsten Morgen stand ein Tablett mit zwei Schalen Reis, etwas Gemüse und einer Kanne Tee vor unserer Tür. Als Mary ihre Schale hob, entdeckte sie darunter einen kleinen Zettel.

Wir bewundern euch. Gebt nicht auf!!! war mit krakeliger Schrift daraufgeschrieben.

Schweigend aßen wir unser Frühstück, danach bat Mary mich, sie ein zweites Mal einzucremen, die Salbe hatte ihre Schmerzen gelindert.

Während ich die Creme in ihre Haut massierte, hörten

wir, wie jemand an der Tür hantierte. Gleich darauf schlich ein halbes Dutzend junger Novizen in die Kammer und blickte uns mit großen, ehrfurchtsvollen Augen an.

»Hallo«, sagte ich und bedeckte Marys nackte Beine mit einer Decke.

Einer streckte seinen Daumen in die Luft, die anderen lachten. Der älteste von ihnen war Chai.

»Ihr seid Helden«, sagte er verlegen. »Können wir euch helfen?«

»Habt ihr ein besseres Versteck für uns?«, fragte Mary.

Sie schauten bedrückt zu Boden und schüttelten ihre Köpfe.

»Dann weiß ich nicht, wie ihr uns helfen könnt.«

Sie reichten uns einen Schlüssel. »Der ist für das Schloss an der Tür.«

»Danke«, sagte ich.

»Braucht ihr noch Decken?«

»Nein.«

»Mehr zu essen?«

»Nein.«

»Hilft die Creme?«

»Ja, sehr, vielen Dank.«

»Wollt ihr mehr davon?«

Mary winkte höflich ab. »Nicht nötig, danke. Sie reicht noch eine Weile.«

Unschlüssig standen sie vor uns.

»Habt ihr vielleicht einen Stift und ein leeres Heft für mich? Ich würde mir gern Notizen machen«, sagte ich.

Zwei Mönche verschwanden und kehrten kurz darauf mit Kugelschreibern, zwei neuen Schulheften, einer Handvoll Kerzen und Streichhölzern zurück.

Wir bedankten uns, sie waren glücklich, uns geholfen zu haben, und zogen sich zurück.

Ich begann, diese Geschichte aufzuschreiben, zunächst zögerlich, dann schneller, und schon bald kam meine Hand kaum mehr hinterher, so viele Gedanken und Erinnerungen kamen mir in den Sinn.

Während ich schrieb, zeichnete Mary oder legte ihren Kopf in meinen Schoß, um sich auszuruhen.

Am Nachmittag des folgenden Tages rief uns der Abt zu sich. Er hatte sich in einen kleinen Raum voller Bücher am Rande der Gebetshalle zurückgezogen und sagte, wir sollten uns setzen.

Er musterte uns aus kühlen dunklen Augen. »Ich habe ein paar Artikel über euch gelesen und mir die Videos angeschaut«, hob er an. »Was ihr macht, ist nicht rechtens. Weder vor dem Gesetz noch vor den Augen Buddhas.«

»Es ist vielleicht nicht rechtens«, widersprach ich ihm sogleich, »aber es ist gerecht.« Ich hatte es satt, mich belehren zu lassen. Ich hatte es satt, mir anhören zu müssen, was richtig oder falsch, gut oder böse war. Ich hatte es satt, meine Wut hinunterzuschlucken. Sie schmeckte mit jedem Mal bitterer und bekam mir nicht. »Wenn wir nicht das Recht auf unserer Seite haben, dann frage ich mich, was das für ein Recht ist. Meins nicht.«

»Wer entscheidet das?«, fuhr er mich mit schneidender Stimme an. »Du?«

Ich wollte etwas erwidern, überlegte es mir anders und schwieg. An Marys dünnen Lippen sah ich, dass auch sie wütend war.

»Mein Recht. Ist das nicht ein großes Wort für einen so jungen Menschen wie dich? ›Deinem Recht‹ zufolge darf sich jeder nehmen, was er braucht – oder glaubt zu brauchen, verstehe ich dich richtig? Ist so eine Welt die Lösung?«

Ich hatte keine Lust auf eine Diskussion mit ihm. Alles, was er uns noch sagen würde, da war ich mir sicher, hatte ich bereits als Schüler im Kloster und von meinem Vater gehört.

»Nein, aber eine Welt, in der jeder nur das hat, was er braucht«, sprang Mary mir bei. »Dann wäre genug für alle da.«

»Erstaunlich, das von der Tochter aus einer so reichen Familie zu hören«, sagte er mit einem sarkastischen Lächeln.

»Ich weiß wenigstens, wovon ich rede.«

Der Abt schüttelte den Kopf. »Ihr seid besessen von eurer Wut. Solange sie euch lenkt und nicht umgekehrt, führt das früher oder später ins Verderben. Wut ist kein guter Ratgeber, glaubt mir, und Gesetze sind dazu da, um sie zu befolgen, nicht zu brechen. Sie schützen uns. Auch die Schwachen. Ihr Sinn besteht darin, dass sie für alle gelten. Auch für euch.«

Mary drehte den Kopf zur Seite und schwieg.

»Ich möchte, dass ihr spätestens im Morgengrauen das Kloster verlasst. Ihr bringt uns in Gefahr. Wenn euch die Polizei hier aufspürt, verhaften sie uns am Ende noch alle. Und dass sie euch finden, ist nur eine Frage der Zeit. Habt ihr mich verstanden?«

Ich überlegte, ob es Sinn machte, ihn um einen Aufschub zu bitten. Ihm zu erklären, dass wir nicht wussten, wohin und es in Marys Zustand schwierig war … Nein, das würde sie unter keinen Umständen wollen – und ich auch nicht.

Wir nickten.

»Geht jetzt.«

Weder Mary noch mir fiel jemand ein, der uns jetzt noch helfen konnte. Ich dachte an mein Interview mit dem Reporter der Nachrichtenagentur. Möglicherweise konnte er etwas für uns tun.

Ich kramte seine Nummer aus meinem Rucksack und benutzte die zweite von Baguras SIM-Karten, um ihn anzurufen.

Beim dritten Klingeln nahm er ab. »AP. Fowler.«

»Hallo, hier ist Niri.«

»Niri? Ich kenne keinen Niri.«

Ich wollte schon wieder auflegen, als er rief: »*Der* Niri?«

»Ja, Niri.«

»Wow. Du?«, flüsterte er nun mit aufgeregter Stimme. »Wo steckst du? Ist Mary bei dir?«

»Ja.«

»Können wir uns sehen?«

»Wenn Sie uns helfen.«

»Wobei?«

»Wir brauchen ein Versteck.«

Stille am anderen Ende. »Es tut mir leid, das geht nicht.«

»Warum nicht?«

»Erstens würde ich mich strafbar machen. Zweitens weiß ich keines, und selbst wenn: Das darf ich als Journalist nicht. Wir sind Beobachter, keine Akteure.«

»Was heißt das?«

»Wir stellen Fragen, wir hören zu, wir recherchieren und schreiben auf. Aber wir mischen uns nicht ein.«

»Verstehe«, sagte ich enttäuscht. Sich nicht einzumischen

ist auch eine Form der Einmischung dachte ich und wollte ihm widersprechen, schwieg dann aber doch.

»Kann ich dir ein paar Fragen stellen?«

»Ja.«

»Ich müsste mich kurz vorbereiten. Gibst du mir ein paar Minuten?«

»Nein. Jetzt.«

Er gab eine Art widerwilliges Grummeln oder Grunzen von sich. »Dann warte einen Moment, ich hole etwas zu schreiben.«

Ich hörte ihn mit ein paar Dingen hantieren, Papier rascheln, etwas fiel herunter und zersprang, er fluchte.

»Jetzt bin ich so weit. Wie viel Zeit haben wir?«

»Ein paar Minuten.«

»Ihr seid nicht in Sicherheit, richtig?«

»Nein, jedenfalls nicht mehr lange.«

»Hast du Angst?«

»Ja.« Ich überlegte. »Oder, nein. Nein, nicht mehr.«

»Plant ihr weitere Aktionen?«

»Natürlich. Noch viele.«

»Die Regierung behauptet, ihr handelt im Auftrag der illegalen Kommunistischen Partei. Stimmt das?«

»Nein. So ein Unsinn.«

»Oder auf Anweisung ausländischer Geheimdienste? Das sagt die Polizei.«

»Auch das ist Quatsch. Wir handeln nur im Auftrag der *Bagura-* und der *Amita Foundation.*«

»Die gibt es nicht. Sie sind eine Erfindung von euch, das habe ich recherchiert. Niemand in der Hauptstadt hat je von ihnen gehört, und im Internet habe ich nichts über sie gefunden, abgesehen von euren Aktionen.«

»Und weil nichts im Internet steht, gibt es sie nicht?«

Seine Antwort machte mich wütend. »Von Amita hat in der Hauptstadt auch noch nie jemand gehört und über ihren Tod steht nichts im Internet, trotzdem hat sie gelebt und ist gestorben. Über Hancock steht auch nichts im Internet, trotzdem gibt es ihn.«

»Wer sind Amita und Hancock?«

»Egal.« Ich vergeudete meine Zeit.

»Warum macht ihr das?«

»Warum wir Geld an Arme verteilen? Die Frage verstehe ich nicht.«

»Warum riskiert ihr, du und deine Freundin, euer Leben? Die Sache wird nicht gut für euch enden.«

»Ich verstehe Sie immer noch nicht.«

Nun wurde er ungehalten. »Du weißt doch, was ich meine.«

»Nein.« Warum wir taten, was wir taten, erklärte sich doch von selbst.

»Okay, vergiss es. Anderes Thema. Wie hat das Ganze angefangen?«

»Wann hat die Welt angefangen zu akzeptieren, dass die einen alles und die anderen nichts haben? Wann hat es angefangen, dass jeder nur auf sich schaut? Wann hat es angefangen, dass Menschen ›legal‹ oder ›illegal‹ sein können? Sagen Sie es mir.«

Er stieß ein lautes Geräusch aus, halb Stöhnen, halb Seufzer. Meine Antworten gefielen ihm offenbar nicht.

»War es deine Idee, Geld und Gold zu klauen und in den Slums zu verteilen, oder die deiner Freundin?«

»Weder noch.«

»Wessen dann?«

»Woher soll ich das wissen? Die Idee ist so viel älter als wir.«

»Wie meinst du das jetzt schon wieder?«

»So, wie ich es sage.«

Kurze Stille in der Leitung. »Ihr seid berühmt, weißt du das eigentlich?«

»Ja.«

»War das dein Ziel?«

»Nein.«

»Aber es gefällt dir.«

»Es ist mir egal.« Je länger wir sprachen, desto weniger ergaben seine Fragen für mich einen Sinn.

»Du hast Nachahmer, hier im Land, aber soweit ich weiß auch in Indien, angeblich sogar in Italien und Amerika. Das muss dir doch gefallen.«

»Ja, aber eigentlich interessiert es mich nicht.« Vielleicht, dachte ich, wollte ich gar nichts mitteilen, erklären, begründen. Vielleicht hatte ich für das, was ich tat, gar keine Worte. Vielleicht drückte ich alles, was ich sagen wollte, bereits mit meinen Taten aus. Die einen verstanden es, die anderen nicht.

»Niri, bist du noch da?«

»Ja. Eine letzte Frage noch.«

Er überlegte. »Möchtest du noch etwas sagen?«

»Hmm. Es tut mir sehr leid, dass ich meinen Eltern solche Sorgen bereite. Ich wollte immer ein guter Sohn sein, und das bin ich nicht. Es tut mir sehr leid, dass ich für meine kleine Schwester nicht da sein kann. Ich wollte Thida immer ein guter großer Bruder sein, und auch das bin ich nicht. Es tut mir leid, dass …«

»Wenn dir das alles so leidtut«, unterbrach er mich, »bereust du dann, was du getan hast?«

Ich schwieg und dachte nach.

»War es das wert?«

»Diese Frage kann nur ein Beobachter stellen«, antwortete ich, wissend, dass er mich nicht verstehen würde, egal, wie lange wir uns noch unterhalten würden. Mit einem einfachen Tastendruck beendete ich das Gespräch.

26

Der Morgen graute. Die letzte Kerze war fast heruntergebrannt, ich hatte die Nacht durchgeschrieben. Das Gezwitscher der Vögel wurde von einem Hubschrauber übertönt. Er hatte das Singen der Mantras abrupt unterbrochen. Über uns tönten die schnellen Schritte und schrillen Stimmen aufgebrachter Menschen.

Durch unser Fenster sah ich den Himmel, er war taghell erleuchtet.

Sie hatten uns gefunden und Scheinwerfer mitgebracht.

Es war nur eine Frage der Zeit gewesen.

Mary erwachte, sie schaute mich an. »Was ist das für ein Krach?«

»Hubschrauber. Sie wissen, wo wir sind.«

In ihrem Blick lag kein Schmerz wie an den anderen Morgen. Sie griff unter ihre Pritsche und holte Hancocks Paket hervor, riss das braune Papier ab, zum Vorschein kam der Karton einer Wasserpumpe. Vorsichtig hob sie den Deckel ab. In dem Karton lagen zwei Pistolen.

»Wir lassen uns nicht verhaften«, sagte sie. »Das hast du versprochen.«

»Was hast du vor? Das Kloster ist wahrscheinlich von Hunderten von Polizisten umstellt. Die beiden Pistolen werden uns nichts nützen.«

»Doch.« Mary reichte mir eine der Waffen. Das Metall lag schwer und kalt in meiner Hand.

»Verstehst du, was ich meine?«

»Noch nicht.«

Mary richtete sich auf und wirkte ganz ruhig. Sie wusste genau, was sie tat. »Wir lassen ihnen von den Mönchen ausrichten, dass wir uns ergeben. Wenn wir auf den Hof treten, verstecken wir die Pistolen unter unseren *Bagura-Foundation*-T-Shirts. Im Kloster tun sie uns nichts, hast du gesagt. Wir gehen ganz langsam zum Ausgang, du stützt mich. Niemand wird Verdacht schöpfen. Sobald wir das Gelände des Tempels verlassen haben, ziehen wir sie …«

Es bedurfte nicht viel Fantasie, sich vorzustellen, was geschehen würde, wenn wir mit unseren Waffen auf die Polizei zielten. Ich schaute auf die Pistole in meiner Hand. Meine Knie zitterten bei dem Gedanken.

»Was ist?«

Ich weinte, ohne es zu merken.

Der Lärm des Hubschraubers wurde lauter. Ein zweiter kam dazu. Sie flogen jetzt tiefer.

Ich drückte Mary fest an mich. In ihrer Brust pochte es so heftig wie in meiner. Ich dachte an Thida. An meine Eltern. An Bagura. An Hancock. Und aus einem Grund, den ich nicht erklären konnte, wurde mir nicht schwerer, sondern leichter ums Herz. Ich empfand keine Furcht, nur ein leises, stilles Glück.

Angst, das hatte ich in den vergangenen Wochen gelernt, ist etwas, das überwunden werden kann. Und Mut eine Kraft, von der wir mehr besitzen, als wir glauben.

Kein Mensch, wirklich keiner, weiß, was in Gefahr und großer Not in ihm steckt.

Auf einmal hörten wir aufgeregtes Flüstern, Holz splitterte, jemand trat die Tür des Vorratslagers ein, mehrere Männer kamen durch den Gang gelaufen. Schnell steckten wir die Waffen unter unsere T-Shirts. Die Männer trugen Mönchskutten, es waren Chai und einer der beiden jungen Mönche, die uns Kerzen und das Notizbuch gebracht hatten, die anderen hatte ich noch nie gesehen. Sie waren in großer Aufregung und Eile.

»Kommt mit«, flüsterten sie. »Schnell.«

Mary und ich zögerten.

»Nun kommt schon. Beeilt euch.«

Mir fiel auf, dass die Fremden weder barfuß waren noch die Flip-Flops der Mönche trugen. Sie hatten die schwarzen Lederstiefel der Polizei an den Füßen.

»Wohin?«

»Wir holen euch hier raus.«

»Das ist eine Falle«, rief Mary mir zu. »Sie wollen uns verhaften, ohne dass wir Widerstand leisten können.«

»Nein«, widersprach Chai. »Es gibt einen alten Geheimgang, der unter der Erde vom Kloster zum Palast führt. Wir holen euch hier raus und bringen euch in Sicherheit. Glaubt mir.«

Ich sah die Angst in Marys Gesicht. »Wie denn? So langsam, wie ich bin.«

»Wir tragen dich.«

Einer der fremden Männer machte Anstalten, sie auf seinen Rücken zu nehmen, ich trat dazwischen und deutete auf seine Polizeistiefel.

»Sie sind auf unserer Seite«, sagte Chai. »Es ist alles organisiert.«

»Nun macht schon«, drängte der Mann.

Hatten wir eine andere Wahl, als ihnen zu vertrauen?
Ich nahm Mary in den Arm. Ihr Herz bebte. »Komm.«

Hier endet mein Bericht, und ich klappe das Buch zu. Ich habe unsere Geschichte erzählt, für jeden, den sie interessiert, und habe versucht, dabei nichts auszulassen und nichts zu beschönigen. Auch wenn ich weiß, dass mein Vater recht hatte, als er mir einmal erklärte: »Das meiste, was wir sagen, ist nicht wichtig. Und das Wichtige kann oft nicht gesagt werden.«

Versucht habe ich es trotzdem.

Die jungen Mönche haben versprochen, alles in ihrer Macht Stehende zu tun, damit dieses Büchlein in die Hände meiner Eltern gelangt. Und in die meiner kleinen Schwester. Sie soll erfahren, warum ich getan habe, was ich getan habe. Sie soll wissen, warum sie nicht mit einem großen Bruder an ihrer Seite aufwachsen wird.

Wie alles endete.

Wie alles begann.

Mit ihren Tränen.

DANKSAGUNG

Ich danke von Herzen all den Menschen, die mich auf meinen vielen Reisen durch Asien zu dieser Geschichte inspiriert haben. Sie haben mich, den Fremden, bei meinen Besuchen immer wieder großmütig in ihr Leben gelassen und mir von ihren Sorgen und Nöten erzählt. Ohne sie hätte ich diesen Roman nicht schreiben können.

Margarete Ammer möchte ich danken für ihr Engagement und die intensive und vertrauensvolle Zusammenarbeit über all die Jahre. Ihr Einsatz und unsere gemeinsamen Buchhändlerabende bleiben unvergessen.

Mehrere Freunde waren mir während der Arbeit an diesem Roman eine Hilfe. Insbesondere danke ich Stephan Abarbanell und Ulrich Genzler für ihr geduldiges Lesen verschiedener Fassungen.

Mein besonderer Dank gebührt Tilo Eckardt für seine Anregungen, Ideen und kritischen Fragen, kurz, für die Leidenschaft, mit der er die Entstehung dieses Buches begleitet hat.

Meinem Sohn Jonathan habe ich es zu verdanken, dass ich beim Schreiben dieses Buches nicht Beethoven, Brahms und Mozart hörte, sondern zur Abwechslung Kygo, Robin Schulz oder Tez Cadey. Mit *Jonathan's Chill* hat er mir eine wunderbare Wiedergabeliste mit verschiedenen Formen der House Music zusammengestellt.

Dankbar bin ich, einmal mehr, meiner Frau Anna für ihre Ermunterung, ihre Geduld mit mir, für ihr Vertrauen und ihren bedingungslosen Zuspruch in den entscheidenden Momenten.